CONTES DU LUNDI

ALPHONSE DAUDET

Contes du lundi

ALPHONSE DAUDET
(1840-1897)

Alphonse Daudet, né le 13 mai 1840 à Nîmes, a 9 ans lorsque sa famille doit s'installer à Lyon. Son père, un marchand de soieries, vient de subir sa première faillite, dans laquelle a été engloutie la dot de son épouse. (Son fils ne se révélera pas meilleur gestionnaire que lui.) Une nouvelle faillite paternelle, lorsqu'il a 16 ans, disperse la famille. Alphonse, surveillant au lycée d'Alès, las de subir « les basses humiliations du pauvre », monte à Paris rejoindre son frère Ernest.

Étudiant désargenté, il mène la vie de bohème, fréquente les cabarets et s'essaie au journalisme, collaborant au *Figaro*, à *Paris-Journal*... Son voisin de chambre est lui aussi un homme du Sud : Léon Gambetta, le futur homme politique. Il rencontre aussi Frédéric Mistral, défenseur de la poésie provençale, dont il devient l'ami.

A 20 ans, il est engagé par le duc de Morny, ministre de Napoléon III, comme troisième secrétaire (malgré ses cheveux longs et bouclés que le duc, presque chauve, ne supporte pas) ; il découvre le grand monde, et aussi le demi-monde. Poitrinaire, il se soigne dans le Midi et, de là, s'embarque pour l'Algérie où il apprend le succès à l'Odéon de sa pièce, *la Dernière Idole* (1862). (Toutes ses autres tentatives théâtrales seront des échecs.) Il rentre à Paris, fait une rechute, repart pour la Corse et la Provence, où il retrouve Mistral et ses disciples, qui participent au renouveau de la langue provençale (Daudet est aussi un écrivain de langue d'oc, et auteur de poésies en provençal) et s'achète un moulin, sur les hauteurs de Fontvieille, près d'Arles, en 1864.

Les contes qu'il publie dans les journaux le font connaître. Mais son premier roman, *le Petit Chose* (1868) passe inaperçu, et la publication des *Lettres de mon moulin* (1869) est un insuccès. Il a épousé Julia Allard, descendante d'une famille d'industriels du Marais (Mistral a été son témoin), qui croit en son talent, le soutient et l'encourage. Installé à Paris, dans l'hôtel de ses beaux-parents, il rêve à la Provence...

Pendant la guerre de 1870, il est incorporé dans la garde nationale, malgré sa myopie. Mais il refuse de se faire enrôler, et par les communards, qui ont pourtant, au début, sa sympathie, et par les versaillais, et se retire à Champrosay, au bord de la Seine, en amont de Paris.

En 1872, il publie *Tartarin de Tarascon*. Paris accueille le roman avec un grand rire, Gustave Flaubert crie au chef-d'œuvre, mais les Provençaux sont offusqués. *L'Arlésienne*, sur la musique de Georges Bizet est, en revanche, un échec et une blessure pour Daudet, passionné de théâtre. La situation financière des Daudet est mauvaise. Heureusement, la famille Allard veille. Julia, toujours convaincue de sa valeur, exige de son mari qu'il écrive. *Les Contes du Lundi* (1873), *Fromont jeune et Risler aîné, Jack, le Nabab, Numa Roumes-tan* (où certains décèlent des allusions à Gambetta) finissent par apporter à leur auteur célébrité et aisance matérielle. Les Daudet fréquentent les frères Goncourt, Émile Zola, Ivan Tourgueniev, Gustave Flaubert... Ils organisent des jeudis littéraires où leur fils aîné Léon (né en 1867) fait déjà preuve de ses talents de polémiste. En 1883 est né Lucien, qui sera un grand ami de Marcel Proust.

« Dans la première partie de ma vie, j'ai connu la misère ; dans la seconde, la douleur » : Daudet souffre d'une maladie incurable, le tabès (syphilis nerveuse atteignant la moelle épinière) et ne trouve un soulagement que dans la morphine, sans pour autant perdre ses dons créatifs. Il travaille entre deux crises, voyage, écoute de la musique, sa passion.

En 1896, il siège à l'académie Goncourt, qui vient d'être fondée. La parution de ses Œuvres complètes en édition populaire est un triomphe. Le 16 décembre 1897, au cours d'un dîner en famille, il s'effondre. Une foule immense accompagne celui qui a fait découvrir la Provence à la France du Nord jusqu'au cimetière du Père-Lachaise.

A mon cher
ERNEST DAUDET

PREMIÈRE PARTIE

LA FANTAISIE ET L'HISTOIRE

LA DERNIÈRE CLASSE

RÉCIT D'UN PETIT ALSACIEN

CE matin-là, j'étais très en retard pour aller à l'école, et j'avais grand-peur d'être grondé, d'autant que M. Hamel nous avait dit qu'il nous interrogerait sur les participes, et je n'en savais pas le premier mot. Un moment l'idée me vint de manquer la classe et de prendre ma course à travers champs.

Le temps était si chaud, si clair!

On entendait les merles siffler à la lisière du bois, et dans le pré Rippert, derrière la scierie, les Prussiens qui faisaient l'exercice. Tout cela me tentait bien plus que la règle des participes; mais j'eus la force de résister, et je courus bien vite vers l'école.

En passant devant la mairie, je vis qu'il y avait du monde arrêté près du petit grillage aux affiches. Depuis deux ans, c'est de là que nous sont venues toutes les mauvaises nouvelles, les batailles perdues, les réquisitions, les ordres de la commandanture; et je pensai sans m'arrêter:

« Qu'est-ce qu'il y a encore? »

Alors, comme je traversais la place en courant,

le forgeron Wachter, qui était là avec son apprenti en train de lire l'affiche, me cria :

« Ne te dépêche pas tant, petit ; tu y arriveras toujours assez tôt à ton école ! »

Je crus qu'il se moquait de moi, et j'entrai tout essoufflé dans la petite cour de M. Hamel.

D'ordinaire, au commencement de la classe, il se faisait un grand tapage qu'on entendait jusque dans la rue, les pupitres ouverts, fermés, les leçons qu'on répétait très haut tous ensemble en se bouchant les oreilles pour mieux apprendre, et la grosse règle du maître qui tapait sur les tables :

« Un peu de silence ! »

Je comptais sur tout ce train pour gagner mon banc sans être vu ; mais, justement, ce jour-là, tout était tranquille, comme un matin de dimanche. Par la fenêtre ouverte, je voyais mes camarades déjà rangés à leurs places, et M. Hamel, qui passait et repassait avec la terrible règle en fer sous le bras. Il fallut ouvrir la porte et entrer au milieu de ce grand calme. Vous pensez si j'étais rouge et si j'avais peur !

Eh bien ! non. M. Hamel me regarda sans colère et me dit très doucement :

« Va vite à ta place, mon petit Franz ; nous allions commencer sans toi. »

J'enjambai le banc et je m'assis tout de suite à mon pupitre. Alors seulement, un peu remis de ma frayeur, je remarquai que notre maître avait sa belle redingote verte, son jabot plissé fin et la calotte de soie noire brodée qu'il ne mettait que les jours d'inspection ou de distribution de prix. Du reste, toute la classe avait quelque chose d'extraordinaire et de solennel. Mais ce qui me surprit le plus, ce fut de voir au fond de la salle, sur les bancs qui restaient vides d'habitude, des gens du village assis et silencieux comme nous, le vieux Hauser avec son tricorne, l'ancien maire, l'ancien facteur, et puis d'autres personnes encore. Tout ce monde-là paraissait triste ; et Hauser avait apporté un vieil abécédaire mangé aux bords qu'il tenait grand ouvert sur ses genoux, avec ses grosses lunettes posées en travers des pages.

Pendant que je m'étonnais de tout cela, M. Hamel était monté dans sa chaire, et de la même voix douce et grave dont il m'avait reçu, il nous dit :

« Mes enfants, c'est la dernière fois que je vous fais la classe. L'ordre est venu de Berlin de ne plus enseigner que l'allemand dans les écoles de l'Alsace et de la Lorraine... Le nouveau maître arrive demain. Aujourd'hui, c'est votre dernière leçon de français. Je vous prie d'être bien attentifs. »

Ces quelques paroles me bouleversèrent. Ah ! les misérables, voilà ce qu'ils avaient affiché à la mairie.

Ma dernière leçon de français !...

Et moi qui savais à peine écrire ! Je n'apprendrais donc jamais ! Il faudrait donc en rester là !... Comme je m'en voulais maintenant du temps perdu, des classes manquées à courir les nids ou à faire des glissades sur la Saar ! Mes livres que tout à l'heure encore je trouvais si ennuyeux, si lourds à porter, ma grammaire, mon histoire sainte me semblaient à présent de vieux amis qui me feraient beaucoup de peine à quitter. C'est comme M. Hamel. L'idée qu'il allait partir, que je ne le verrais plus, me faisait oublier les punitions, les coups de règle.

Pauvre homme!

C'est en l'honneur de cette dernière classe qu'il avait mis ses beaux habits du dimanche, et maintenant je comprenais pourquoi ces vieux du village étaient venus s'asseoir au bout de la salle. Cela semblait dire qu'ils regrettaient de ne pas y être venus plus souvent, à cette école. C'était aussi comme une façon de remercier notre maître de quarante ans de bons services, et de rendre leurs devoirs à la patrie qui s'en allait...

J'en étais là de mes réflexions, quand j'entendis appeler mon nom. C'était mon tour de réciter. Que n'aurais-je pas donné pour pouvoir dire tout au long cette fameuse règle des participes, bien haut, bien clair, sans une faute? Mais je m'embrouillai aux premiers mots, et je restai debout à me balancer dans mon banc, le cœur gros, sans oser lever la tête. J'entendais M. Hamel qui me parlait:

« Je ne te gronderai pas, mon petit Franz, tu dois être assez puni... voilà ce que c'est. Tous les jours on se dit: « Bah! j'ai bien le temps. J'appren- « drai demain. » Et puis tu vois ce qui arrive... Ah! ç'a été le grand malheur de notre Alsace de toujours remettre son instruction à demain. Maintenant ces gens-là sont en droit de nous dire: « Comment! Vous prétendiez être Français, et « vous ne savez ni lire ni écrire votre langue! » Dans tout ça, mon pauvre Franz, ce n'est pas encore toi le plus coupable. Nous avons tous notre bonne part de reproches à nous faire.

« Vos parents n'ont pas assez tenu à vous voir instruits. Ils aimaient mieux vous envoyer travailler à la terre ou aux filatures pour avoir quelques sous de plus. Moi-même, n'ai-je rien à me reprocher? Est-ce que je ne vous ai pas souvent fait

18

arroser mon jardin au lieu de travailler? Et quand je voulais aller pêcher des truites, est-ce que je me gênais pour vous donner congé?... »

Alors, d'une chose à l'autre, M. Hamel se mit à nous parler de la langue française, disant que c'était la plus belle langue du monde, la plus claire, la plus solide; qu'il fallait la garder entre nous et ne jamais l'oublier, parce que, quand un peuple tombe esclave, tant qu'il tient bien sa langue, c'est comme s'il tenait la clef de sa prison... Puis il prit une grammaire et nous lut notre leçon. J'étais étonné de voir comme je comprenais. Tout ce qu'il disait me semblait facile, facile. Je crois aussi que je n'avais jamais si bien écouté et que lui non plus n'avait jamais mis autant de patience à ses explications. On aurait dit qu'avant de s'en aller le pauvre homme voulait nous donner tout son savoir, nous le faire entrer dans la tête d'un seul coup.

La leçon finie, on passa à l'écriture. Pour ce jour-là, M. Hamel nous avait préparé des exemples tout neufs, sur lesquels était écrit en belle ronde : *France, Alsace, France, Alsace.* Cela faisait comme des petits drapeaux qui flottaient tout autour de la classe, pendus à la tringle de nos pupitres. Il fallait voir comme chacun s'appliquait, et quel silence! On n'entendait rien que le grincement des plumes sur le papier. Un moment des hannetons entrèrent; mais personne n'y fit attention, pas même les tout petits qui s'appliquaient à tracer leurs *bâtons*, avec un cœur, une conscience, comme si cela encore était du français... Sur la toiture de l'école, des pigeons roucoulaient tout bas, et je me disais en les écoutant :

« Est-ce qu'on ne va pas les obliger à chanter en allemand, eux aussi? »

De temps en temps, quand je levais les yeux de dessus ma page, je voyais M. Hamel immobile dans sa chaire et fixant les objets autour de lui, comme s'il avait voulu emporter dans son regard toute sa petite maison d'école... Pensez! depuis quarante ans, il était là à la même place, avec sa cour en face de lui et sa classe toute pareille. Seulement les bancs, les pupitres s'étaient polis, frottés par l'usage; les noyers de la cour avaient grandi, et le houblon qu'il avait planté lui-même enguirlandait maintenant les fenêtres jusqu'au toit. Quel crève-cœur ça devait être pour ce pauvre homme de quitter toutes ces choses, et d'entendre sa sœur qui allait, venait, dans la chambre au-dessus, en train de fermer leurs malles! Car ils devaient partir le lendemain, s'en aller du pays pour toujours.

Tout de même, il eut le courage de nous faire la classe jusqu'au bout. Après l'écriture, nous eûmes la leçon d'histoire; ensuite les petits chantèrent tous ensemble le BA BE BI BO BU. Là-bas, au fond de la salle, le vieux Hauser avait mis ses lunettes, et, tenant son abécédaire à deux mains, il épelait les lettres avec eux. On voyait qu'il s'appliquait lui aussi; sa voix tremblait d'émotion, et c'était si drôle de l'entendre, que nous avions tous envie de rire et de pleurer. Ah! je m'en souviendrai de cette dernière classe...

Tout à coup, l'horloge de l'église sonna midi, puis l'*Angelus*. Au même moment, les trompettes des Prussiens qui revenaient de l'exercice éclatèrent sous nos fenêtres... M. Hamel se leva, tout pâle, dans sa chaire. Jamais il ne m'avait paru si grand.

« Mes amis, dit-il, mes, je... je... »

Mais quelque chose l'étouffait. Il ne pouvait pas achever sa phrase.

Alors il se tourna vers le tableau, prit un morceau de craie et, en appuyant de toutes ses forces, il écrivit aussi gros qu'il put :

« VIVE LA FRANCE ! »

Puis il resta là, la tête appuyée au mur, et, sans parler, avec sa main, il nous faisait signe :

« C'est fini... allez-vous-en. »

LA PARTIE DE BILLARD

Comme on se bat depuis deux jours et qu'ils ont passé la nuit sac au dos sous une pluie torrentielle, les soldats sont exténués. Pourtant voilà trois mortelles heures qu'on les laisse se morfondre, l'arme au pied, dans les flaques des grandes routes, dans la boue des champs détrempés.

Alourdis par la fatigue, les nuits passées, les uniformes pleins d'eau, ils se serrent les uns contre les autres pour se réchauffer, pour se soutenir. Il y en a qui dorment tout debout, appuyés au sac d'un voisin, et la lassitude, les privations se voient mieux sur ces visages détendus, abandonnés dans le sommeil. La pluie, la boue, pas de feu, pas de soupe, un ciel bas et noir, l'ennemi qu'on sent tout autour. C'est lugubre...

Qu'est-ce qu'on fait là. Qu'est-ce qui se passe?

Les canons, la gueule tournée vers le bois, ont l'air de guetter quelque chose. Les mitrailleuses embusquées regardent fixement l'horizon. Tout semble prêt pour une attaque. Pourquoi n'attaque-t-on pas? Qu'est-ce qu'on attend?...

On attend des ordres, et le quartier général n'en envoie pas.

Il n'est pas loin cependant le quartier général. C'est ce beau château Louis XIII dont les briques rouges, lavées par la pluie, luisent à mi-côte entre les massifs. Vraie demeure princière, bien digne de porter le fanion d'un maréchal de France. Derrière un grand fossé et une rampe de pierre qui les séparent de la route, les pelouses montent tout droit jusqu'au perron, unies et vertes, bordées de vases fleuris. De l'autre côté, du côté intime de la maison, les charmilles font des trouées lumineuses, la pièce d'eau où nagent des cygnes s'étale comme un miroir, et sous le toit en pagode d'une immense volière, lançant des cris aigus dans le feuillage, des paons, des faisans dorés battent des ailes et font la roue. Quoique les maîtres soient partis, on ne sent pas là l'abandon, le grand lâchez-tout de la guerre. L'oriflamme du chef de l'armée a préservé jusqu'aux moindres fleurettes des pelouses, et c'est quelque chose de saisissant de trouver, si près du champ de bataille, ce calme opulent qui vient de l'ordre des choses, de l'alignement correct des massifs, de la profondeur silencieuse des avenues.

La pluie, qui tasse là-bas de si vilaine boue sur les chemins et creuse des ornières si profondes, n'est plus ici qu'une ondée élégante, aristocratique, avivant la rougeur des briques, le vert des pelouses, lustrant les feuilles des orangers, les plumes blanches des cygnes. Tout reluit, tout est paisible. Vraiment, sans le drapeau qui flotte à la crête du toit, sans les deux soldats en faction devant la grille, jamais on ne se croirait au quartier général. Les chevaux reposent dans les écuries. Çà et là on rencontre des brosseurs, des ordonnances en petite tenue flânant aux abords des cuisines, ou quelque jardinier en pantalon rouge promenant tranquillement son râteau dans le sable des grandes cours.

La salle à manger, dont les fenêtres donnent sur le perron, laisse voir une table à moitié desservie, des bouteilles débouchées, des verres ternis et vides, blafards sur la nappe froissée, toute une fin de repas, les convives partis. Dans la pièce à côté, on entend des éclats de voix, des rires, des billes qui roulent, des verres qui se choquent. Le maréchal est en train de faire sa partie, et voilà pourquoi l'armée attend des ordres. Quand le maréchal a commencé sa partie, le ciel peut bien crouler, rien au monde ne saurait l'empêcher de la finir.

Le billard !

C'est sa faiblesse à ce grand homme de guerre. Il est là, sérieux comme à la bataille, en grande tenue, la poitrine couverte de plaques, l'œil brillant, les pommettes enflammées, dans l'animation du repas, du jeu, des grogs. Ses aides de camp l'entourent, empressés, respectueux, se pâmant d'admiration à chacun de ses coups. Quand le maréchal fait un point, tous se précipitent vers la marque ; quand le maréchal a soif, tous veulent lui préparer son grog. C'est un froissement d'épaulettes et de panaches, un cliquetis de croix et d'aiguillettes, et de voir tous ces jolis sourires, ces fines révérences de courtisans, tant de broderies et d'uniformes neufs, dans cette haute salle à boiseries de chêne, ouverte sur des parcs, sur des cours d'honneur, cela rappelle les automnes de Compiègne et repose un peu des capotes souillées qui se morfondent là-bas, au long des routes, et font des groupes si sombres sous la pluie.

Le partenaire du maréchal est un petit capitaine

d'état-major, sanglé, frisé, ganté de clair, qui est de première force au billard et capable de rouler tous les maréchaux de la terre, mais il sait se tenir à une distance respectueuse de son chef, et s'applique à ne pas gagner, à ne pas perdre non plus trop facilement. C'est ce qu'on appelle un officier d'avenir...

« Attention, jeune homme, tenons-nous bien. Le maréchal en a quinze et vous dix. Il s'agit de mener la partie jusqu'au bout comme cela, et vous aurez fait plus pour votre avancement que si vous étiez dehors avec les autres, sous ces torrents d'eau qui noient l'horizon, à salir votre bel uniforme, à ternir l'or de vos aiguillettes, attendant des ordres qui ne viennent pas. »

C'est une partie vraiment intéressante. Les billes courent, se frôlent, croisent leurs couleurs. Les bandes rendent bien, le tapis s'échauffe... Soudain la flamme d'un coup de canon passe dans le ciel. Un bruit sourd fait trembler les vitres. Tout le monde tressaille ; on se regarde avec inquiétude. Seul le maréchal n'a rien vu, rien entendu : penché sur le billard, il est en train de combiner un magnifique effet de recul ; c'est son fort, à lui, les effets de recul !...

Mais voilà un nouvel éclair, puis un autre. Les coups de canon se succèdent, se précipitent. Les aides de camp courent aux fenêtres. Est-ce que les Prussiens attaqueraient ?

« Eh bien, qu'ils attaquent ! dit le maréchal en mettant du blanc... A vous de jouer, capitaine. »

L'état-major frémit d'admiration. Turenne endormi sur un affût n'est rien auprès de ce maréchal, si calme devant son billard au moment de l'action... Pendant ce temps, le vacarme redouble.

Aux secousses du canon se mêlent les déchirements des mitrailleuses, les roulements des feux de peloton. Une buée rouge, noire sur les bords, monte au bout des pelouses. Tout le fond du parc est embrasé. Les paons, les faisans effarés clament dans la volière; les chevaux arabes, sentant la poudre, se cabrent au fond des écuries. Le quartier général commence à s'émouvoir. Dépêches sur dépêches. Les estafettes arrivent à bride abattue. On demande le maréchal.

Le maréchal est inabordable. Quand je vous disais que rien ne pourrait l'empêcher d'achever sa partie.

« A vous de jouer, capitaine. »

Mais le capitaine a des distractions. Ce que c'est pourtant que d'être jeune! Le voilà qui perd la tête, oublie son jeu et fait coup sur coup deux séries, qui lui donnent presque partie gagnée. Cette fois le maréchal devient furieux. La surprise, l'indignation éclatent sur son mâle visage. Juste à ce moment, un cheval lancé ventre à terre s'abat dans la cour. Un aide de camp couvert de boue force la consigne, franchit le perron d'un saut : « Maréchal! maréchal!... » Il faut voir comme il est reçu... Tout bouffant de colère et rouge comme un coq, le maréchal paraît à la fenêtre, sa queue de billard à la main :

« Qu'est-ce qu'il y a?... Qu'est-ce que c'est?... Il n'y a donc pas de factionnaire par ici?

— Mais, maréchal...

— C'est bon... Tout à l'heure... Qu'on attende mes ordres, nom de... D...! »

Et la fenêtre se referme avec violence.

Qu'on attende ses ordres!

C'est bien ce qu'ils font, les pauvres gens. Le

vent leur chasse la pluie et la mitraille en pleine figure. Des bataillons entiers sont écrasés, pendant que d'autres restent, inutiles, l'arme au bras, sans pouvoir se rendre compte de leur inaction. Rien à faire. On attend des ordres... Par exemple, comme on n'a pas besoin d'ordres pour mourir, les hommes tombent par centaines derrière les buissons, dans les fossés, en face du grand château silencieux. Même tombés, la mitraille les déchire encore, et par leurs blessures ouvertes coule sans bruit le sang généreux de la France... Là-haut, dans la salle de billard, cela chauffe terriblement : le maréchal a repris son avance ; mais le petit capitaine se défend comme un lion...

Dix-sept ! dix-huit ! dix-neuf !...

A peine a-t-on le temps de marquer les points. Le bruit de la bataille se rapproche. Le maréchal ne joue plus que pour un. Déjà des obus arrivent dans le parc. En voilà un qui éclate au-dessus de la pièce d'eau. Le miroir s'éraille ; un cygne nage, épeuré, dans un tourbillon de plumes sanglantes. C'est le dernier coup...

Maintenant, un grand silence. Rien que la pluie qui tombe sur les charmilles, un roulement confus au bas du coteau, et, par les chemins détrempés, quelque chose comme le piétinement d'un troupeau qui se hâte... L'armée est en pleine déroute. Le maréchal a gagné sa partie.

LA VISION DU JUGE DE COLMAR

AVANT qu'il eût prêté serment à l'empereur Guillaume, il n'y avait pas d'homme plus heureux que
le petit juge Dollinger, du tribunal de Colmar,
lorsqu'il arrivait à l'audience avec sa toque sur
l'oreille, son gros ventre, sa lèvre en fleur et ses
trois mentons bien posés sur un ruban de mousseline :

« Ah! le bon petit somme que je vais faire »,
avait-il l'air de se dire en s'asseyant; et c'était plaisir de le voir allonger ses jambes grassouillettes,
s'enfoncer sur son grand fauteuil, sur ce rond de
cuir frais et moelleux auquel il devait d'avoir
encore l'humeur égale et le teint clair, après trente
ans de magistrature assise.

Infortuné Dollinger!

C'est ce rond de cuir qui l'a perdu. Il se trouvait
si bien dessus, sa place était si bien faite sur ce
coussinet de moleskine, qu'il a mieux aimé devenir
Prussien que de bouger de là. L'empereur Guillaume lui a dit : « Restez assis, monsieur Dollinger! » et Dollinger est resté assis; et aujourd'hui le
voilà conseiller à la cour de Colmar, rendant bravement la justice au nom de Sa Majesté berlinoise.

Autour de lui, rien n'est changé : c'est toujours le même tribunal fané et monotone, la même salle de catéchisme avec ses bancs luisants, ses murs nus, son bourdonnement d'avocats, le même demi-jour tombant des hautes fenêtres à rideaux de serge, le même grand christ poudreux qui penche la tête, les bras étendus. En passant à la Prusse, la cour de Colmar n'a pas dérogé : il y a toujours un buste d'empereur au fond du prétoire... Mais c'est égal ! Dollinger se sent dépaysé. Il a beau se rouler dans son fauteuil, s'y enfoncer rageusement, il n'y trouve plus les bons petits sommes d'autrefois, et quand par hasard il lui arrive encore de s'endormir à l'audience, c'est pour faire des rêves épouvantables.

Dollinger rêve qu'il est sur une haute montagne, quelque chose comme le Honeck ou le ballon d'Alsace... Qu'est-ce qu'il fait là, tout seul, en robe de juge, assis sur un grand fauteuil, à ces hauteurs immenses où l'on ne voit plus rien que des arbres rabougris et des tourbillons de petites mouches ?... Dollinger ne le sait pas. Il attend, tout frissonnant de la sueur froide et de l'angoisse du cauchemar. Un grand soleil rouge se lève de l'autre côté du Rhin, derrière les sapins de la forêt Noire, et, à mesure que le soleil monte, en bas, dans les vallées de Thann, de Munster, d'un bout à l'autre de l'Alsace, c'est un roulement confus, un bruit de pas, de voitures en marche, et cela grossit, et cela s'approche, et Dollinger a le cœur serré ! Bientôt, par la longue route tournante qui grimpe aux flancs de la montagne, le juge de Colmar voit venir à lui un cortège lugubre et interminable, tout le peuple d'Alsace qui s'est donné rendez-vous à cette passe des Vosges pour émigrer solennellement.

En avant montent de longs chariots attelés de quatre bœufs, ces longs chariots à claire-voie que l'on rencontre tout débordants de gerbes au temps des moissons, et qui maintenant s'en vont chargés de meubles, de hardes, d'instruments de travail. Ce sont les grands lits, les hautes armoires, les garnitures d'indienne, les huches, les rouets, les petites chaises des enfants, les fauteuils des ancêtres, vieilles reliques entassées, tirées de leurs coins, dispersant au vent de la route la sainte poussière des foyers. Des maisons entières partent dans ces chariots. Aussi n'avancent-ils qu'en gémissant, et les bœufs les tirent avec peine, comme si le sol s'attachait aux roues, comme si ces parcelles de terre sèche restées aux herses, aux charrues, aux pioches, aux râteaux, rendant la charge encore plus lourde, faisaient de ce départ un déracinement. Derrière se presse une foule silencieuse, de tout rang, de tout âge, depuis les grands vieux à tricorne qui s'appuient en tremblant sur des bâtons, jusqu'aux petits blondins frisés, vêtus d'une bretelle et d'un pantalon de futaine, depuis l'aïeule paralytique que de fiers garçons portent sur leurs épaules, jusqu'aux enfants de lait que les mères serrent contre leurs poitrines ; tous, les vaillants comme les infirmes, ceux qui seront les soldats de l'année prochaine et ceux qui ont fait la terrible campagne, des cuirassiers amputés qui se traînent sur des béquilles, des artilleurs hâves, exténués, ayant encore dans leurs uniformes en loques la moisissure des casemates de Spandau ; tout cela défile fièrement sur la route, au bord de laquelle le juge Colmar est assis, et, en passant devant lui, chaque visage se détourne avec une terrible expression de colère et de dégoût...

Oh! le malheureux Dollinger! Il voudrait se cacher, s'enfuir; mais impossible. Son fauteuil est incrusté dans la montagne, son rond de cuir dans son fauteuil, et lui dans son rond de cuir. Alors il comprend qu'il est là comme au pilori, et qu'on a mis le pilori aussi haut pour que sa honte se vît de plus loin... Et le défilé continue, village par village, ceux de la frontière suisse menant d'immenses troupeaux, ceux de la Saar poussant leurs durs outils de fer dans des wagons à minerais. Puis les villes arrivent, tout le peuple des filatures, les tanneurs, les tisserands, les ourdisseurs, les bourgeois, les prêtres, les rabbins, les magistrats, des robes noires, des robes rouges... Voilà le tribunal de Colmar, son vieux président en tête. Et Dollinger, mourant de honte, essaie de cacher sa figure, mais ses mains sont paralysées; de fermer les yeux, mais ses paupières restent immobiles et droites. Il faut qu'il voie et qu'on le voie, et qu'il ne perde pas un des regards de mépris que ses collègues lui jettent en passant...

Ce juge au pilori, c'est quelque chose de terrible! Mais ce qui est plus terrible encore, c'est qu'il a tous les siens dans cette foule, et que pas un n'a l'air de le reconnaître. Sa femme, ses enfants passent devant lui en baissant la tête. On dirait qu'ils ont honte, eux aussi! Jusqu'à son petit Michel qu'il aime tant, et qui s'en va pour toujours sans seulement le regarder. Seul, son vieux président s'est arrêté une minute pour lui dire à voix basse :

« Venez avec nous, Dollinger. Ne restez pas là, mon ami... »

Mais Dollinger ne peut pas se lever. Il s'agite, il appelle, et le cortège défile pendant des heures; et lorsqu'il s'éloigne au jour tombant, toutes ces belles vallées pleines de clochers et d'usines se font silencieuses. L'Alsace entière est partie. Il n'y a plus que le juge de Colmar qui reste là-haut, cloué sur son pilori, assis et inamovible...

... Soudain la scène change. Des ifs, des croix noires, des rangées de tombes, une foule en deuil.

C'est le cimetière de Colmar, un jour de grand enterrement. Toutes les cloches de la ville sont en branle. Le conseiller Dollinger vient de mourir. Ce que l'honneur n'avait pas pu faire, la mort s'en est chargée. Elle a dévissé de son rond de cuir le magistrat inamovible, et couché tout de son long l'homme qui s'entêtait à rester assis...

Rêver qu'on est mort et se pleurer soi-même, il n'y a pas de sensation plus horrible. Le cœur navré, Dollinger assiste à ses propres funérailles ; et ce qui le désespère encore plus que sa mort, c'est que, dans cette foule immense qui se presse autour de lui, il n'a pas un ami, pas un parent. Personne de Colmar, rien que des Prussiens ! Ce sont des soldats prussiens qui ont fourni l'escorte, des magistrats prussiens qui mènent le deuil, et les discours qu'on prononce sur sa tombe sont des discours prussiens, et la terre qu'on lui jette dessus et qu'il trouve si froide est de la terre prussienne, hélas !

Tout à coup la foule s'écarte, respectueuse ; un magnifique cuirassier blanc s'approche, cachant sous son manteau quelque chose qui a l'air d'une grande couronne d'immortelles. Tout autour on dit :

« Voilà Bismarck !... voilà Bismarck !... »

Et le juge de Colmar pense avec tristesse :

« C'est beaucoup d'honneur que vous me faites,

monsieur le comte, mais si j'avais là mon petit Michel... »

Un immense éclat de rire l'empêche d'achever, un rire fou, scandaleux, sauvage, inextinguible.

« Qu'est-ce qu'ils font donc ? » se demande le juge, épouvanté. Il se dresse, il regarde... C'est son rond, son rond de cuir que M. de Bismarck vient de déposer religieusement sur sa tombe avec cette inscription en entourage dans la moleskine :

AU JUGE DOLLINGER

HONNEUR DE LA MAGISTRATURE ASSISE

SOUVENIRS ET REGRETS

D'un bout à l'autre du cimetière, tout le monde rit, tout le monde se tord, et cette grosse gaieté prussienne résonne jusqu'au fond du caveau, où le mort pleure de honte, écrasé sous un ridicule éternel...

L'ENFANT ESPION

Il s'appelait Stenne, le petit Stenne.

C'était un enfant de Paris, malingre et pâle, qui pouvait avoir dix ans, peut-être quinze; avec ces moucherons-là, on ne sait jamais. Sa mère était morte; son père, ancien soldat de marine, gardait un square dans le quartier du Temple. Les babies, les bonnes, les vieilles dames à pliants, les mères pauvres, tout le Paris trotte-menu qui vient se mettre à l'abri des voitures dans ces parterres bordés de trottoirs, connaissaient le père Stenne et l'adoraient. On savait que, sous sa rude moustache, effroi des chiens et des traîneurs de bancs, se cachait un bon sourire attendri, presque maternel, et que, pour voir ce sourire, on n'avait qu'à dire au bonhomme:

« Comment va votre petit garçon?... »

Il l'aimait tant, son garçon, le père Stenne! Il était si heureux, le soir, après la classe, quand le petit venait le prendre et qu'ils faisaient tous deux le tour des allées, s'arrêtant à chaque banc pour saluer les habitués, répondre à leurs bonnes manières.

Avec le siège, malheureusement tout changea.

Le square du père Stenne fut fermé, on y mit du pétrole, et le pauvre homme, obligé à une surveillance incessante, passait sa vie dans les massifs déserts et bouleversés, seul, sans fumer, n'ayant plus son garçon que le soir, bien tard, à la maison. Aussi il fallait voir sa moustache, quand il parlait des Prussiens... Le petit Stenne, lui, ne se plaignait pas trop de cette nouvelle vie.

Un siège ! C'est si amusant pour les gamins ! Plus d'école ! plus de mutuelle ! Des vacances tout le temps et la rue comme champ de foire...

L'enfant restait dehors jusqu'au soir, à courir. Il accompagnait les bataillons du quartier qui allaient au rempart, choisissant de préférence ceux qui avaient une bonne musique ; et là-dessus petit Stenne était très ferré. Il vous disait fort bien que celle du 96ᵉ ne valait pas grand-chose, mais qu'au 55ᵉ ils en avaient une excellente. D'autres fois, il regardait les mobiles faire l'exercice ; puis il y avait les queues...

Son panier sous le bras, il se mêlait à ces longues files qui se formaient dans l'ombre des matins d'hiver sans gaz, à la grille des bouchers, des boulangers. Là, les pieds dans l'eau, on faisait des connaissances, on causait politique, et comme fils de M. Stenne, chacun lui demandait son avis. Mais le plus amusant de tout, c'était encore les parties de bouchon, ce fameux jeu de *galoche* que les mobiles bretons avaient mis à la mode pendant le siège. Quand le petit Stenne n'était pas au rempart ni aux boulangeries, vous étiez sûr de le trouver à la partie de *galoche* de la place du Château-d'Eau. Lui ne jouait pas, bien entendu : il faut trop d'argent. Il se contentait de regarder les joueurs avec des yeux !

Un, surtout, un grand en cotte bleue, qui ne misait que des pièces de cent sous, excitait son admiration. Quand il courait, celui-là, on entendait les écus sonner au fond de sa cotte...

Un jour, en ramassant une pièce qui avait roulé jusque sous les pieds du petit Stenne, le grand lui dit à voix basse :

« Ça te fait loucher, hein ?... Eh bien, si tu veux, je te dirai où on en trouve. »

La partie finie, il l'emmena dans un coin de la place et lui proposa de venir avec lui vendre des journaux aux Prussiens : on avait trente francs par voyage. D'abord Stenne refusa, très indigné ; et du coup, il resta trois jours sans retourner à la partie. Trois jours terribles. Il ne mangeait plus, il ne dormait plus. La nuit, il voyait des tas de galoches dressées au pied de son lit, et des pièces de cent sous qui filaient à plat, toutes luisantes. La tentation était trop forte. Le quatrième jour, il retourna au Château-d'Eau, revit le grand, se laissa séduire...

Ils partirent par un matin de neige, un sac de toile sur l'épaule, des journaux cachés sous leurs blouses. Quand ils arrivèrent à la porte de Flandres, il faisait à peine jour. Le grand prit Stenne par la main et, s'approchant du factionnaire — un brave sédentaire qui avait le nez rouge et l'air bon —, il lui dit d'une voix de pauvre :

« Laissez-nous passer, mon bon monsieur... Notre mère est malade, papa est mort. Nous allons voir avec mon petit frère à ramasser des pommes de terre dans le champ. »

Il pleurait. Stenne, tout honteux, baissait la tête. Le factionnaire les regarda un moment, jeta un coup d'œil sur la route déserte et blanche.

« Passez vite », leur dit-il en s'écartant.

Et les voilà sur le chemin d'Aubervilliers. C'est le grand qui riait !

Confusément, comme dans un rêve, le petit Stenne voyait des usines transformées en casernes, des barricades désertes, garnies de chiffons mouillés, de longues cheminées qui trouaient le brouillard et montaient dans le ciel, vides, ébréchées. De loin en loin, une sentinelle, des officiers encapuchonnés qui regardaient là-bas avec des lorgnettes, et de petites tentes trempées de neige fondue devant des feux qui mouraient. Le grand connaissait le chemin, prenait à travers champs pour éviter les postes. Pourtant, ils arrivèrent, sans pouvoir y échapper, à une grand'garde de francs-tireurs. Les francs-tireurs étaient là avec leurs petits cabans, accroupis au fond d'une fosse pleine d'eau, tout le long du chemin de fer de Soissons. Cette fois le grand eut beau recommencer son histoire, on ne voulut pas les laisser passer. Alors, pendant qu'il se lamentait, de la maison du garde-barrière sortit sur la voie un vieux sergent, tout blanc, tout ridé, qui ressemblait au père Stenne :

« Allons ! mioches, ne pleurons plus ! dit-il aux enfants, on vous y laissera aller, à vos pommes de terre ; mais avant, entrez vous chauffer un peu... Il a l'air gelé, ce gamin-là ! »

Hélas ! Ce n'était pas de froid qu'il tremblait le petit Stenne, c'était de peur, c'était de honte... Dans le poste, ils trouvèrent quelques soldats blottis autour d'un feu maigre, un vrai feu de veuve, à la flamme duquel ils faisaient dégeler du biscuit au bout de leurs baïonnettes. On se serra pour faire place aux enfants. On leur donna la goutte, un peu de café. Pendant qu'ils buvaient, un officier vint sur la porte, appela le sergent, lui parla tout bas et s'en alla bien vite.

« Garçons ! dit le sergent en rentrant, radieux..., *y aura du tabac*, cette nuit... On a surpris le mot des Prussiens... Je crois que cette fois nous allons le leur reprendre, ce sacré Bourget ! »

Il y eut une explosion de bravos et de rires. On dansait, on chantait, on astiquait les sabres baïonnettes ; et, profitant de ce tumulte, les enfants disparurent.

Passé la tranchée, il n'y avait plus que la plaine, et au fond un long mur blanc troué de meurtrières. C'est vers ce mur qu'ils se dirigèrent, s'arrêtant à chaque pas pour faire semblant de ramasser des pommes de terre.

« Rentrons... N'y allons pas », disait tout le temps le petit Stenne.

L'autre levait les épaules et avançait toujours. Soudain ils entendirent le trictrac d'un fusil qu'on armait.

« Couche-toi ! » fit le grand, en se jetant par terre.

Une fois couché, il siffla. Un autre sifflet répondit sur la neige. Ils s'avancèrent en rampant... Devant le mur, au ras du sol, parurent deux moustaches jaunes sous un béret crasseux. Le grand sauta dans la tranchée, à côté du Prussien :

« C'est mon frère », dit-il en montrant son compagnon.

Il était si petit, ce Stenne, qu'en le voyant le Prussien se mit à rire et fut obligé de le prendre dans ses bras pour le hisser jusqu'à la brèche.

De l'autre côté du mur, c'étaient de grands remblais de terre, des arbres couchés, des trous noirs dans la neige, et dans chaque trou le même béret crasseux, les mêmes moustaches jaunes qui riaient en voyant passer les enfants.

Dans un coin, une maison de jardinier casematée de troncs d'arbres. Le bas était plein de soldats qui jouaient aux cartes, faisaient la soupe sur un grand feu clair. Cela sentait bon les choux, le lard; quelle différence avec le bivouac des francs-tireurs! En haut, les officiers. On les entendait jouer au piano, déboucher du vin de Champagne. Quand les Parisiens entrèrent, un hurrah de joie les accueillit. Ils donnèrent leurs journaux; puis on leur versa à boire et on les fit causer. Tous ces officiers avaient l'air fier et méchant; mais le grand les amusait avec sa verve faubourienne, son vocabulaire de voyou. Ils riaient, répétaient ses mots après lui, se roulaient avec délices dans cette boue de Paris qu'on leur apportait.

Le petit Stenne aurait bien voulu parler, lui aussi, prouver qu'il n'était pas bête; mais quelque chose le gênait. En face de lui se tenait à part un Prussien plus âgé, plus sérieux que les autres, qui lisait, ou plutôt faisait semblant, car ses yeux ne le quittaient pas. Il y avait dans ce regard de la tendresse et des reproches, comme si cet homme avait eu au pays un enfant du même âge que Stenne, et qu'il se fût dit :

« J'aimerais mieux mourir que de voir mon fils faire un métier pareil... »

A partir de ce moment, Stenne sentit comme une main qui se posait sur son cœur et l'empêchait de battre.

Pour échapper à cette angoisse, il se mit à boire. Bientôt tout tourna autour de lui. Il entendait vaguement, au milieu de gros rires, son camarade qui se moquait des gardes nationaux, de leur façon de faire l'exercice, imitait une prise d'armes au Marais, une alerte de nuit sur les remparts. Ensuite le grand baissa la voix, les officiers se rapprochèrent et les figures devinrent graves. Le misérable était en train de les prévenir de l'attaque des francs-tireurs...

Pour le coup, le petit Stenne se leva, furieux, dégrisé :

« Pas cela, grand... Je ne veux pas. »

Mais l'autre ne fit que rire et continua. Avant qu'il eût fini, tous les officiers étaient debout. Un d'eux montra la porte aux enfants :

« F... le camp ! » leur dit-il.

Et ils se mirent à causer entre eux, très vite, en allemand. Le grand sortit, fier comme un doge, en faisant sonner son argent. Stenne le suivit, la tête basse ; et lorsqu'il passa près du Prussien dont le regard l'avait tant gêné, il entendit une voix triste qui disait :

« *Bas chôli, ça... Bas chôli...* »

Les larmes lui en vinrent aux yeux.

Une fois dans la plaine, les enfants se mirent à courir et rentrèrent rapidement. Leur sac était plein de pommes de terre que leur avaient données les Prussiens ; avec cela ils passèrent sans encombre à la tranchée des francs-tireurs. On s'y préparait pour l'attaque de la nuit. Des troupes arrivaient, silencieuses, se massant derrière les murs. Le vieux sergent était là, occupé à placer ses hommes, l'air si heureux ! Quand les enfants passèrent, il les reconnut et leur envoya un bon sourire...

Oh ! que ce sourire fit mal au petit Stenne ! Un moment il eut envie de crier :

« N'allez pas là-bas... nous vous avons trahis. »

Mais l'autre lui avait dit : « Si tu parles, nous serons fusillés », et la peur le retint...

A La Courneuve, ils entrèrent dans une maison abandonnée pour partager l'argent. La vérité m'oblige à dire que le partage fut fait honnêtement, et que d'entendre sonner ces beaux écus sous sa blouse, de penser aux parties de *galoche* qu'il avait là en perspective, le petit Stenne ne trouvait plus son crime aussi affreux.

Mais, lorsqu'il fut seul, le malheureux enfant ! lorsque, après les portes, le grand l'eut quitté, alors ses poches commencèrent à devenir bien lourdes, et la main qui lui serrait le cœur le serra plus fort que jamais. Paris ne lui semblait plus le même. Les gens qui passaient le regardaient sévèrement, comme s'ils avaient su d'où il venait. Le mot espion, il l'entendait dans le bruit des roues, dans le battement des tambours qui s'exerçaient le long du canal. Enfin il arriva chez lui, et, tout heureux de voir que son père n'était pas encore rentré, il monta vite dans leur chambre cacher sous son oreiller ces écus qui lui pesaient tant.

Jamais le père Stenne n'avait été si bon, si joyeux qu'en rentrant ce soir-là. On venait de recevoir des nouvelles de province : les affaires du pays allaient mieux. Tout en mangeant, l'ancien soldat regardait son fusil pendu à la muraille, et il disait à l'enfant, avec son bon rire :

« Hein, garçon, comme tu irais aux Prussiens, si tu étais grand ! »

Vers huit heures, on entendit le canon.

« C'est Aubervilliers... On se bat au Bourget », fit le bonhomme, qui connaissait tous ses forts. Le petit Stenne devint pâle, et, prétextant une grande fatigue, il alla se coucher, mais il ne dormit pas. Le canon tonnait toujours. Il se représentait les francs-tireurs arrivant de nuit pour surprendre les Prussiens et tombant eux-mêmes dans une embuscade. Il se rappelait le sergent qui lui avait souri, le voyait étendu là-bas dans la neige, et combien d'autres avec lui!... Le prix de tout ce sang se cachait là, sous·son oreiller, et c'était lui, le fils de M. Stenne, d'un soldat... Les larmes l'étouffaient. Dans la pièce à côté, il entendait son père marcher, ouvrir la fenêtre. En bas, sur la place, le rappel sonnait, un bataillon de mobiles se numérotait pour partir. Décidément, c'était une vraie bataille. Le malheureux ne put retenir un sanglot.

« Qu'as-tu donc ? » dit le père Stenne en entrant.

L'enfant n'y tint plus, sauta de son lit et vint se jeter aux pieds de son père. Au mouvement qu'il fit, les écus roulèrent par terre.

« Qu'est-ce que cela ? Tu as volé ? » dit le vieux en tremblant.

Alors, tout d'une haleine, le petit Stenne raconta qu'il était allé chez les Prussiens et ce qu'il y avait fait. A mesure qu'il parlait, il se sentait le cœur plus libre, cela le soulageait de s'accuser... Le père de Stenne écoutait, avec une figure terrible. Quand ce fut fini, il cacha sa tête dans ses mains et pleura.

« Père, père !... » voulut dire l'enfant.

Le vieux le repoussa sans répondre, et ramassa l'argent.

« C'est tout ? » demanda-t-il.

Le petit Stenne fit signe que c'était tout. Le vieux décrocha son fusil, sa cartouchière, et, mettant l'argent dans sa poche :

« C'est bon, dit-il, je vais le leur rendre. »

Et, sans ajouter un mot, sans seulement retourner la tête, il descendit se mêler aux mobiles qui partaient dans la nuit. On ne l'a jamais revu depuis.

LES MÈRES

SOUVENIRS DU SIÈGE

Ce matin-là, j'étais allé au mont Valérien voir
notre ami le peintre B..., lieutenant aux mobiles de
la Seine. Justement, le brave garçon se trouvait de
garde. Pas moyen de bouger. Il fallut rester à se
promener de long en large, comme des matelots
de quart, devant la poterne du fort, en causant de
Paris, de la guerre et de nos chers absents... Tout à
coup mon lieutenant qui, sous sa tunique de
mobile, est toujours resté le féroce rapin d'autrefois, s'interrompt, tombe en arrêt, et, me prenant
le bras :

« Oh! le beau Daumier », me dit-il tout bas.

Et, du coin de son petit œil gris allumé subitement comme l'œil d'un chien de chasse, il me
montrait les deux vénérables silhouettes qui
venaient de faire leur apparition sur le plateau du
mont Valérien.

Un beau Daumier, en effet. L'homme en longue
redingote marron, avec un collet de velours verdâtre qui semblait fait de vieille mousse des bois,
maigre, petit, rougeaud, le front déprimé, les yeux
ronds, le nez en bec de chouette. Une tête d'oiseau
ridée, solennelle et bête. Pour l'achever, un cabas

45

en tapisserie à fleurs, d'où sortait le goulot d'une bouteille, et sous l'autre bras une boîte de conserve, l'éternelle boîte en fer-blanc que les Parisiens ne pourront plus voir sans penser à leurs cinq mois de blocus... De la femme, on n'apercevait d'abord qu'un chapeau-cabriolet gigantesque et un vieux châle qui la serrait étroitement du haut en bas comme pour bien dessiner sa misère; puis, de temps en temps, entre les ruches fanées de la capote, un bout de nez pointu qui passait et quelques cheveux grisonnants et pauvres.

En arrivant sur le plateau, l'homme s'arrêta pour prendre haleine et s'essuyer le front. Il ne fait pourtant pas chaud là-haut, dans les brumes de fin novembre; mais ils étaient venus si vite!...

La femme ne s'arrêta pas, elle. Marchant droit à la poterne, elle nous regarda une minute en hésitant, comme si elle voulait nous parler; mais, intimidée sans doute par les galons de l'officier, elle aima mieux s'adresser à la sentinelle, et je l'entendis qui demandait timidement à voir son fils, un mobile de Paris de la sixième du troisième.

« Restez là, dit l'homme de garde, je vais le faire appeler. »

Toute joyeuse, avec un soupir de soulagement, elle retourna vers son mari; et tous deux allèrent s'asseoir à l'écart sur le bord d'un talus.

Ils attendirent là bien longtemps. Ce mont Valérien est si grand, si compliqué de cours, de glacis, de bastions, de casernes, de casemates! Allez donc chercher un mobile de la sixième dans cette ville inextricable, suspendue entre terre et ciel, et flottant en spirale au milieu des nuages comme l'île de Laputa. Sans compter qu'à cette heure-là le fort est plein de tambours, de trompettes, de soldats

46

qui courent, de bidons qui sonnent. C'est la garde qu'on relève, les corvées, la distribution, un espion tout sanglant que des francs-tireurs ramènent à coups de crosse, des paysans de Nanterre qui viennent se plaindre au général, une estafette arrivant au galop, l'homme transi, la bête ruisselante; des cacolets revenant des avant-postes avec les blessés qui se balancent aux flancs des mules et geignent doucement comme des agneaux malades, des matelots halant une pièce neuve au son du fifre et des « hissa! ho! », le troupeau du fort qu'un berger en pantalon rouge pousse devant lui, la gaule à la main, le chassepot en bandoulière; tout cela va, vient, s'entrecroise dans les cours, s'engouffre sous la poterne comme sous la porte basse d'un caravansérail d'Orient.

« Pourvu qu'ils n'oublient pas mon garçon! » disaient pendant ce temps les yeux de la pauvre mère; et toutes les cinq minutes elle se levait, s'approchait de l'entrée discrètement, jetait un regard furtif dans l'avant-cour en se garant contre la muraille; mais elle n'osait plus rien demander de peur de rendre son enfant ridicule. L'homme, encore plus timide qu'elle, ne bougeait pas de son coin; et chaque fois qu'elle revenait s'asseoir, le cœur gros, l'air découragé, on voyait qu'il la grondait de son impatience et qu'il lui donnait force explications sur les nécessités du service avec des gestes d'imbécile qui veut faire l'entendu.

J'ai toujours été très curieux de ces petites scènes silencieuses et intimes qu'on devine encore plus qu'on ne les voit, de ces pantomimes de la rue qui vous coudoient quand vous marchez et d'un geste vous révèlent toute une existence; mais ici, ce qui me captivait surtout, c'était la gaucherie, la naïveté de mes personnages, et j'éprouvais une véritable émotion à suivre à travers leur mimique, expressive et limpide comme l'âme de deux acteurs de Séraphin, toutes les péripéties d'un adorable drame familial...

Je voyais la mère se disant un beau matin :

« Il m'ennuie, ce M. Trochu, avec ses consignes... Il y a trois mois que je n'ai pas vu mon enfant... Je veux aller l'embrasser. »

Le père, timide, emprunté dans la vie, effaré à l'idée des démarches à faire pour se procurer un permis, a d'abord essayé de la raisonner :

« Mais tu n'y penses pas, chérie. Ce mont Valérien est au diable... Comment feras-tu pour y aller, sans voiture ? D'ailleurs, c'est une citadelle ! les femmes ne peuvent pas entrer.

— Moi, j'entrerai », dit la mère.

Et comme il fait tout ce qu'elle veut, l'homme s'est mis en route, il est allé au secteur, à la mairie, à l'état-major, chez le commissaire suant de peur, gelant de froid, se cognant partout, se trompant de porte, faisant deux heures de queue à un bureau, et puis ce n'était pas celui-là. Enfin, le soir, il est revenu avec un permis du gouverneur dans sa poche... Le lendemain, on s'est levé de bonne heure, au froid, à la lampe. Le père casse une croûte pour se réchauffer, mais la mère n'a pas faim. Elle aime mieux déjeuner là-bas avec son fils. Et pour régaler un peu le pauvre mobile, vite, vite, on empile dans le cabas le ban et l'arrière-ban des provisions de siège : chocolat, confitures, vin cacheté, tout jusqu'à la boîte, une boîte de huit francs qu'on gardait précieusement pour les jours de grande disette. Là-dessus les voilà partis. Comme ils arrivaient aux remparts, on venait

48

d'ouvrir les portes. Il a fallu montrer le permis. C'est la mère qui avait peur... Mais non! Il paraît qu'on était en règle.

« Laissez passer! » dit l'adjudant de service.

Alors seulement elle respire :

« Il a été bien poli, cet officier. »

Et, leste comme un perdreau, elle trotte, elle se dépêche. L'homme a peine à lui tenir pied :

« Comme tu vas vite, chérie! »

Mais elle ne l'écoute pas. Là-haut, dans les vapeurs de l'horizon, le mont Valérien lui fait signe :

« Arrive vite... il est ici. »

Et maintenant qu'ils sont arrivés, c'est une nouvelle angoisse.

Si on ne le trouvait pas! S'il allait ne pas venir!...

Soudain, je la vis tressaillir, frapper sur le bras du vieux et se redresser d'un bond... De loin, sous la voûte de la poterne, elle avait reconnu son pas.

C'était lui!

Quand il parut, la façade du fort en fut tout illuminée.

Un grand beau garçon, ma foi! bien planté, sac au dos, fusil au poing... Il les aborda, le visage ouvert, d'une voix mâle et joyeuse.

« Bonjour, maman. »

Et tout de suite sac, couverture, chassepot, tout disparut dans le grand chapeau-cabriolet. Ensuite le père eut son tour, mais ce ne fut pas long. Le cabriolet voulait tout pour lui. Il était insatiable...

« Comment vas-tu?... Es-tu bien couvert?... Où en es-tu de ton linge? »

Et, sous les ruches de la capote, je sentais le long regard d'amour dont elle l'enveloppait des pieds à la tête, dans une pluie de baisers, de larmes, de petits rires; un arriéré de trois mois de tendresse maternelle qu'elle lui payait tout en une fois. Le père était très ému, lui aussi, mais il ne voulait pas en avoir l'air. Il comprenait que nous le regardions et clignait de l'œil de notre côté comme pour nous dire :

« Excusez-la..., c'est une femme. »

Si je l'excusais !

Une sonnerie de clairon vint souffler subitement sur cette belle joie :

« On rappelle, dit l'enfant. Il faut que je m'en aille.

— Comment ! tu ne déjeunes pas avec nous ?

— Mais non ! je ne peux pas... Je suis de garde pour vingt-quatre heures, tout en haut du fort.

— Oh ! » fit la pauvre femme.

Et elle ne put pas en dire davantage.

Ils restèrent un moment à se regarder tous les trois d'un air consterné. Puis le père, prenant la parole :

« Au moins emporte la boîte », dit-il d'une voix déchirante, avec une expression à la fois touchante et comique de gourmandise sacrifiée.

Mais voilà que, dans le trouble et l'émotion des adieux, on ne la trouvait plus cette maudite boîte ; et c'était pitié de voir ces mains fébriles et trem-blantes qui cherchaient, qui s'agitaient ; d'entendre ces voix entrecoupées de larmes qui demandaient : « La boîte ! où est la boîte ? » sans honte de mêler ce petit détail de ménage à cette grande douleur... La boîte retrouvée, il y eut une dernière et longue étreinte, et l'enfant rentra dans le fort en courant.

Songez qu'ils étaient venus de bien loin pour ce déjeuner, qu'ils s'en faisaient une grande fête, que la mère n'en avait pas dormi de la nuit; et dites-vous si vous savez rien de plus navrant que cette partie manquée, ce coin de paradis entrevu et refermé tout de suite si brutalement.

Ils attendirent encore quelque temps, immobiles à la même place, les yeux toujours cloués sur cette poterne où leur enfant venait de disparaître. Enfin l'homme se secoua, toussa deux ou trois coups d'un air très brave, et sa voix une fois bien assurée :

« Allons! la mère, en route! » dit-il tout haut et fort gaillardement.

Là-dessus il nous fit un grand salut et prit le bras de sa femme... Je les suivis de l'œil jusqu'au tournant de la route. Le père avait l'air furieux. Il brandissait le cabas avec des gestes désespérés... La mère, elle, paraissait calme. Elle marchait à ses côtés, la tête basse, les bras au corps. Mais par moments, sur ses épaules étroites, je croyais voir son châle frissonner convulsivement.

LE SIÈGE DE BERLIN

Nous remontions l'avenue des Champs-Élysées avec le docteur V..., demandant aux mures troués d'obus, aux trottoirs défoncés par la mitraille, l'histoire de Paris assiégé, lorsqu'un peu avant d'arriver au rond-point de l'Étoile, le docteur s'arrêta, et me montrant une de ces grandes maisons de coin si pompeusement groupées autour de l'Arc de triomphe :

« Voyez-vous, me dit-il, ces quatre fenêtres fermées là-haut sur ce balcon ? Dans les premiers jours du mois d'août, ce terrible mois d'août de l'an dernier, si lourd d'orages et de désastres, je fus appelé là pour un cas d'apoplexie foudroyante. C'était chez le colonel Jouve, un cuirassier du Premier Empire, vieil entêté de gloire et de patriotisme, qui dès le début de la guerre était venu se loger aux Champs-Élysées, dans un appartement à balcon... Devinez pourquoi ? Pour assister à la rentrée triomphale de nos troupes... Pauvre vieux ! La nouvelle de Wissembourg lui arriva comme il sortait de table. En lisant le nom de Napoléon au bas de ce bulletin de défaite, il était tombé foudroyé.

« Je trouvai l'ancien cuirassier étendu de tout

son long sur le tapis de la chambre, la face sanglante et inerte comme s'il avait reçu un coup de massue sur la tête. Debout, il devait être très grand ; couché, il avait l'air immense. De beaux traits, des dents superbes, une toison de cheveux blancs tout frisés, quatre-vingts ans qui en paraissaient soixante... Près de lui sa petite-fille à genoux et tout en larmes. Elle lui ressemblait. A les voir l'un à côté de l'autre, on eût dit deux belles médailles grecques frappées à la même empreinte, seulement l'une antique, terreuse, un peu effacée sur les contours, l'autre resplendissante et nette, dans tout l'éclat et le velouté de l'empreinte nouvelle.

« La douleur de cette enfant me toucha. Fille et petite-fille de soldat, elle avait son père à l'état-major de Mac-Mahon, et l'image de ce grand vieillard étendu devant elle évoquait dans son esprit une autre image non moins terrible. Je la rassurai de mon mieux ; mais, au fond, je gardais peu d'espoir. Nous avions affaire à une belle et bonne hémiplégie, et, à quatre-vingts ans, on n'en revient guère. Pendant trois jours, en effet, le malade resta dans le même état d'immobilité et de stupeur... Sur ces entrefaites, la nouvelle de Reichshoffen arriva à Paris. Vous vous rappelez de quelle étrange façon. Jusqu'au soir, nous crûmes tous à une grande victoire, vingt mille Prussiens tués, le prince royal prisonnier... Je ne sais par quel miracle, quel courant magnétique, un écho de cette joie nationale alla chercher notre pauvre sourd-muet jusque dans les limbes de sa paralysie ; toujours est-il que ce soir-là, en m'approchant de son lit, je ne trouvai plus le même homme. L'œil était presque clair, la langue moins lourde. Il eut la force de me sourire et bégaya deux fois :

« — Vic... toi... re !

« — Oui, colonel, grande victoire !... »

« Et à mesure que je lui donnais des détails sur le beau succès de Mac-Mahon, je voyais ses traits se détendre, sa figure s'éclairer...

« Quand je sortis, la jeune fille m'attendait, pâle et debout devant la porte. Elle sanglotait.

« — Mais il est sauvé ! » lui dis-je en lui prenant les mains.

« La malheureuse enfant eut à peine le courage de me répondre. On venait d'afficher le vrai Reich-shoffen, Mac-Mahon en fuite, toute l'armée écra-sée... Nous nous regardâmes consternés. Elle se désolait en pensant à son père. Moi, je tremblais en pensant au vieux. Bien sûr, il ne résisterait pas à cette nouvelle secousse. Et cependant comment faire ?... Lui laisser sa joie, les illusions qui l'avaient fait revivre !... Mais alors il fallait men-tir...

« — Eh bien, je mentirai ! » me dit l'héroïque fille en essuyant vite ses larmes.

« Et, toute rayonnante, elle rentra dans la chambre de son grand-père.

« C'était une rude tâche qu'elle avait prise là. Les premiers jours on s'en tira encore. Le bonhomme avait la tête faible et se laissait tromper comme un enfant. Mais avec la santé ses idées se firent plus nettes. Il fallut le tenir au courant du mouvement des armées, lui rédiger des bulletins militaires. Il y avait pitié vraiment à voir cette belle enfant pen-chée nuit et jour sur sa carte d'Allemagne, piquant de petits drapeaux, s'efforçant de combiner toute une campagne glorieuse : Bazaine sur Berlin, Frossard en Bavière, Mac-Mahon sur la Baltique. Pour tout cela elle me demandait conseil, et je l'aidais autant que je pouvais, mais c'est le grand-père surtout qui nous servait dans cette invasion imaginaire. Il avait conquis l'Allemagne tant de fois sous le Premier Empire ! Il savait tous les coups d'avance : « Maintenant voilà où ils vont « aller... Voilà ce qu'on va faire... » ; et ses prévisions se réalisaient toujours, ce qui ne manquait pas de le rendre très fier.

« Malheureusement nous avions beau prendre des villes, gagner des batailles, nous n'allions jamais assez vite pour lui. Il était insatiable, ce vieux ! Chaque jour, en arrivant, j'apprenais un nouveau fait d'armes :

« — Docteur, nous avons pris Mayence », me disait la jeune fille en venant au-devant de moi avec un sourire navré.

« Et j'entendais à travers la porte une voix joyeuse qui me criait :

« — Ça marche ! ça marche !... Dans huit jours nous entrerons à Berlin. »

« A ce moment-là, les Prussiens n'étaient plus qu'à huit jours de Paris... Nous nous demandâmes d'abord s'il ne valait pas mieux le transporter en province ; mais, sitôt dehors, l'état de la France lui aurait tout appris, et je le trouvais encore trop faible, trop engourdi de sa grande secousse pour lui laisser connaître la vérité. On se décida donc à rester.

« Le premier jour de l'investissement, je montai chez eux — je me souviens — très ému, avec cette angoisse au cœur que nous donnaient à tous les portes de Paris fermées, la bataille sous les murs, nos banlieues devenues frontières. Je trouvai le bonhomme assis sur son lit, jubilant et fier :

« — Eh bien, me dit-il, le voilà donc commencé ce siège ! »

« Je le regardai, stupéfait :

« — Comment, colonel, vous savez ?... »

« Sa petite-fille se tourna vers moi :

« — Eh ! oui, docteur... C'est la grande nou-
« velle... Le siège de Berlin est commencé. »

« Elle disait cela en tirant son aiguille, d'un petit
air si posé, si tranquille... Comment se serait-il
douté de quelque chose ? Le canon des morts, il ne
pouvait pas l'entendre. Ce malheureux Paris,
sinistre et bouleversé, il ne pouvait pas le voir. Ce
qu'il apercevait de son lit, c'était un pan de l'Arc de
triomphe, et, dans sa chambre, autour de lui, tout
un bric-à-brac du Premier Empire bien fait pour
entretenir ses illusions. Des portraits de maréchaux, des gravures de batailles, le roi de Rome en
robe de baby ; puis de grandes consoles toutes
raides, ornées de cuivres à trophées, chargées de
reliques impériales, des médailles, des bronzes, un
rocher de Saint-Hélène sous globe, des miniatures
représentant la même dame frisottée, en tenue de
bal, en robe jaune, des manches à gigot et des yeux
clairs, et tout cela, les consoles, le roi de Rome, les
maréchaux, les dames jaunes, avec la taille montante, la ceinture haute, cette raideur engoncée
qui était la grâce de 1806... Brave colonel ! c'est
cette atmosphère de victoires et conquêtes, encore
plus que tout ce que nous pouvions lui dire, qui le
faisait croire si naïvement au siège de Berlin.

« A partir de ce jour, nos opérations militaires se
trouvèrent bien simplifiées. Prendre Berlin, ce
n'était plus qu'une affaire de patience. De temps
en temps, quand le vieux s'ennuyait trop, on lui
lisait une lettre de son fils, lettre imaginaire bien
entendu, puisque rien n'entrait plus dans Paris, et
que, depuis Sedan, l'aide de camp de Mac-Mahon

avait été dirigé sur une forteresse d'Allemagne. Vous figurez-vous le désespoir de cette pauvre enfant sans nouvelles de son père, le sachant prisonnier, privé de tout, malade peut-être, et obligée de le faire parler dans des lettres joyeuses, un peu courtes, comme pouvait en écrire un soldat en campagne, allant toujours en avant dans le pays conquis. Quelquefois la force lui manquait; on restait des semaines sans nouvelles. Mais le vieux s'inquiétait, ne dormait plus. Alors, vite, arrivait une lettre d'Allemagne qu'elle venait lui lire gaiement près de son lit, en retenant ses larmes. Le colonel écoutait religieusement, souriait d'un air entendu, approuvait, critiquait, nous expliquait les passages un peu troubles. Mais où il était beau surtout, c'est dans les réponses qu'il envoyait à son fils : « N'oublie jamais que tu es Français, lui « disait-il... Sois généreux pour ces pauvres gens. « Ne leur fais pas l'invasion trop lourde... » Et c'étaient des recommandations à n'en plus finir, d'adorables prêchi-prêcha sur le respect des propriétés, la politesse qu'on doit aux dames, un vrai code d'honneur militaire à l'usage des conquérants. Il y mêlait aussi quelques considérations générales sur la politique, les conditions de la paix à imposer aux vaincus. Là-dessus, je dois le dire, il n'était pas exigeant :

« L'indemnité de guerre, et rien de plus... A quoi « bon leur prendre des provinces?... Est-ce qu'on « peut faire de la France avec de l'Allemagne?... »

« Il dictait cela d'une voix ferme, et l'on sentait tant de candeur dans ses paroles, une si belle foi patriotique, qu'il était impossible de ne pas être ému en l'écoutant.

« Pendant ce temps-là, le siège avançait toujours, pas celui de Berlin, hélas!... C'était le moment du grand froid, du bombardement, des épidémies, de la famine. Mais, grâce à nos soins, à nos efforts, à l'infatigable tendresse qui se multipliait autour de lui, la sérénité du vieillard ne fut pas un instant troublée. Jusqu'au bout, je pus lui avoir du pain blanc, de la viande fraîche. Il n'y en avait que pour lui, par exemple; et vous ne pouvez rien imaginer de plus touchant que ces déjeuners de grand-père, si innocemment égoïstes, le vieux sur son lit, frais et riant, la serviette au menton; près de sa petite-fille, un peu pâlie par les privations, guidant ses mains, le faisant boire, l'aidant à manger toutes ces bonnes choses défendues. Alors, animé par le repas, dans le bien-être de sa chambre chaude, la bise d'hiver au-dehors, cette neige qui tourbillonnait à ses fenêtres, l'ancien cuirassier se rappelait ses campagnes dans le Nord et nous racontait pour la centième fois cette sinistre retraite de Russie où l'on n'avait à manger que du biscuit gelé et de la viande de cheval :

« — Comprends-tu cela, petite! nous mangions « du cheval! »

« Je crois bien qu'elle le comprenait. Depuis deux mois, elle ne mangeait pas autre chose... De jour en jour cependant, à mesure que la convalescence approchait, notre tâche autour du malade devenait plus difficile. Cet engourdissement de tous ses sens, de tous ses membres, qui nous avait si bien servis jusqu'alors, commençait à se dissiper. Deux ou trois fois déjà, les terribles bordées de la porte Maillot l'avaient fait bondir, l'oreille dressée comme un chien de chasse; on fut obligé d'inventer une dernière victoire de Bazaine sous Berlin, et des salves tirées en cet honneur aux

Invalides. Un autre jour qu'on avait poussé son lit près de la fenêtre — c'était, je crois, le jeudi de Buzenval — il vit très bien des gardes nationaux qui se massaient sur l'avenue de la Grande-Armée.

« — Qu'est-ce que c'est donc que ces troupes-« là ? » demanda le bonhomme.

« Et nous l'entendions grommeler entre ses dents :

« — Mauvaise tenue ! mauvaise tenue ! »

« Il n'en fut pas autre chose ; mais nous comprîmes que, dorénavant, il fallait prendre de grandes précautions. Malheureusement on n'en prit pas assez.

« Un soir, comme j'arrivais, l'enfant vînt à moi toute troublée :

« — C'est demain qu'ils entrent », me dit-elle.

« La chambre du grand-père était-elle ouverte ? Le fait est que, depuis, en y songeant, je me suis rappelé qu'il avait, ce soir-là, une physionomie extraordinaire. Il est probable qu'il nous avait entendus. Seulement, nous parlions des Prussiens, nous, et le bonhomme pensait aux Français, à cette entrée triomphale qu'il attendait depuis si longtemps : Mac-Mahon descendant l'avenue dans les fleurs, dans les fanfares, son fils à côté du maréchal, et lui, le vieux, sur son balcon, en grande tenue, comme à Lutzen, saluant les drapeaux troués et les aigles noires de poudre...

« Pauvre père Jouve ! Il s'était sans doute imaginé qu'on voulait l'empêcher d'assister à ce défilé de nos troupes, pour lui éviter une trop grande émotion. Aussi se garda-t-il bien de parler à personne ; mais le lendemain, à l'heure même où les bataillons prussiens s'engageaient timidement sur la longue voie qui mène de la porte Maillot aux

60

Tuileries, la fenêtre de là-haut s'ouvrit doucement, et le colonel parut sur le balcon avec son casque, sa grande latte, toute sa vieille défroque glorieuse d'ancien cuirassier de Milhaud. Je me demande encore quel effort de volonté, quel sursaut de vie l'avait ainsi mis sur pied et harnaché. Ce qu'il y a de sûr, c'est qu'il était là, debout derrière la rampe, s'étonnant de trouver les avenues si larges, si muettes, les persiennes des maisons fermées, Paris sinistre comme un grand lazaret, partout des drapeaux, mais si singuliers, tout blancs avec des croix rouges, et personne pour aller au-devant de nos soldats.

« Un moment il put croire qu'il s'était trompé...

« Mais non ! là-bas, derrière l'Arc de Triomphe, c'était un bruissement confus, une ligne noire qui s'avançait dans le jour levant... Puis, peu à peu, les aiguilles des casques brillèrent, les petits tambours d'Iéna se mirent à battre, et sous l'arc de l'Étoile, rythmée par le pas lourd des sections, par le heurt des sabres, éclata la *Marche triomphale* de Schubert !...

« Alors, dans le silence morne de la place, on entendit un cri, un cri terrible : « Aux armes !... aux « armes !... les Prussiens. » Et les quatre uhlans de l'avant-garde purent voir là-haut, sur le balcon, un grand vieillard chanceler en remuant les bras, et tomber raide. Cette fois, le colonel Jouve était bien mort. »

LE MAUVAIS ZOUAVE

Le grand forgeron Lory, de Sainte-Marie-aux-Mines, n'était pas content ce soir-là.

D'habitude, sitôt la forge éteinte, le soleil couché, il s'asseyait sur un banc devant sa porte pour savourer cette bonne lassitude que donne le poids du travail et de la chaude journée, et, avant de renvoyer les apprentis, il buvait avec eux quelques longs coups de bière fraîche en regardant la sortie des fabriques. Mais, ce soir-là, le bonhomme resta dans sa forge jusqu'au moment de se mettre à table; et encore y vint-il comme à regret. La vieille Lory pensait en regardant son homme:

« Qu'est-ce qu'il lui arrive?... Il a peut-être reçu du régiment quelque mauvaise nouvelle qu'il ne veut pas me dire? L'aîné est peut-être malade... »

Mais elle n'osait rien demander et s'occupait seulement à faire taire trois petits blondins couleur d'épis brûlés, qui riaient autour de la nappe en croquant une bonne salade de radis noirs à la crème.

A la fin, le forgeron repoussa son assiette en colère:

« Ah! les gueux! ah! les canailles!...

— A qui en as-tu, voyons, Lory ? »

Il éclata :

« J'en ai, dit-il, à cinq ou six drôles qu'on voit rouler depuis ce matin dans la ville en costume de soldats français, bras dessus, bras dessous avec les Bavarois... C'est encore de ceux-là qui ont... comment disent-ils ça ?... opté pour la nationalité de Prusse... Et dire que tous les jours nous en voyons revenir de ces faux Alsaciens !... Qu'est-ce qu'on leur a donc fait boire ? »

La mère essaya de les défendre :

« Que veux-tu, mon pauvre homme, ce n'est pas tout à fait leur faute à ces enfants... C'est si loin cette Algérie d'Afrique où on les envoie !... Ils ont le mal du pays là-bas ; et la tentation est bien forte pour eux de revenir, de n'être plus soldats. »

Lory donna un grand coup de poing sur la table :

« Tais-toi, la mère !... Vous autres, femmes, vous n'y entendez rien. A force de vivre toujours avec les enfants et rien que pour eux, vous rapetissez tout à la taille de vos marmots... Eh bien, moi, je te dis que ces hommes-là sont des gueux, des renégats, les derniers des lâches, et que si par malheur notre Christian était capable d'une infamie pareille, aussi vrai que je m'appelle Georges Lory et que j'ai servi sept ans aux chasseurs de France, je lui passerais mon sabre à travers le corps. »

Et terrible, à demi levé, le forgeron montrait sa longue latte de chasseur pendue à la muraille au-dessous du portrait de son fils, un portrait de zouave fait là-bas, en Afrique ; mais, de voir cette honnête figure d'Alsacien, toute noire et hâlée de soleil, dans ces blancheurs, ces effacements que font les couleurs vives à la grande lumière, cela le calma subitement, et il se mit à rire :

« Je suis bien bon de me monter la tête...
Comme si notre Christian pouvait songer à devenir Prussien, lui qui en a tant descendu pendant la
guerre !... »

Remis en belle humeur par cette idée, le bonhomme acheva de dîner gaiement et s'en alla sitôt
après vider une couple de chopes à la *Ville de
Strasbourg*.

Maintenant la vieille Lory est seule. Après avoir
couché ses trois petits blondins qu'on entend
gazouiller dans la chambre à côté, comme un nid
qui s'endort, elle prend son ouvrage et se met à
repriser devant la porte, du côté des jardins. De
temps en temps elle soupire et pense en elle-
même :

« Oui, je veux bien. Ce sont des lâches, des renégats... mais c'est égal ! Leurs mères sont bien heu-
reuses de les ravoir. »

Elle se rappelle le temps où le sien, avant de partir pour l'armée, était là à cette même heure du
jour, en train de soigner le petit jardin. Elle
regarde le puits où il venait remplir ses arrosoirs,
en blouse, les cheveux longs, ses beaux cheveux
qu'on lui a coupés en entrant aux zouaves...

Soudain elle tressaille. La petite porte du fond,
celle qui donne sur les champs, s'est ouverte. Les
chiens n'ont pas aboyé ; pourtant celui qui vient
d'entrer longe les murs comme un voleur, se glisse
entre les ruches...

« Bonjour, maman ! »

Son Christian est debout devant elle, tout
débraillé dans son uniforme, honteux, troublé, la
langue épaisse. Le misérable est revenu au pays
avec les autres, et, depuis une heure, il rôde
autour de la maison, attendant le départ du père

pour entrer. Elle voudrait le gronder, mais elle n'en a pas le courage. Il y a si longtemps qu'elle ne l'a vu, embrassé! Puis il lui donne de si bonnes raisons, qu'il s'ennuyait du pays, de la forge, de vivre toujours loin d'eux, avec ça la discipline devenue plus dure, et les camarades qui l'appelaient « Prussien », à cause de son accent d'Alsace. Tout ce qu'il dit, elle le croit. Elle n'a qu'à le regarder pour le croire. Toujours causant, ils sont entrés dans la salle basse. Les petits réveillés accourent pieds nus, en chemise, pour embrasser le grand frère. On veut le faire manger, mais il n'a pas faim. Seulement il a soif, toujours soif, et il boit de grands coups d'eau par-dessus toutes les tournées de bière et de vin blanc qu'il s'est payées depuis le matin au cabaret.

Mais quelqu'un marche dans la cour. C'est le forgeron qui rentre.

« Christian, voilà ton père. Vite, cache-toi, que j'aie le temps de lui parler, de lui expliquer... »

Et elle le pousse derrière le grand poêle en faïence, puis se remet à coudre, les mains tremblantes. Par malheur, la chéchia du zouave est restée sur la table, et c'est la première chose que Lory voit en entrant. La pâleur de la mère, son embarras... Il comprend tout.

« Christian est ici!... » dit-il d'une voix terrible.

Et, décrochant son sabre avec un geste fou, il se précipite vers le poêle où le zouave est blotti, blême, dégrisé, s'appuyant au mur, de peur de tomber.

La mère se jette entre eux :

« Lory, Lory, ne le tue pas... C'est moi qui lui ai écrit de revenir, que tu avais besoin de lui à la forge... »

Elle se cramponne à son bras, se traîne, sanglote. Dans la nuit de leur chambre, les enfants crient d'entendre ces voix pleines de colère et de larmes, si changées qu'ils ne les reconnaissent plus... Le forgeron s'arrête, et, regardant sa femme :

« Ah ! c'est toi qui l'as fait revenir... Alors, c'est bon, qu'il aille se coucher. Je verrai demain ce que j'ai à faire. »

Le lendemain, Christian, en s'éveillant d'un lourd sommeil plein de cauchemars et de terreurs sans cause, s'est retrouvé dans sa chambre d'enfant. A travers les petites vitres encadrées de plomb, traversées de houblon fleuri, le soleil est déjà chaud et haut. En bas, les marteaux sonnent sur l'enclume... La mère est à son chevet ; elle ne l'a pas quitté de la nuit, tant la colère de son homme lui faisait peur. Le vieux non plus ne s'est pas couché. Jusqu'au matin il a marché dans la maison, pleurant, soupirant, ouvrant et fermant des armoires, et à présent voilà qu'il entre dans la chambre de son fils, gravement, habillé comme pour un voyage, avec de hautes guêtres, le large chapeau et le bâton de montagne solide et ferré au bout. Il s'avance droit au lit :

« Allons, haut !... lève-toi ! »

Le garçon, un peu confus, veut prendre ses effets de zouave :

« Non, pas ça... » dit le père sévèrement.

Et la mère, toute craintive :

« Mais, mon ami, il n'en a pas d'autres.

— Donne-lui les miens... Moi, je n'en ai plus besoin. »

Pendant que l'enfant s'habille, Lory plie soigneusement l'uniforme, la petite veste, les grandes braies rouges, et, le paquet fait, il se passe autour du cou l'étui de fer-blanc où tient la feuille de route...

« Maintenant descendons », dit-il ensuite.

Et tous trois descendent à la forge sans se parler... Le soufflet ronfle; tout le monde est au travail. En revoyant ce hangar grand ouvert, auquel il pensait tant là-bas, le zouave se rappelle son enfance et comme il a joué là longtemps entre la chaleur de la route et les étincelles de la forge toutes brillantes dans le poussier noir. Il lui prend un accès de tendresse, un grand désir d'avoir le pardon de son père; mais, en levant les yeux, il rencontre toujours un regard inexorable.

Enfin le forgeron se décide à parler :

« Garçon, dit-il, voilà l'enclume, les outils... tout cela est à toi... Et tout cela aussi! ajoute-t-il, en lui montrant le petit jardin qui s'ouvre là-bas au fond, plein de soleil et d'abeilles, dans le cadre enfumé de la porte... Les ruches, la vigne, la maison, tout t'appartient... Puisque tu as sacrifié ton honneur à ces choses, c'est bien le moins que tu les gardes... Te voilà maître ici... Moi, je pars... Tu dois cinq ans à la France, je vais les payer pour toi.

— Lory, Lory, où vas-tu? crie la pauvre vieille.

— Père!... » supplie l'enfant.

Mais le forgeron est déjà parti, marchant à grands pas, sans se retourner...

A Sidi-bel-Abbès, au dépôt du 3e zouave, il y a depuis quelques jours un engagé volontaire de cinquante-cinq ans.

LA PENDULE DE BOUGIVAL

C'ÉTAIT une pendule du Second Empire, une de ces
pendules en onyx algérien, ornées de dessins Cam-
pana, qu'on achète boulevard des Italiens, avec
leur clef dorée pendue en sautoir au bout d'un
ruban rose. Tout ce qu'il y a de plus mignon, de
plus moderne, de plus article de Paris. Une vraie
pendule des Bouffes, sonnant d'un joli timbre
clair, mais sans un grain de bon sens, pleine de
lubies, de caprices, marquant les heures à la
diable, passant les demies, n'ayant jamais su bien
dire que l'heure de la Bourse à monsieur et l'heure
du berger à madame. Quand la guerre éclata, elle
était en villégiature à Bougival, faite exprès pour
ces palais d'été si fragiles, ces jolies cages à
mouches en papier découpé, ces mobiliers d'une
saison, guipure et mousseline flottant sur des
transparents de soie claire. A l'arrivée des Bavarois, elle fut une des premières enlevées ; et, ma
foi ! il faut avouer que ces gens d'outre-Rhin sont
des emballeurs bien habiles, car cette pendule-
joujou, guère plus grosse qu'un œuf de tourterelle,

put faire au milieu des canons Krupp et des fourgons chargés de mitraille le voyage de Bougival à
Munich, arriver sans une fêlure, et se montrer dès
le lendemain, Odeon-Platz, à la devanture
d'Augustus Cahn, le marchand de curiosités,
fraîche, coquette, ayant toujours ses deux fines
aiguilles, noires et recourbées comme des cils, et
sa petite clef en sautoir au bout d'un ruban neuf.

L'ILLUSTRE DOCTEUR-PROFESSEUR
OTTO DE SCHWANTHALER

Ce fut un événement dans Munich. On n'y avait
pas encore vu de pendule de Bougival, et chacun
venait regarder celle-là aussi curieusement que les
coquilles japonaises du musée de Siebold. Devant
le magasin d'Augustus Cahn, trois rangs de
grosses pipes fumaient du matin au soir, et le bon
populaire de Munich se demandait avec des yeux
ronds et des *Mein Gott* de stupéfaction à quoi pouvait servir cette singulière petite machine. Les
journaux illustrés donnèrent sa reproduction. Ses
photographies s'étalèrent dans toutes les vitrines;
et c'est en son honneur que l'illustre docteur-professeur Otto de Schwanthaler composa son
fameux *Paradoxe sur les Pendules*, étude philo-
sophico-humoristique en six cents pages, où il est
traité de l'influence des pendules sur la vie des
peuples et logiquement démontré qu'une nation
assez folle pour régler l'emploi de son temps sur
des chronomètres aussi détraqués que cette petite
pendule de Bougival devait s'attendre à toutes les
catastrophes, ainsi qu'un navire qui s'en irait en
mer avec une boussole désorientée. (La phrase est
un peu longue, mais je la traduis textuellement.)

Les Allemands ne faisant rien à la légère, l'illustre docteur-professeur voulut, avant d'écrire son *Paradoxe*, avoir le sujet sous les yeux pour l'étudier à fond, l'analyser minutieusement comme un entomologiste ; il acheta donc la pendule, et c'est ainsi qu'elle passa de la devanture d'Augustus Cahn dans le salon de l'illustre docteur-professeur Otto de Schwanthaler, conservateur de la Pinacothèque, membre de l'Académie des Sciences et Beaux-Arts, en son domicile privé, Ludwigstrasse, 24.

LE SALON DES SCHWANTHALER

Ce qui frappait d'abord en entrant dans le salon des Schwanthaler, académique et solennel comme une salle de conférences, c'était une grande pendule à sujet en marbre sévère, avec une Polymnie de bronze et des rouages très compliqués. Le cadran principal s'entourait de cadrans plus petits, et l'on avait là les heures, les minutes, les saisons, les équinoxes, tout, jusqu'aux transformations de la lune dans un nuage bleu clair au milieu du socle. Le bruit de cette puissante machine remplissait toute la maison. Du bas de l'escalier, on entendait le lourd balancier s'en allant d'un mouvement grave, accentué, qui semblait couper et mesurer la vie en petits morceaux tout pareils ; sous ce tic-tac sonore couraient les trépidations de l'aiguille se démenant dans le cadre des secondes avec la fièvre laborieuse d'une araignée qui connaît le prix du temps.

Puis l'heure sonnait, sinistre, et lente comme une horloge de collège, et chaque fois que l'heure sonnait, il se passait quelque chose dans la maison des Schwanthaler. C'était M. Schwanthaler qui s'en allait à la Pinacothèque, chargé de paperasses, ou la haute dame de Schwanthaler revenant du sermon avec ses trois demoiselles, trois longues filles enguirlandées qui avaient l'air de perches à houblon; ou bien les leçons de cithare, de danse, de gymnastique, les clavecins qu'on ouvrait, les métiers à broderies, les pupitres à musique d'ensemble qu'on roulait au milieu du salon, tout cela si bien réglé, si compassé, si méthodique, que d'entendre tous ces Schwanthaler se mettre en branle au premier coup de timbre, entrer, sortir par les portes ouvertes à deux battants, on songeait au défilé des apôtres dans l'horloge de Strasbourg, et l'on s'attendait toujours à voir sur le dernier coup la famille Schwanthaler rentrer et disparaître dans sa pendule.

SINGULIÈRE INFLUENCE DE LA PENDULE DE BOUGIVAL SUR UNE HONNÊTE FAMILLE DE MUNICH

C'est à côté de ce monument qu'on avait mis la pendule de Bougival, et vous voyez d'ici l'effet de sa petite mine chiffonnée. Voilà qu'un soir les dames de Schwanthaler étaient en train de broder dans le grand salon et l'illustre docteur-professeur lisait à quelques collègues de l'Académie des Sciences les premières pages du *Paradoxe*, s'interrompant de temps en temps pour prendre la petite pendule et faire pour ainsi dire des démonstrations au tableau... Tout à coup, Eva de Schwanthaler, poussée par je ne sais quelle curiosité maudite, dit à son père en rougissant :

« Ô papa, faites-la sonner. »

Le docteur dénouant la clef, donna deux tours, et aussitôt on entendit un petit timbre de cristal si clair, si vif, qu'un frémissement de gaieté réveilla la grave assemblée. Il y eut des rayons dans tous les yeux :

« Que c'est joli ! que c'est joli ! » disaient les demoiselles de Schwanthaler, avec un petit air animé et des frétillements de natte qu'on ne leur connaissait pas.

Alors M. de Schwanthaler, d'une voix triomphante :

« Regardez-la, cette folle de française ! elle sonne huit heures, et elle en marque trois ! »

Cela fit beaucoup rire tout le monde, et, malgré l'heure avancée, ces messieurs se lancèrent à corps perdu dans des théories philosophiques et des considérations interminables sur la légèreté du peuple français. Personne ne pensait plus à s'en aller. On n'entendit même pas sonner au cadran de Polymnie ce terrible coup de dix heures qui dispersait d'ordinaire toute la société. La grande pendule n'y comprenait rien. Elle n'avait jamais tant vu de gaieté dans la maison Schwanthaler, ni du monde au salon si tard. Le diable c'est que lorsque les demoiselles de Schwanthaler furent rentrées dans leur chambre, elles se sentirent l'estomac creusé par la veille et le rire, comme des envies de souper ; et la sentimentale Minna, elle-même, disait en s'étirant les bras :

« Ah ! je mangerais bien une patte de homard. »

« DE LA GAIETÉ, MES ENFANTS, DE LA GAIETÉ ! »

Une fois remontée, la pendule de Bougival reprit sa vie déréglée, ses habitudes de dissipation. On avait commencé par rire de ses lubies ; mais, peu à peu, à force d'entendre ce joli timbre qui sonnait à tort et à travers, la grave maison de Schwanthaler perdit le respect du temps et prit les jours avec une aimable insouciance. On ne songea plus qu'à s'amuser; la vie paraissait si courte, maintenant que toutes les heures étaient confondues! Ce fut un bouleversement général. Plus de sermon, plus d'études! Un besoin de bruit, d'agitation. Mendelssohn et Schumann semblèrent trop monotones: on les remplaça par la *Grande-Duchesse*, le *Petit Faust*, et ces demoiselles tapaient, sautaient, et l'illustre docteur-professeur, pris lui aussi d'une sorte de vertige, ne se lassait pas de dire :

« De la gaieté, mes enfants, de la gaieté!... »

Quant à la grande horloge, il n'en fut plus question. Ces demoiselles avaient arrêté le balancier, prétextant qu'il les empêchait de dormir, et la maison s'en alla toute au caprice du cadran déshéuré.

C'est alors que parut le fameux *Paradoxe sur les Pendules*. A cette occasion, les Schwanthaler donnèrent une grande soirée, non plus une de leurs soirées académiques d'autrefois, sobres de lumières et de bruit, mais un magnifique bal travesti, où Mme de Schwanthaler et ses filles parurent en canotières de Bougival, les bras nus, la jupe courte, et le petit chapeau plat à rubans éclatants. Toute la ville en parla, mais ce n'était que le commencement. La comédie, les tableaux vivants, les soupers, le baccara : voilà ce que Munich scandalisé vit défiler tout un hiver dans le salon de l'académicien.

« De la gaieté, mes enfants, de la gaieté!... » répétait le pauvre bonhomme de plus en plus affolé.

Et tout ce monde-là était très gai en effet.

Mme de Schwanthaler, mise en goût par ses succès de canotière, passait sa vie sur l'Isar en costumes extravagants. Ces demoiselles, restées seules au logis, prenaient des leçons de français avec des officiers de hussards prisonniers dans la ville; et la petite pendule, qui avait toutes raisons de se croire encore à Bougival, jetait les heures à la volée, en sonnant toujours huit quand elle en marquait trois... Puis, un matin, ce tourbillon de gaieté folle emporta la famille Schwanthaler en Amérique, et les plus beaux Titien de la Pinacothèque suivirent dans sa fuite leur illustre conservateur.

CONCLUSION

Après le départ des Schwanthaler, il y eut dans Munich comme une épidémie de scandales. On vit successivement une chanoinesse enlever un baryton, le doyen de l'Institut épouser une danseuse, un conseiller aulique faire sauter la coupe, le couvent des dames nobles fermé pour tapage nocturne...

Ô malice des choses! Il semblait que cette petite pendule était fée et qu'elle avait pris à tâche d'ensorceler toute la Bavière. Partout où elle passait, partout où elle sonnait son joli timbre à l'évent, il affolait, détraquait les cervelles. Un jour, d'étape en étape, elle arriva jusqu'à la résidence; et depuis lors, savez-vous quelle partition le roi Louis, ce wagnérien enragé, a toujours ouverte sur son piano?...

Les Maîtres chanteurs?

Non!... *Le Phoque à ventre blanc!*

Ça leur apprendra à se servir de nos pendules.

LA DÉFENSE DE TARASCON

Dieu soit loué! J'ai enfin des nouvelles de Tarascon. Depuis cinq mois, je ne vivais plus, j'étais
d'une inquiétude! Connaissant l'exaltation de
cette bonne ville et l'humeur belliqueuse de ses
habitants, je me disais : « Qui sait ce qu'a fait
Tarascon? S'est-il rué en masse sur les barbares?
S'est-il laissé bombarder comme Strasbourg, mourir de faim comme Paris, brûler vif comme Châ-
teaudun? Ou bien, dans un accès de patriotisme
farouche, s'est-il fait sauter comme Laon et son
intrépide citadelle?... » Rien de tout cela, mes
amis. Tarascon n'a pas brûlé, Tarascon n'a pas
sauté. Tarascon est toujours à la même place, paisiblement, assis au milieu des vignes, du bon soleil
plein ses rues, du bon muscat plein ses caves, et le
Rhône qui baigne cette aimable localité emporte à
la mer, comme par le passé, l'image d'une ville
heureuse, des reflets de persiennes vertes, de jardins bien ratissés et de miliciens en tuniques
neuves faisant l'exercice tout le long du quai.
   Gardez-vous de croire pourtant que Tarascon
n'ait rien fait pendant la guerre. Il s'est, au
contraire, admirablement conduit, et sa résistance

héroïque, que je vais essayer de vous raconter, aura sa place dans l'histoire comme type de résistance locale, symbole vivant de la défense du Midi.

LES ORPHÉONS

Je vous dirai donc que, jusqu'à Sedan, nos braves Tarasconais s'étaient tenus chez eux bien tranquilles. Pour ces fiers enfants des Alpilles, ce n'était pas la patrie qui mourait là-haut : c'étaient les soldats de l'empereur, c'était l'Empire. Mais une fois le 4 septembre, la République, Attila campé sous Paris, alors oui ! Tarascon se réveilla et l'on vit ce que c'est qu'une guerre nationale... Cela commença naturellement par une manifestation d'orphéonistes. Vous savez quelle rage de musique ils ont dans le Midi. A Tarascon surtout, c'est du délire. Dans les rues, quand vous passez, toutes les fenêtres chantent, tous les balcons vous secouent des romances sur la tête.

N'importe la boutique où vous entrez, il y a toujours au comptoir une guitare qui soupire, et les garçons de pharmacie eux-mêmes vous servent en fredonnant : *Le Rossignol — et le Luth espagnol — Tralala — lalalala*. En dehors de ces concerts privés, les Tarasconais ont encore la fanfare de la ville, la fanfare du collège et je ne sais combien de sociétés d'orphéons.

C'est l'orphéon de Saint-Christophe et son admirable chœur à trois voix : *Sauvons la France*, qui donnèrent le branle au mouvement national.

« Oui, oui, sauvons la France ! » criait le bon Tarascon, en agitant des mouchoirs aux fenêtres. Et les hommes battaient des mains, et les femmes envoyaient des baisers à l'harmonieuse phalange qui traversait le cours sur quatre rangs de profondeur, bannière en tête et marquant fièrement le pas.

L'élan était donné. A partir de ce jour, la ville changea d'aspect : plus de guitare, plus de barcarolle. Partout le *Luth espagnol* fit place à la *Marseillaise*, et, deux fois par semaine, on s'étouffait sur l'Esplanade pour entendre la fanfare du collège jouer le *Chant du départ*. Les chaises coûtaient des prix fous !

Mais les Tarasconais ne s'en tinrent pas là.

LES CAVALCADES

Après la démonstration des orphéons, vinrent les cavalcades historiques au bénéfice des blessés. Rien de gracieux comme de voir, par un dimanche de beau soleil, toute cette vaillante jeunesse tarasconaise, en bottes molles et collant de couleur tendre, quêter de porte en porte et caracoler sous les balcons avec de grandes hallebardes et des filets à papillons ; mais le plus beau de tout, ce fut un carrousel patriotique — François Ier à la bataille de Pavie — que ces messieurs du cercle donnèrent trois jours de suite sur l'Esplanade. Qui n'a pas vu cela n'a jamais rien vu. Le théâtre de Marseille avait prêté les costumes ; l'or, la soie, le velours, les étendards brodés, les écus d'armes, les cimiers, les caparaçons, les rubans, les nœuds, les bouffettes, les fers de lance, les cuirasses faisaient flamber et papilloter l'Esplanade comme un miroir aux alouettes. Par là-dessus, un grand coup de mistral qui secouait toute cette lumière. C'était quelque chose de magnifique. Malheureusement, lorsque, après une lutte acharnée, François Ier — M. Bompard, le gérant du cercle — se voyait enveloppé par un gros de reîtres, l'infortuné Bompard avait, pour rendre son épée, un geste d'épaules si énigmatique, qu'au lieu de « tout est perdu fors l'honneur », il avait plutôt l'air de dire : *Digo-li que vengue, moun bon!* Mais les Tarasconais n'y regardaient pas de si près, et des larmes patriotiques étincelaient dans tous les yeux.

LA TROUÉE

Ces spectacles, ces chants, le soleil, le grand air du Rhône, il n'en fallait pas plus pour monter les têtes. Les affiches du gouvernement mirent le comble à l'exaltation. Sur l'Esplanade, les gens ne s'abordaient plus que d'un air menaçant, les dents serrées, mâchant leurs mots comme des balles. Les conversations sentaient la poudre. Il y avait du salpêtre dans l'air. C'est surtout au café de la Comédie, le matin, en déjeunant, qu'il fallait les entendre, ces bouillants Tarasconais : « Ah! çà! qu'est-ce qu'ils font donc, les Parisiens avec leur tron de Dieu de général Trochu? Ils n'en finissent pas de sortir... Coquin de bon sort! Si c'était Tarascon!... Trrr!... Il y a longtemps qu'on l'aurait faite, la trouée! » Et pendant que Paris s'étranglait avec son pain d'avoine, ces messieurs vous avalaient de succulentes bartavelles arrosées de bon vin de papes, et luisants, bien repus, de la sauce jusqu'aux oreilles, ils criaient comme des sourds en tapant sur la table : « Mais faites-la donc, votre trouée... » Et qu'ils avaient, ma foi, bien raison!

80

Cependant l'invasion des barbares gagnait au sud de jour en jour. Dijon rendu, Lyon menacé, déjà les herbes parfumées de la vallée du Rhône faisaient hennir d'envie les cavales des uhlans. « Organisons notre défense ! » se dirent les Tarasconais, et tout le monde se mit à l'œuvre. En un tournemain, la ville fut blindée, barricadée, casematée. Chaque moisson devint une forteresse. Chez l'armurier Costecalde, il y avait devant le magasin une tranchée d'au moins deux mètres, avec un pont-levis, quelque chose de charmant. Au cercle, les travaux de défense étaient si considérables qu'on allait les voir par curiosité. M. Bompard, le gérant, se tenait en haut de l'escalier, le chassepot à la main, et donnait des explications aux dames :

« S'ils arrivent par ici, pan, pan !... Si, au contraire, ils montent par là, pan, pan !... »

Et puis, à tous les coins de rues, des gens qui vous arrêtaient pour vous dire d'un air mystérieux : « Le café de la Comédie est imprenable », ou bien encore : « On vient de torpiller l'Esplanade !... » Il y avait de quoi faire réfléchir les barbares.

LES FRANCS-TIREURS

En même temps, des compagnies de francs-tireurs s'organisaient avec frénésie. *Frères de la Mort, Chacals du Narbonnais, Espingoliers du Rhône*, il y en avait de tous les noms, de toutes les couleurs, comme des centaurées dans un champ d'avoine ; et des panaches, des plumes de coq, des chapeaux gigantesques, des ceintures d'une largeur !... Pour se donner l'air plus terrible, chaque franc-tireur laissait pousser sa barbe et ses moustaches, si bien qu'à la promenade le monde ne se connaissait plus. De loin vous voyiez un brigand des Abruzzes qui venait sur vous, la moustache en croc, les yeux flamboyants, avec un tremblement de sabres, de revolvers, de yatagans ; et puis, quand on s'approchait, c'était le receveur Pégoulade. D'autres fois, vous rencontriez dans l'escalier Robinson Crusoé lui-même, avec son chapeau pointu, son coutelas en dents de scie, un fusil sur chaque épaule ; au bout du compte, c'était l'armurier Costecalde qui rentrait de dîner en ville. Le diable, c'est qu'à force de se donner des allures féroces, les Tarasconais finirent par se terrifier les uns les autres et bientôt personne n'osa plus sortir.

LAPINS DE GARENNE ET LAPINS DE CHOUX

Le décret de Bordeaux sur l'organisation des gardes nationales mit fin à cette situation intolérable. Au souffle puissant des triumvirs, prrrt ! les plumes de coqs s'envolèrent, et tous les francs-tireurs de Tarascon — chacals, espingoliers et autres — vinrent se fondre en un bataillon d'honnêtes miliciens, sous les ordres du brave général Bravida, ancien capitaine d'habillement. Ici, nouvelles complications. Le décret de Bordeaux faisait, comme on sait, deux catégories dans la garde nationale : les gardes nationaux de marche et les gardes nationaux sédentaires ; « lapins de garenne et lapins de choux », disait assez drôlement le receveur Pégoulade. Au début de la formation, les gardes nationaux de garenne avaient naturellement le beau rôle. Tous les matins, le brave général Bravida les menait sur l'Esplanade faire l'exercice à feu, l'école de tirailleurs. « Couchez-vous ! levez-vous » et ce qui s'ensuit. Ces petites guerres attiraient toujours beaucoup de monde. Les dames de Tarascon n'en manquaient pas une, et même les dames de Beaucaire passaient quelquefois le pont pour venir admirer nos lapins. Pendant ce temps, les pauvres gardes nationaux de choux faisaient modestement le service de la ville et montaient la garde devant le musée, où il n'y avait rien à garder qu'un gros lézard empaillé avec de la mousse et deux fauconneaux du temps du bon roi René. Pensez que les dames de Beaucaire ne passaient pas le pont pour si peu... Pourtant, après trois mois d'exercice à feu, lorsqu'on s'aperçut que les gardes nationaux de garenne ne bougeaient toujours pas de l'Esplanade, l'enthousiasme commença à se refroidir.

Le brave général Bravida avait beau crier à ses lapins : « Couchez-vous ! levez-vous ! » personne ne les regardait plus. Bientôt ces petites guerres furent la fable de la ville. Dieu sait cependant que ce n'était pas leur faute à ces malheureux lapins si on ne les faisait pas partir. Ils en étaient assez furieux. Un jour même ils refusèrent de faire l'exercice.

« Plus de parade ! crient-ils en leur zèle patriotique ; nous sommes de marche ; qu'on nous fasse marcher !

— Vous marcherez ou j'y perdrai mon nom ! » leur dit le brave général Bravida.

Et, tout bouffant de colère, il alla demander des explications à la mairie.

La mairie répondit qu'elle n'avait pas d'ordre et que cela regardait la préfecture.

« Va pour la préfecture ! » fit Bravida.

Et le voilà parti sur l'express de Marseille, à la recherche du préfet, ce qui n'était pas une petite affaire, attendu qu'à Marseille il y avait toujours cinq ou six préfets en permanence et personne pour vous dire lequel était le bon. Par une fortune singulière, Bravida lui mit la main dessus tout de suite, et c'est en plein conseil de préfecture que le brave général porta la parole au nom de ses hommes, avec l'autorité d'un ancien capitaine d'habillement.

Dès les premiers mots, le préfet l'interrompit :

« Pardon, général... Comment se fait-il qu'à vous vos soldats vous demandent de partir et qu'à moi ils me demandent de rester ? Lisez plutôt. »

Et, le sourire aux lèvres, il lui tendit une pétition larmoyante, que deux lapins de garenne — les deux plus enragés pour marcher — venaient d'adresser à la préfecture avec apostilles du médecin, du curé, du notaire, et dans laquelle ils demandaient à passer aux lapins de choux pour cause d'infirmités.

« J'en ai plus de trois cents comme cela, ajouta le préfet, toujours en souriant. Vous comprenez maintenant, général, pourquoi nous ne sommes pas pressés de faire marcher vos hommes. On en a malheureusement trop fait partir de ceux qui voulaient rester. Il n'en faut plus... Sur ce, Dieu sauve la République, et bien le bonjour à vos lapins. »

Pas besoin de dire si le général était penaud en retournant à Tarascon. Mais voici bien une autre histoire. Est-ce qu'en son absence les Tarasconais ne s'étaient pas avisés d'organiser un punch d'adieu par souscription pour les lapins qui allaient partir! Le brave général Bravida eut beau dire que ce n'était pas la peine, que personne ne partirait, le punch était souscrit, commandé, il ne restait plus qu'à le boire, et c'est ce qu'on fit... Donc, un dimanche soir, cette touchante cérémonie du punch d'adieu eut lieu dans les salons de la mairie et, jusqu'au petit jour blanc, les toasts, les vivats, les discours, les chants patriotiques firent trembler les vitres municipales. Chacun, bien entendu, savait à quoi s'en tenir sur ce punch d'adieu; les gardes nationaux de choux qui le payaient avaient la ferme conviction que leurs camarades ne partiraient pas, et ceux de garenne qui le buvaient avaient aussi cette conviction, et le vénérable adjoint qui vint d'une voix émue jurer à tous ces braves qu'il était prêt à marcher à leur tête, savait mieux que personne qu'on ne marcherait pas du tout; mais c'est égal! Ces Méridionaux sont si extraordinaires, qu'à la fin du punch d'adieu tout le monde pleurait, tout le monde s'embrassait, et, ce qu'il y a de plus fort, tout le monde était sincère, même le général!...

A Tarascon, comme dans tout le midi de la France, j'ai souvent observé cet effet de mirage.

LE PRUSSIEN DE BÉLISAIRE

Voici quelque chose que j'ai entendu raconter cette semaine, dans un cabaret de Montmartre. Il me faudrait, pour bien vous dire cela, le vocabulaire faubourien de maître Bélisaire, son grand tablier de menuisier, et deux ou trois coups de ce joli vin blanc de Montmartre, capable de donner l'accent de Paris, même à un Marseillais. Je serais sûr alors de vous faire passer dans les veines le frisson que j'ai eu en écoutant Bélisaire raconter, sur une table de compagnons, cette lugubre et véridique histoire :

« ... C'était le lendemain de l'amnistie (Bélisaire voulait dire l'armistice). Ma femme nous avait envoyés nous deux l'enfant faire un tour du côté de Villeneuve-la-Garenne, rapport à une petite baraque que nous avions là-bas au bord de l'eau et dont nous étions sans nouvelles depuis le siège. Moi, ça me chiffonnait d'emmener le gamin. Je savais que nous allions nous trouver avec les Prussiens, et comme je n'en avais pas encore vu en face, j'avais peur de me faire arriver quelque histoire. Mais la mère en tenait pour son idée :

« — Va donc ! va donc ! ça lui fera prendre l'air à
« cet enfant. »

« Le fait est qu'il en avait besoin, le pauvre petit,
après ses cinq mois de siège et de moisissure !

« Nous voilà donc partis tous les deux à travers
champs. Je ne sais pas s'il était content, le mioche,
de voir qu'il y avait encore des arbres, des oiseaux,
et de s'en donner de barboter dans les terres
labourées. Moi, je n'y allais pas d'aussi bon cœur ;
il y avait trop de casques pointus sur les routes.
Depuis le canal jusqu'à l'île on ne rencontrait que
ça. Et insolents ! Il fallait se tenir à quatre pour ne
pas taper dessus. Mais où je sentis la colère me
monter, là, vrai ! c'est en entrant dans Villeneuve,
quand je vis nos pauvres jardins tout en déroute,
les maisons ouvertes, saccagées, et tous ces ban-
dits installés chez nous, s'appelant d'une fenêtre à
l'autre et faisant sécher leurs tricots de laine sur
nos persiennes, nos treillages. Heureusement que
l'enfant marchait près de moi, et chaque fois que
la main me démangeait trop, je me pensais en le
regardant : « Chaud là, Bélisaire !... Prenons garde
« qu'il n'arrive pas malheur au moutard. » Rien
que ça m'empêchait de faire des bêtises. Alors je
compris pourquoi la mère avait voulu que je
l'emmène avec moi.

« La baraque est au bout du pays, la dernière à
main droite, sur le quai. Je la trouvai vidée du
haut en bas, comme les autres. Plus un meuble,
plus une vitre. Rien que quelques bottes de paille
et le dernier pied du grand fauteuil qui grésillait
dans la cheminée. Ça sentait le Prussien partout,
mais on n'en voyait nulle part... Pourtant il me
semblait que quelque chose remuait dans le sous-
sol. J'avais là un petit établi où je m'amusais à

88

faire des bricoles le dimanche. Je dis à l'enfant de m'attendre, et je descendis voir.

« Pas plus tôt la porte ouverte, voilà un grand cheulard de soldat à Guillaume qui se lève en grognant de dessus les copeaux et vient vers moi, les yeux hors de la tête, avec un tas de jurements que je ne comprends pas. Faut croire qu'il avait le réveil bien méchant, cet animal-là ; car, au premier mot que j'essayai de lui dire, il se mit à tirer son sabre...

« Pour le coup, mon sang ne fit qu'un tour. Toute la bile que j'amassais depuis une heure me sauta à la figure... J'agrippe le valet de l'établi et je cogne... Vous savez, compagnons, si Bélisaire a le poignet solide à l'ordinaire ; mais il paraît que ce jour-là j'avais le tonnerre de Dieu au bout de mon bras... Au premier coup, mon Prussien fait bonhomme et s'étale de tout son long. Je ne le croyais qu'étourdi. Ah ! ben, oui... Nettoyé, mes enfants, tout ce qu'il y a de mieux, comme nettoyage. Débarbouillé à la potasse, quoi !

« Moi, qui n'avais jamais rien tué dans ma vie, pas même une alouette, ça me fit tout de même drôle de voir ce grand corps devant moi... Un joli blond, ma foi, avec une petite barbe follette qui frisait comme des copeaux de frêne. J'en avais les deux jambes qui me tremblaient en le regardant. Pendant ce temps-là, le gamin s'ennuyait là-haut, et je l'entendais crier de toutes ses forces :

« Papa ! papa ! »

« Des Prussiens passaient sur la route, on voyait leurs sabres et leurs grandes jambes par le soupirail du sous-sol. Cette idée me vint tout d'un coup : « S'ils entrent, l'enfant est perdu... ils vont tout « massacrer. » Ce fut vite fini, je ne tremblai plus.

Vite, je fourrai le Prussien sous l'établi. Je lui mis dessus tout ce que je pus trouver de planches, de copeaux, de sciure, et je remontai chercher le petit.

« — Arrive...

« — Qu'est-ce qu'il y a donc, papa ? Comme tu es « pâle !...

« — Marche, marche. »

« Et je vous réponds que les Cosaques pouvaient me bousculer, me regarder de travers, je ne réclamais pas. Il me semblait toujours qu'on courait, qu'on criait derrière nous. Une fois j'entendis un cheval nous arriver dessus à grande volée ; je crus que j'allais tomber de saisissement. Pourtant, après les ponts, je commençai à me reconnaître. Saint-Denis était plein de monde. Il n'y avait pas de risque qu'on nous repêche dans le tas. Alors seulement je pensai à notre pauvre baraque. Les Prussiens, pour se venger, étaient dans le cas d'y mettre le feu, quand ils retrouveraient leur camarade, sans compter que mon voisin Jacquot, le garde-pêche, était seul de Français dans le pays et que ça pouvait lui faire arriver de la peine ce soldat tué près de chez lui. Vraiment ce n'était guère crâne de se sauver de cette façon-là.

« J'aurais dû m'arranger au moins pour le faire disparaître... A mesure que nous arrivions vers Paris, cette idée me tracassait davantage. Il n'y a pas, ça me gênait de laisser ce Prussien dans ma cave. Aussi, au rempart, je n'y tins plus :

« — Va devant, que je dis au mioche. J'ai encore « une pratique à voir à Saint-Denis. »

« Là-dessus je l'embrasse et je m'en retourne. Le cœur me battait bien un peu ; mais, c'est égal, je me sentais à l'aise de n'avoir plus l'enfant avec moi.

« Quand je rentrai dans Villeneuve, il commençait à faire nuit. J'ouvrais l'œil, vous pensez, et je n'avançais qu'une patte après l'autre. Pourtant le pays avait l'air assez tranquille. Je voyais la baraque toujours à sa place, là-bas, dans le brouillard. Au bord du quai, une longue palissade noire; c'étaient les Prussiens qui faisaient l'appel. Bonne occasion pour trouver la maison vide. En filant le long des clôtures, j'aperçus le père Jacquot dans la cour en train d'étendre ses éperviers. Décidément on ne savait rien encore... J'entre chez nous. Je descends, je tâte. Le Prussien était toujours sous ses copeaux; il y avait même deux gros rats en train de lui travailler son casque, et ça me fit une fière souleur de sentir cette mentonnière remuer. Un moment, je crus que le mort allait revenir... Mais non! sa tête était lourde, froide. Je m'accouvai dans un coin, et j'attendis; j'avais mon idée de le jeter à la Seine, quand les autres seraient couchés...

« Je ne sais pas si c'est le voisinage du mort, mais elle m'a paru joliment triste, ce soir-là, la retraite des Prussiens. De grands coups de trompette qui sonnaient trois par trois : Ta! ta! ta! Une vraie musique de crapaud. Ce n'est pas sur cet air-là que nos lignards voudraient se coucher, eux...

« Pendant cinq minutes, j'entendis traîner des sabres, taper des portes; puis des soldats entrèrent dans la cour, et ils se mirent à appeler :

« — Hofmann! Hofmann! »

« Le pauvre Hofmann se tenait sous ses copeaux, bien tranquille... Mais c'est moi qui me faisais vieux!... A chaque instant je m'attendais à les voir entrer dans le sous-sol. J'avais ramassé le

sabre du mort, et j'étais là, sans bouger, à me dire
dans moi-même : « Si tu en réchappes, mon petit
« père... tu devras un fameux cierge à saint Jean-
« Baptiste de Belleville !... »

« Tout de même, quand ils eurent assez appelé
Hofmann, mes locataires se décidèrent à rentrer.
J'entendis leurs grosses bottes dans l'escalier et, au
bout d'un moment, toute la baraque ronflait
comme une horloge de campagne. Je n'attendais
que cela pour sortir.

« La berge était déserte, toutes les maisons
éteintes. Bonne affaire. Je redescends vivement, je
tire mon Hofmann de dessous l'établi, je le mets
debout, et le hisse sur mon dos, comme un crochet
de commissionnaire... C'est qu'il était lourd, le brigand !... Avec ça la peur, rien dans le battant
depuis le matin... Je croyais que je n'aurais jamais
la force d'arriver. Puis, voilà qu'au milieu du quai
je sens quelqu'un qui marche derrière moi. Je me
retourne. Personne... C'était la lune qui se levait...
Je me dis : « Gare, tout à l'heure... les factionnaires
« vont tirer. »

« Pour comble d'agrément, la Seine était basse.
Si je l'avais jeté là sur le bord, il y serait resté
comme dans une cuvette... J'entre, j'avance... Toujours pas d'eau... Je n'en pouvais plus : j'avais les
articulations grippées... Finalement, quand je me
crois assez avant, je lâche mon bonhomme... Va te
promener, le voilà qui s'envase. Plus moyen de le
faire bouger. Je pousse, je pousse... hue donc !...
Par bonheur, il arrive un coup de vent d'est. La
Seine se soulève, et je sens le macchabée qui
démarre tout doucement. Bon voyage ! j'avale une
potée d'eau et je remonte vite sur la berge.

« Quand je repassai le pont de Villeneuve, on

voyait quelque chose de noir au milieu de la Seine. De loin, ça avait l'air d'un bachot. C'était mon Prussien qui descendait du côté d'Argenteuil, en suivant le fil de l'eau. »

LES PAYSANS À PARIS

PENDANT LE SIÈGE

A Champrosay, ces gens-là étaient très heureux.
J'avais leur basse-cour juste sous mes fenêtres et,
pendant six mois de l'année, leur existence se trouvait un peu mêlée à la mienne. Bien avant le jour,
j'entendais l'homme entrer dans l'écurie, atteler sa
charrette et partir pour Corbeil, où il allait vendre
ses légumes ; puis la femme se levait, habillait les
enfants, appelait les poules, trayait la vache et,
toute la matinée, c'était une dégringolade de gros
et de petits sabots dans l'escalier de bois. L'après-
midi tout se taisait. Le père était aux champs, les
enfants à l'école, la mère occupée silencieusement
dans la cour à étendre du linge ou à coudre devant
sa porte en surveillant le tout petit... De temps en
temps, quelqu'un passait dans le chemin, et on
causait en tirant l'aiguille...

Une fois, c'était vers la fin du mois d'août, toujours le mois d'août, j'entendis la femme qui disait
à une voisine :

« Allons donc, les Prussiens !... Est-ce qu'ils sont
en France, seulement ?

— Ils sont à Châlons, mère Jean !... » lui criai-je
par ma fenêtre.

Cela la fit rire beaucoup... Dans ce petit coin de Seine-et-Oise, les paysans ne croyaient pas à l'invasion.

Tous les jours, cependant, on voyait passer des voitures chargées de bagages. Les maisons des bourgeois se fermaient, et dans ce beau mois où les journées sont si longues, les jardins achevaient de fleurir, déserts et mornes derrière leurs grilles closes... Peu à peu, mes voisins commencèrent à s'alarmer. Chaque nouveau départ dans le pays les rendait tristes. Ils se sentaient abandonnés... Puis, un matin, un roulement de tambours aux quatre coins du village! Ordre de la mairie. Il fallait aller à Paris vendre la vache, les fourrages, ne rien laisser pour les Prussiens... L'homme partit pour Paris, et ce fut un triste voyage. Sur le pavé de la grand-route, de lourdes voitures de déménagement se suivaient à la file, pêle-mêle, avec des troupeaux de porcs et de moutons qui s'effaraient entre les roues, des bœufs entravés qui mugissaient sur des charrettes; sur le bord, au long des fossés, de pauvres gens s'en allaient à pied derrière de petites voitures à bras pleines de meubles de l'ancien temps, des bergères fanées, des tables Empire, des miroirs garnis de perse, et l'on sentait quelle détresse avait dû entrer au logis pour remuer toutes ces poussières, déplacer toutes ces reliques et les traîner à tas par les grands chemins.

Aux portes de Paris, on s'étouffait. Il fallut attendre deux heures... Pendant ce temps, le pauvre homme, pressé contre sa vache, regardait avec effarement les embrasures des canons, les fossés remplis d'eau, les fortifications qui montaient à vue d'œil et les longs peupliers d'Italie abattus et flétris sur le bord de la route... Le soir, il s'en revint consterné, et raconta à sa femme tout ce qu'il avait vu. La femme eut peur, voulut s'en aller dès le lendemain. Mais, d'un lendemain à l'autre, le départ se trouvait toujours retardé... C'était une récolte à faire, une pièce de terre qu'on voulait encore labourer... Qui sait si on n'aurait pas le temps de rentrer le vin ?... Et puis, au fond du cœur, une vague espérance que peut-être les Prussiens ne passeraient pas par leur endroit.

Une nuit, ils sont réveillés par une détonation formidable. Le pont de Corbeil venait de sauter. Dans le pays, des hommes allaient, frappant de porte en porte :

« Les uhlans ! les uhlans ! sauvez-vous ! »

Vite, vite, on s'est levé, on a attelé la charrette, habillé les enfants à moitié endormis, et l'on s'est sauvé par la traverse avec quelques voisins. Comme ils achevaient de monter la côte, le clocher a sonné trois heures. Ils se sont retournés une dernière fois. L'abreuvoir, la place de l'Église, leurs chemins habituels, celui qui descend vers la Seine, celui qui file entre les vignes, tout leur semblait déjà étranger, et dans le brouillard blanc du matin le petit village abandonné serrait ses maisons l'une contre l'autre, comme frissonnant d'une attente terrible.

Ils sont à Paris maintenant. Deux chambres au quatrième dans une rue triste... L'homme, lui, n'est pas trop malheureux. On lui a trouvé de l'ouvrage ; puis il est de la garde nationale, il a le rempart, l'exercice, et s'étourdit le plus qu'il peut pour oublier son grenier vide et ses prés sans semence. La femme, plus sauvage, se désole, s'ennuie, ne sait que devenir. Elle a mis ses deux aînées à l'école, et dans l'externat sombre, sans jardin, les fillettes étouffent en se rappelant leur joli couvent de campagne, bourdonnant et gai comme une ruche et la demi-lieue à travers bois qu'il fallait faire tous les matins pour aller le chercher. La mère souffre de les voir tristes, mais c'est le petit surtout qui l'inquiète.

Là-bas, il allait, venait, la suivant partout, dans la cour, dans la maison, sautant la marche du seuil autant de fois qu'elle-même, trempant ses petites mains rougies dans le baquet à lessive, s'asseyant près de la porte quand elle tricotait pour se reposer. Ici quatre étages à monter, l'escalier noir où les pieds bronchent, les maigres feux dans les cheminées étroites, les fenêtres hautes, l'horizon de fumée grise et d'ardoises mouillées...

Il y a bien une cour où il pourrait jouer; mais la concierge ne veut pas. Encore une invention de ville, ces concierges! Là-bas, au village, on est maître chez soi, et chacun a son petit coin qui se garde de lui-même. Tout le jour, le logis reste ouvert; le soir, on pousse un gros loquet de bois, et la maison entière plonge sans peur dans cette nuit noire de la campagne où l'on trouve de si bons sommes. De temps en temps le chien aboie à la lune, mais personne ne se dérange... A Paris, dans les maisons pauvres, c'est la concierge qui est la vraie propriétaire. Le petit n'ose pas descendre seul, tant il a peur de cette méchante femme qui leur a fait vendre leur chèvre sous prétexte qu'elle traînait des brins de paille et des épluchures entre les pavés de la cour.

Pour distraire l'enfant qui s'ennuie, la pauvre mère ne sait plus qu'inventer; sitôt le repas fini, elle le couvre comme s'ils allaient aux champs et le promène par la main dans les rues, le long des boulevards. Saisi, heurté, perdu, l'enfant regarde à peine autour de lui. Il n'y a que les chevaux qui l'intéressent; c'est la seule chose qu'il reconnaisse et qui le fasse rire. La mère non plus ne prend plaisir à rien. Elle s'en va lentement, songeant à son bien, à sa maison, et quand on les voit passer tous les deux, elle avec son air honnête, sa mise propre, ses cheveux lisses, le petit avec sa figure ronde et ses grosses galoches, on devine bien qu'ils sont dépaysés, en exil, et qu'ils regrettent de tout leur cœur l'air vif et la solitude des routes de village.

AUX AVANT-POSTES

SOUVENIRS DU SIÈGE

Les notes qu'on va lire ont été écrites au jour le jour en courant les avant-postes. C'est une feuille de mon carnet que je détache, pendant que le siège de Paris est encore chaud. Tout cela est haché, heurté, bâclé, sur le genou, déchiqueté comme un éclat d'obus, mais je le donne tel quel, sans rien changer, sans même me relire. J'aurais trop peur de vouloir inventer, faire intéressant, et de gâter tout.

A LA COURNEUVE, UN MATIN DE DÉCEMBRE

Une plaine blanche de froid, sonore, âpre, crayeuse. Sur la boue gelée de la route, des bataillons de ligne défilent pêle-mêle avec l'artillerie. Défilé lent et triste. On va se battre. Les hommes, trébuchant, marchent la tête basse, en grelottant, le fusil à la bricole, les mains dans leurs couvertures comme dans des manchons. De temps en temps on crie : « Halte ! »

Les chevaux s'effarent, hennissent. Les caissons tressautent. Les artilleurs se hissent sur leurs selles et regardent, anxieux, par-delà le grand mur blanc du Bourget...

« Est-ce qu'on les voit ? » demandent les soldats en battant la semelle...

Puis, en avant !... Le flot humain, un moment refoulé, s'écoule toujours lentement, toujours silencieux.

A l'horizon, sur l'avancée du fort d'Aubervilliers, dans le ciel froid qu'illumine un soleil levant d'argent mat, le gouverneur et son état-major, petit groupe fin, se détachant comme sur une nacre japonaise. Plus près de moi, un grand vol de corneilles noires posées au bord du chemin ; ce sont des chers frères ambulanciers. Debout, les mains croisées sous leurs capes, ils regardent défiler toute cette chair à canon d'un air humble, dévoué et triste.

Même journée. — Villages déserts, abandonnés, maisons ouvertes, toits crevés, fenêtres sans auvents qui vous regardent comme des yeux morts. Par moments, dans une de ces ruines où tout sonne, on entend quelque chose qui remue, un bruit de pas, une porte qui grince ; et quand vous avez passé, un lignard vient sur le seuil, l'œil cave, méfiant — maraudeur qui fait des fouilles ou déserteur qui cherche à se terrer...

Vers midi, entré dans une de ces maisons de paysans. Elle était vide et nue, comme raclée avec les ongles. La pièce du bas, grande cuisine sans porte ni fenêtres, ouvrait sur une basse-cour ; au fond de la cour, une haie vive et, derrière, la campagne à perte de vue. Il y avait dans un coin un petit escalier de pierre en colimaçon. Je me suis assis sur une marche et je suis resté là bien longtemps. C'était si bon ce soleil et ce grand calme de tout. Deux ou trois grosses mouches de l'été d'avant, ranimées par la lumière, bourdonnaient au plafond contre les solives. Devant la cheminée, où se voyaient des traces de feu, une pierre rouge de sang gelé. Ce siège ensanglanté au coin de ces cendres encore chaudes racontait une veillée lugubre.

LE LONG DE LA MARNE

Sorti le 3 décembre par la porte de Montreuil. Ciel bas, bise froide, brouillard.

Personne dans Montreuil. Portes et fenêtres closes. Entendu derrière une palissade un troupeau d'oies qui piaillait. Ici, le paysan n'est pas parti, il se cache. Un peu plus loin, trouvé un cabaret ouvert. Il fait chaud, le poêle ronfle. Trois mobiles de province déjeunent presque dessus. Silencieux, les yeux bouffis, le visage enflammé, les coudes sur la table, les pauvres moblots dorment et mangent en même temps...

En sortant de Montreuil, traversé le bois de Vincennes tout bleu de la fumée des bivouacs. L'armée de Ducrot est là. Les soldats coupent des arbres pour se chauffer. C'est pitié de voir les trembles, les bouleaux, les jeunes frênes qu'on emporte la racine en l'air avec leur fine chevelure dorée qui traîne derrière eux sur la route.

A Nogent, encore des soldats. Artilleurs en grands manteaux, mobiles de Normandie joufflus et ronds de partout comme des pommes, petits zouaves encapuchonnés et lestes, lignards voûtés, coupés en deux, leurs mouchoirs bleus sous le képi autour des oreilles, tout cela grouille et flâne

par les rues, se bouscule à la porte de deux épi-
ciers restés ouverts. Une petite ville d'Algérie.

Enfin voici la campagne. Longue route déserte
qui descend vers la Marne. Admirable horizon
couleur de perle, arbres dépouillés frissonnant
dans la brume. Au fond, le grand viaduc du chemin de fer, sinistre à voir avec ses arches coupées,
comme des dents qui lui manquent. En traversant
Le Perreux, dans une des petites villas du bord du
chemin, jardins saccagés, maisons dévastées et
mornes, vu derrière une grille trois grands chrys-
anthèmes blancs échappés au massacre et tout
épanouis. J'ai poussé la grille, je suis entré; mais
ils étaient si beaux que je n'ai pas osé les cueillir.

Pris à travers champs et descendu à la Marne.
Comme j'arrive au bord de l'eau, le soleil débarbouillé tape en plein sur la rivière. C'est charmant.
En face, Petit-Bry, où l'on s'est tant battu la veille,
étage paisiblement ses maisonnettes blanches sur
la côte au milieu des vignes. De ce côté-ci de la
rivière, une barque dans les roseaux. Sur la rive,
un groupe d'hommes qui causent en regardant le
coteau vis-à-vis. Ce sont des éclaireurs que l'on
envoie à Petit-Bry voir si les Saxons y sont reve-
nus. Je passe avec eux. Pendant que le bachot traverse, un des éclaireurs assis à l'arrière me dit tout
bas :

« Si vous voulez des chassepots, la mairie de
Petit-Bry en est pleine. Ils y ont laissé aussi un
colonel de la ligne, un grand blond, la peau
blanche comme une femme, et des bottes jaunes
toutes neuves. »

Ce sont les bottes du mort qui l'ont surtout
frappé. Il y revient toujours :

« Vingt dieux! les belles bottes! »

Et ses yeux brillent en m'en parlant.

Au moment d'entrer dans Petit-Bry, un marin chaussé d'espadrilles, quatre ou cinq chassepots sur les bras, déboule d'une ruelle et vient vers nous en courant :

« Ouvrez l'œil, voilà les Prussiens ! »

On se blottit derrière un petit mur et on regarde.

Au-dessus de nous, tout en haut des vignes, c'est d'abord un cavalier, silhouette mélodramatique, penché en avant sur sa selle, le casque en tête, le mousqueton au poing. D'autres cavaliers viennent ensuite, puis des fantassins qui se répandent dans les vignes en rampant.

Un d'eux — tout près de nous — a pris position derrière un arbre et n'en bouge plus, un grand diable à la longue capote brune, un mouchoir de couleur serré autour de la tête. De la place où nous sommes, ce serait un joli coup de fusil. Mais à quoi bon ?... Les éclaireurs savent ce qu'ils voulaient. Maintenant vite à la barque ; le marinier commence à jurer. Nous repassons la Marne sans encombre... Mais à peine abordés, voilà des voix étouffées qui nous appellent de l'autre rive :

« Ohé ! du bateau !... »

C'est mon amateur de bottes de tout à l'heure et trois ou quatre de ses camarades qui ont essayé de pousser jusqu'à la mairie et qui reviennent précipitamment. Par malheur, il n'y a plus personne pour aller les chercher. Le marinier a disparu :

« Je ne sais pas ramer », me dit assez piteusement le sergent des éclaireurs blotti avec moi dans un trou du bord de l'eau.

Pendant ce temps, les autres s'impatientent.

« Mais venez donc ! mais venez donc ! »

Il faut y aller. Rude corvée. La Marne est lourde

et dure. Je rame de toutes mes forces, et tout le temps je sens dans mon dos le Saxon de là-haut qui me regarde, immobile derrière son arbre...

En abordant, un des éclaireurs saute avec tant de précipitation que la barque se remplit d'eau. Impossible de les emmener tous sans s'exposer à couler. Le plus brave reste sur la berge, à attendre. C'est un caporal de francs-tireurs, gentil garçon, en bleu, avec un petit oiseau piqué sur le devant de sa casquette. J'aurais bien voulu retourner le prendre mais on commençait à se fusiller d'un bord à l'autre. Il a attendu un moment, sans rien dire; puis il a filé du côté de Champigny, en rasant les murs. Je ne sais pas ce qu'il est devenu.

Même journée. — Quand le dramatique se mêle au grotesque, dans les choses aussi bien que dans les êtres, il arrive à des effets de terreur ou d'émotion d'une singulière intensité. Est-ce qu'une grande douleur sur une face ridicule ne vous émeut pas plus profondément qu'ailleurs? Vous figurez-vous un bourgeois de Daumier dans les épouvantes de la mort ou pleurant toutes ses larmes sur le cadavre d'un fils tué qu'on lui rapporte? N'y a-t-il pas là quelque chose de particulièrement poignant?... Eh bien, toutes ces villas bourgeoises du bord de la Marne, ces chalets coloriés et burlesques, rose tendre, vert pomme, jaune serin, tourelles moyen âge coiffées de zinc, kiosques en fausse brique, jardinets rococos où se balancent des boules de métal blanc, maintenant que je les vois dans la fumée de la bataille, avec leurs toits crevés par les obus, leurs girouettes cassées, leurs murailles toutes crénelées, de la paille et du sang partout, je leur trouve cette physionomie épouvantable...

106

La maison où je suis entré pour me sécher était bien le type d'une de ces maisons-là. Je suis monté au premier étage dans un petit salon rouge et or. On n'avait pas fini de poser la tapisserie. Il y avait encore par terre des rouleaux de papier et des bouts de baguettes dorées ; du reste, pas trace de meubles, rien que des tessons de bouteilles, et dans un coin une paillasse où dormait un homme en blouse. Sur tout cela, une vague odeur de poudre, de vin, de chandelle, de paille moisie... Je me chauffe avec un pied de guéridon devant une cheminée bête, en nougat rose. Par moments, quand je la regarde, il me semble que je passe un après-midi de dimanche à la campagne chez de bons petits bourgeois. Est-ce qu'on ne joue pas au jacquet derrière moi, dans le salon?... Non! ce sont des francs-tireurs qui chargent et déchargent leurs chassepots. Détonation à part, c'est tout à fait le bruit du tric trac... A chaque coup de feu, on nous répond de la rive en face. Le son porté sur l'eau ricoche et roule sans fin entre les collines.

Par les meurtrières du salon, on voit la Marne qui reluit, la berge pleine de soleil, et des Prussiens qui détalent comme de grands lévriers à travers les échalas de vignes.

SOUVENIR DU FORT MONTROUGE

Tout en haut du fort, sur le bastion, dans l'embrasure des sacs de terre, les longues pièces de marine se dressaient fièrement, presque droites sur leurs affûts, pour faire tête à Châtillon. Ainsi pointées, la gueule en l'air, avec leurs anses des deux côtés comme des oreilles, on aurait dit de grands chiens de chasse aboyant à la lune, hurlant à la mort... Un peu plus bas, sur un terre-plein, les matelots, pour se distraire, avaient fait comme en un coin de navire une miniature de jardin anglais. Il y avait un banc, une tonnelle, des pelouses, des rocailles et même un bananier. Pas bien grand par exemple, guère plus haut qu'une jacinthe; mais c'est égal! Il venait bien tout de même, et son panache vert faisait frais à l'œil, au milieu des sacs de terre et des piles d'obus.

Oh! le petit jardin du fort Montrouge! Je voudrais le voir entouré d'une grille, et qu'on y mît une pierre commémorative où seraient les noms de Carvès, de Desprez, de Saisset et de tous les braves marins qui sont tombés là, sur ce bastion d'honneur.

A LA FOUILLEUSE

Le matin du 20 février.

Joli temps doux et voilé. Grandes terres de labour ondulant au loin comme la mer. Sur la gauche, les hautes collines sablonneuses qui servent de contrefort au mont Valérien. A droite, le moulin Gibet, petit moulin de pierre aux ailes fracassées, avec une batterie sur la plate-forme. Suivi pendant un quart d'heure la longue tranchée qui mène au moulin et sur laquelle flotte comme un petit brouillard de rivière. C'est la fumée des bivouacs. Les soldats accroupis font le café et soufflent le bois vert qui les aveugle et les fait tousser. D'un bout à l'autre de la tranchée court une longue toux creuse...

La Fouilleuse. Une ferme horizonnée de petits

bois. Arrivé juste à temps pour voir nos dernières lignes battre en retraite. C'est le troisième mobile de Paris. Il défile, en bon ordre, au grand complet, commandant en tête. Après l'incompréhensible débandade à laquelle j'assiste depuis hier soir, cela me remonte un peu le cœur. Derrière eux, deux hommes à cheval passent près de moi, un général et son aide de camp. Les chevaux vont au pas ; les hommes causent, les voix sonnent. On entend celle de l'aide de camp, voix jeune, un peu obséquieuse :

« Oui, mon général... Oh ! non, mon général... Sans doute, mon général... »

Et le général, d'un ton doux et navré :

« Comment ! il a été tué ! Oh ! le pauvre enfant... le pauvre enfant !... »

Puis un silence et le piétinement des chevaux dans la terre grasse.

Je reste un moment à regarder ce grand paysage mélancolique, qui a quelque chose des plaines du Chétif ou de la Mitidja. Des files de brancardiers en blouses grises montent d'un chemin creux, avec leur drapeau blanc à croix rouge. On peut se croire en Palestine, au temps des croisades.

PAYSAGES D'INSURRECTION

Dans l'ombre humide et provinciale de ces longues rues tortueuses où flottent des odeurs de droguerie et de bois de campêche, parmi ces anciens hôtels du temps d'Henri II et de Louis XIII, que l'industrie moderne a travestis en fabriques d'eau de Seltz, de bronzes, de produits chimiques, ces jardinets moisis remplis de caisses, ces cours d'honneur à larges dalles où roulent les lourds camions, sous ces balcons ventrus, ces hautes persiennes, ces pignons vermoulus, enfumés comme des éteignoirs d'église, l'émeute avait, surtout aux premiers jours, une physionomie très particulière, quelque chose de bonhomme et de primitif. Des ébauches de barricades à tous les coins de rue, mais personne pour les garder. Pas de canons, pas de mitrailleuses. Des pavés empilés sans art, sans conviction, seulement pour le plaisir d'intercepter la voie et de faire de grandes mares d'eau où barbotaient des volées de gamins et des flottilles de bateaux en papier... Toutes les boutiques ouvertes, les boutiquiers sur leurs portes, riant et politiquant d'un trottoir à l'autre. Ce n'étaient pas ces gens-là qui faisaient l'émeute, mais on sentait qu'ils la regardaient faire avec plaisir, comme si, en remuant les pavés de ces quartiers pacifiques, on avait réveillé l'âme du vieux Paris bourgeois, gouailleur, tapageur.

Ce qu'on appelait jadis le vent de Fronde courait dans le Marais. Sur le fronton des grands hôtels, la grimace joyeuse des mascarons de pierre avait l'air de dire : « Je connais ça. » Et malgré moi, dans ma pensée, j'affublais de jaquettes à fleurs, de culottes courtes, de larges feutres à retroussis, tout ce brave petit monde de droguistes, doreurs, marchands d'épices qui se tenaient les côtes à regarder dépaver leurs rues et paraissaient si fiers d'avoir une barricade devant leur magasin.

Par moments, au bout d'une longue ruelle noire, je voyais des baïonnettes luire sur la place de Grève, avec un pan de la vieille maison de ville toute dorée par le soleil. Des cavaliers passaient au galop dans ce coin de lumière, longs manteaux gris, plumes flottantes. La foule courait, criait ; on agitait les chapeaux. Était-ce Mlle de Montpensier ou le général Cremer ?... Les époques se brouillaient dans ma tête. De loin, dans le soleil, une chemise rouge d'estafette garibaldienne qui filait ventre à terre me faisait l'effet de la simarre du cardinal de Retz. Ce malin des malins dont on parlait dans tous les groupes, je ne savais plus si c'était M. Thiers ou Mazarin... Je me figurais vivre il y a trois cents ans.

En montant la rue Lepic, je voyais, l'autre matin, dans une boutique de savetier, un officier de la garde nationale, galonné jusqu'aux coudes et le sabre au côté, qui ressemelait une paire de bottes, son tablier de cuir devant lui pour ne pas salir sa tunique. Tout le tableau de Montmartre insurgé tient dans l'encadrement de cette fenêtre d'échoppe.

Figurez-vous un grand village armé jusqu'aux dents, des mitrailleuses au bord d'un abreuvoir, la place de l'Église hérissée de baïonnettes, une barricade devant l'école, les boîtes à mitraille à côté des boîtes à lait, toutes les maisons transformées en casernes, à toutes les fenêtres des guêtres d'uniforme qui sèchent, des képis qui se penchent pour écouter le rappel, des crosses de fusil sonnant au fond des petites boutiques de fripiers et, du haut en bas de la butte, une dégringolade de bidons, de sabres, de gamelles. Malgré tout, ce n'est plus ce Montmartre farouche, défilant sur le boulevard des Italiens, l'arme haute, la jugulaire au menton et marquant férocement le pas en ayant l'air de se dire : « Tenons-nous bien. La réaction nous regarde ! » Ici les insurgés sont chez eux, et, en dépit des canons et des barricades, on sent planer sur leur révolte je ne sais quoi de libre, de paisible et de familial.

Une seule chose pénible à voir, c'est ce grouillement de pantalons rouges, ces déserteurs de toutes armes : zouaves, lignards, mobiles, qui encombrent la place de la Mairie, couchés sur des bancs, vautrés au long des trottoirs, ivres, sales, en lambeaux, avec des barbes de huit jours... Au

113

moment où je passe, un de ces malheureux, grimpé sur un arbre, harangue la foule en bégayant, au milieu des rires et des huées. Dans un coin de la place, un bataillon s'ébranle pour monter aux remparts :

« En avant ! » crient les officiers en agitant leurs sabres. Les tambours battent la charge, et les bons miliciens, enflammés d'ardeur, s'élancent à l'assaut d'une longue rue déserte, au bout de laquelle on voit quelques poules qui s'effarent en criant.

... Tout en haut, dans une échappée de jardins verts et de pentes jaunâtres, c'est le moulin de la Galette transformé en poste militaire, des silhouettes de gardes nationaux, des tentes alignées, de petits bivouacs qui fument, tout cela se détachant net et fin, comme au fond d'une longue-vue, entre un ciel pluvieux et noir et l'ocre étincelant de la butte.

AU FAUBOURG SAINT-ANTOINE

Une nuit de janvier, pendant le siège de Paris, j'étais sur la place de Nanterre, au milieu d'un bataillon de francs-tireurs. L'ennemi venait d'attaquer nos grand'gardes et l'on s'armait en hâte pour aller à leur secours. Pendant que les hommes se numérotaient à tâtons, dans le vent, dans la neige, nous vîmes déboucher d'un coin de rue une patrouille, précédée d'un falot.

« Halte-là ! Qui vive ?

— Mobiles de 48 », répondit une voix chevrotante.

C'étaient de tout petits bonshommes en manteaux courts, le képi sur l'oreille et l'allure jeunette. A deux pas, on les eût pris pour des enfants de troupe ; mais quand le sergent s'approcha pour se faire reconnaître, nos lanternes éclairèrent un petit vieux fané, ridé, des yeux clignotants, une barbiche blanche. L'enfant de troupe avait cent ans ! Les autres n'étaient guère plus jeunes. Avec cela l'accent de Paris et un air casse-assiettes ! De vieux gamins !

Arrivés de la veille aux avant-postes, les malheureux mobiles s'étaient égarés en faisant leur première patrouille. On les remit bien vite sur leur chemin :

« Dépêchez-vous, camarades ; les Prussiens nous attaquent.

— Ah ! ah !... les Prussiens nous attaquent », disaient les pauvres vieux tout affolés.

Et, faisant demi-tour, ils se perdirent dans la nuit, avec leur falot qui dansait, secoué par la fusillade...

Je ne saurais vous dire l'impression fantastique que me firent ces petits gnomes ; ils paraissaient si vieux, si las, si éperdus ! Ils avaient l'air de venir de si loin ! Je me figurais une patrouille fantôme errant à travers champs depuis 1848 et cherchant son chemin depuis vingt-trois ans.

Les insurgés du faubourg Saint-Antoine m'ont rappelé cette apparition. J'ai trouvé là les anciens de 48, égarés éternels, vieillis mais incorrigibles, l'émeutier en cheveux blancs, et avec lui le vieux jeu de la bataille civile, la barricade classique à deux et à trois étages, le drapeau rouge flottant au sommet, les poses mélodramatiques sur la culasse des canons, les manches retroussées, les mines rébarbatives :

« Circulez, citoyens ! » et tout de suite la baïonnette croisée...

Et quel train, quelle agitation dans ce grand faubourg de Babel ! Du Trône à la Bastille, ce ne sont qu'alertes, prises d'armes, perquisitions, arrestations, clubs en plein vent, pèlerinages à la colonne, patrouillards en goguette qui ont perdu le mot d'ordre, chassepots qui partent tout seuls, ribaudes qu'on emmène au comité de la rue Basfroid, et le rappel, et la générale, et le tocsin. Oh ! le tocsin ; s'en donnent-ils, ces enragés, de secouer leurs cloches ! Dès que le jour tombe, les clochers deviennent fous et font danser leurs carillons comme des grelots de marottes. Il y a le tocsin de l'ivrogne, haletant, fantaisiste, irrégulier, entrecoupé de hoquets et de défaillances ; le tocsin convaincu, féroce, à tours de bras, qui sonne jusqu'à ce que la corde casse, puis le tocsin mou, sans enthousiasme, dont les notes ensommeillées tombent lourdement, comme celles d'un couvrefeu...

Au milieu de tout ce vacarme, dans cet affolement de cloches et de cervelles, une chose m'a frappé : c'est la tranquillité de la rue Lappe et des ruelles et passages qui rayonnent autour. Il y a là comme une espèce de ghetto auvergnat, où les enfants du Cantal trafiquent paisiblement sur leurs vieilles ferrailles, sans plus s'occuper de l'insurrection que si elle était à mille lieues. En passant, je voyais tous ces braves Rémonencq très affairés dans leurs boutiques noires. Les femmes charabiaient en tricotant sur la pierre de la porte, et les petits enfants se roulaient dans le milieu du passage, avec leurs cheveux crépus, tout pleins de limaille de fer.

LE BAC

Avant la guerre il y avait là un beau pont suspendu, deux hautes piles de pierre blanche et des
cordages goudronnés qui filaient sur les horizons
de la Seine avec cette apparence aérienne qui rend
si beaux les ballons et les navires. Sous les grandes
arches du milieu, la *chaîne* passait deux fois par
jour dans des tourbillons de fumée, sans même
avoir besoin d'abaisser ses tuyaux; sur les côtés,
on abritait les battoirs, les escabeaux des laveuses
et des petits bateaux de pêche retenus par des
anneaux. Une allée de peupliers, tendue entre les
prés comme un grand rideau vert agité à la fraîcheur de l'eau, conduisait au pont. C'était charmant...

Cette année, tout est changé. Les peupliers, toujours debout, mènent au vide. Il n'y a plus de pont.
Les deux piles ont sauté, éparpillant tout autour
les pierres qui sont restées là. La petite maison
blanche du péage, à moitié détruite par la
secousse, a l'air d'une ruine toute neuve, barricade
ou démolition. Les cordes, les fils de fer trempent
tristement; le tablier affaissé dans le sable forme,
au milieu de l'eau, comme une grande épave sur-

montée d'un drapeau rouge pour avertir les mariniers, et tout ce que la Seine emporte d'herbes coupées, de planches moisies s'arrête là en un barrage tout plein de remous et de tourbillons. Il y a une déchirure dans le paysage, quelque chose d'ouvert et qui sent le désastre. Pour achever d'attrister l'horizon, l'allée qui menait au pont s'est éclaircie. Tous ces beaux peupliers si touffus, dévorés jusqu'au faîte par les larves — les arbres ont leurs invasions, eux aussi — étendent leurs branches sans bourgeons, amincies, déchiquetées ; et dans la grande avenue, inutile et déserte, les gros papillons blancs volent lourdement...

En attendant que le pont soit reconstruit, on a installé près de là un bac, un de ces immenses radeaux où l'on embarque les voitures tout attelées, des chevaux de labour avec leur charrue et des vaches qui arrondissent leurs yeux tranquilles à la vue et au mouvement de l'eau. Les bêtes et les attelages tiennent le milieu ; sur le côté, des passagers, des paysans, des enfants qui vont à l'école du bourg, des Parisiens en villégiature. Des voiles, des rubans flottent auprès des longes des chevaux. On dirait un radeau de naufragés. Le bac s'avance lentement. La Seine, si longue à traverser, paraît bien plus large qu'autrefois, et derrière les ruines du pont écroulé, entre ces deux rives presque étrangères l'une à l'autre, l'horizon s'agrandit avec une sorte de solennité triste.

Ce matin-là, j'étais arrivé de très bonne heure pour traverser l'eau. Il n'y avait encore personne sur la plage. La petite maison du passeur, un vieux wagon immobilisé dans le sable humide, était fermée, toute ruisselante de brouillard ; dedans, on entendait des enfants qui toussaient.

« Ohé, Eugène !

— Voilà, voilà ! » fit le passeur, qui arrivait en se traînant.

C'est un beau marinier, encore assez jeune, mais il a servi comme artilleur dans la dernière guerre, et il en est revenu perclus de rhumatismes avec un éclat d'obus à la jambe et la figure toute balafrée. Le brave homme sourit en me voyant :

« Nous ne serons pas gênés, ce matin, monsieur. »

En effet, j'étais seul sur le bac ; mais avant qu'il eût détaché son amarre, il nous arriva du monde. D'abord une grosse fermière aux yeux clairs, s'en allant au marché de Corbeil, avec deux grands paniers passés sous les bras, qui mettaient d'aplomb sa taille rustique et la faisaient marcher ferme et droit ; puis, derrière elle, dans le chemin creux, d'autres voyageurs qu'on apercevait vaguement à travers la brume et dont nous entendions les voix. C'était une voix de femme, douce, pleine de larmes :

« Oh ! monsieur Chachignot, je vous en prie, ne nous faites pas avoir de la peine... Vous voyez qu'il travaille maintenant... Donnez-lui du temps pour payer... c'est tout ce qu'il demande.

— J'en ai assez donné, du temps... j'en donne plus, répondait une voix de vieux paysan, édentée et cruelle ; ça regarde l'huissier à cette heure. Il fera ce qu'il voudra... Ohé ! Eugène !

— C'est ce gueux de Chachignot, me dit le passeur à voix basse... Voilà ! Voilà ! »

A ce moment, je vis arriver sur la plage un grand vieux, affublé d'une redingote de gros drap et d'un chapeau de soie tout neuf, très haut de forme. Ce paysan hâlé, crevassé, dont les mains noueuses étaient déformées par la pioche, paraissait encore plus noir, plus brûlé, dans son vêtement de monsieur. Un front têtu, au grand nez crochu d'Indien apache, une bouche pincée, aux rides pleines de malice, lui donnaient une physionomie féroce qui allait bien avec ce nom de Chachignot.

« Allons, Eugène, vite en route », fit-il en sautant dans le bac, et sa voix tremblait de colère.

La fermière s'approcha de lui pendant que le passeur démarrait :

« A qui en avez-vous donc, père Chachignot ?

— Tiens ! c'est toi, la Blanche ?... M'en parle pas... Je suis furieux... c'est ces canailles de Mazilier ! »

Et il montrait du poing une petite ombre chétive qui remontait le chemin creux en sanglotant.

« Qu'est-ce qu'ils vous ont fait, ces gens-là ?

— Ils m'ont fait qu'ils me doivent quatre termes et tout mon vin, et que je ne peux pas en avoir un sou !... Aussi je vas chez l'huissier de ce pas, pour faire flanquer tous ces gueux-là dans la rue.

— C'est pourtant un brave homme, ce Mazilier. Il n'y a peut-être pas de sa faute s'il ne vous paie pas... Il y en a tant qui ont perdu pendant cette guerre. »

Le vieux paysan eut une explosion :

« C'est *eun'* bête !... Il pouvait faire sa fortune avec les Prussiens. C'est lui qui n'a pas voulu... Du jour qu'ils sont arrivés, il a fermé son cabaret et décroché son enseigne... Les autres cafetiers ont fait des affaires d'or pendant la guerre ; lui n'a pas seulement vendu pour un sou... Pis que cela. Il s'est fait mettre en prison avec ses insolences... C'est *eun'* bête, que je te dis... Est-ce que ça le regardait, lui, toutes ces histoires ? Est-ce qu'il était militaire ?... Il n'avait qu'à fournir du vin et de l'eau-de-vie à la pratique ; maintenant il pourrait me payer... Canaille, va ! je t'apprendrai à faire le patriote ! »

Et, rouge d'indignation, il se démenait dans sa grande redingote, avec les gestes balourds des gens de campagne habitués au bourgeron.

A mesure qu'il parlait, les yeux clairs de la fermière, tout à l'heure si pleins de compassion pour les Mazilier, devenaient secs, presque méprisants. C'était une paysanne, elle aussi, et ces gens-là n'estiment guère ceux qui refusent de gagner de l'argent. D'abord elle disait : « C'est ben malheureux pour la femme », puis un moment après : « Ça ! c'est vrai... Il ne faut pas tourner le dos à la chance... » Sa conclusion fut :

« Vous avez raison, mon vieux père, quand on doit, il faut payer. »

Chachignot, lui, répétait toujours entre ses dents serrées :

« C'est *eun'* bête !... C'est *eun'* bête !... »

Le passeur, qui les écoutait tout en manœuvrant sa perche le long du bac, crut devoir s'en mêler :

« Ne faites donc pas le méchant comme ça, père Chachignot... A quoi ça vous servira-t-il d'aller chez l'huissier ?... Vous serez bien avancé quand vous aurez fait vendre ces pauvres gens. Attendez donc encore un peu, puisque vous en avez le moyen. »

Le vieux se retourna comme si on l'avait mordu :

« Je te conseille de parler, toi, propre à rien ! Tu en es encore un de ces patriotes... Si ça ne fait pas pitié ! Cinq enfants, pas le sou, et ça s'en va s'amuser à tirer des coups de canon sans y être forcé... Et je vous demande un peu, monsieur (je crois

qu'il s'adressait à moi, le misérable!), à quoi tout
ça nous a servi? Lui, par exemple, il y a gagné de
s'être fait casser la figure, de perdre une bonne
place qu'il avait... Et maintenant le voilà logé
comme un bohémien, dans une baraque à tous les
vents, avec ses enfants qui prennent du mal et sa
femme qui s'éreinte à lessiver... C'est-il pas *eun'*
bête, celui-là aussi? »

Le passeur eut un éclair de colère, et au milieu
de sa figure blême je vis sa balafre se creuser profonde et blanche; mais il eut la force de se conte-
nir et passa sa rage sur la perche, qu'il enfonça
dans le sable jusqu'à la tordre. Un mot de trop
pouvait lui faire perdre encore cette place; car
M. Chachignot a de l'autorité dans le pays.

Il est du conseil municipal.

LE PORTE-DRAPEAU

I

Le régiment était en bataille sur un talus de chemin de fer et servait de cible à toute l'armée prussienne massée en face, sous le bois. On se fusillait à quatre-vingts mètres. Les officiers criaient : « Couchez-vous !... » mais personne ne voulait obéir, et le fier régiment restait debout, groupé autour de son drapeau. Dans ce grand horizon de soleil couchant, de blés en épis, de pâturages, cette masse d'hommes, tourmentée, enveloppée d'une fumée confuse, avait l'air d'un troupeau surpris en rase campagne dans le premier tourbillon d'un orage formidable.

C'est qu'il en pleuvait du fer sur ce talus ! On n'entendait que le crépitement de la fusillade, le bruit sourd des gamelles roulant dans le fossé et les balles qui vibraient longuement d'un bout à l'autre du champ de bataille, comme les cordes tendues d'un instrument sinistre et retentissant. De temps en temps, le drapeau qui se dressait au-dessus des têtes, agité au vent de la mitraille, sombrait dans la fumée. Alors une voix s'élevait, grave et fière, dominant la fusillade, les râles, les jurons des blessés :

« Au drapeau, mes enfants, au drapeau !... »

Aussitôt un officier s'élançait, vague comme une ombre dans ce brouillard rouge, et l'héroïque enseigne, redevenue vivante, planait encore au-dessus de la bataille.

Vingt-deux fois elle tomba !... Vingt-deux fois sa hampe encore tiède, échappée à une main mourante, fut saisie, redressée ; et lorsque, au soleil couché, ce qui restait du régiment — à peine une poignée d'hommes — battit lentement en retraite, le drapeau n'était plus qu'une guenille aux mains du sergent Hornus, le vingt-troisième porte-drapeau de la journée.

II

Ce sergent Hornus était une vieille bête à trois brisques, qui savait à peine signer son nom et avait mis vingt ans à gagner ses galons de sous-officier. Toutes les misères de l'enfant trouvé, tout l'abrutissement de la caserne se voyaient dans ce front bas et buté, ce dos voûté par le sac, cette allure inconsciente de troupier dans le rang. Avec cela il était un peu bègue, mais, pour être porte-drapeau, on n'a pas besoin d'éloquence. Le soir même de la bataille, son colonel lui dit :

« Tu as le drapeau, mon brave ; eh bien, garde-le. »

Et sur sa pauvre capote de campagne, déjà toute passée à la pluie et au feu, la cantinière surfila tout de suite un liséré d'or de sous-lieutenant.

Ce fut le seul orgueil de cette vie d'humilité. Du

coup la taille du vieux troupier se redressa. Ce pauvre être habitué à marcher courbé, les yeux à terre, eut désormais une figure fière, le regard toujours levé pour voir flotter ce lambeau d'étoffe et le maintenir bien droit, bien haut, au-dessus de la mort, de la trahison, de la déroute.

Vous n'avez jamais vu d'homme si heureux qu'Hornus les jours de bataille, lorsqu'il tenait sa hampe à deux mains, bien affermie dans son étui de cuir. Il ne parlait pas, il ne bougeait pas. Sérieux comme un prêtre, on aurait dit qu'il tenait quelque chose de sacré. Toute sa vie, toute sa force étaient dans ses doigts crispés autour de ce beau haillon doré sur lequel se ruaient les balles, et dans ses yeux pleins de défi qui regardaient les Prussiens bien en face, d'un air de dire : « Essayez donc de venir me le prendre !... »

Personne ne l'essaya, pas même la mort. Après Borny, après Gravelotte, les batailles les plus meurtrières, le drapeau s'en allait de partout, haché, troué, transparent de blessures; mais c'était toujours le vieil Hornus qui le portait.

III

Puis septembre arriva, l'armée sous Metz, le blocus, et cette longue halte dans la boue où les canons se rouillaient, où les premières troupes du monde, démoralisées par l'inaction, le manque de vivres, de nouvelles, mouraient de fièvre et d'ennui au pied de leurs faisceaux. Ni chefs ni soldats, personne ne croyait plus; seul, Hornus avait encore confiance. Sa loque tricolore lui tenait lieu de tout, et tant qu'il la sentait là, il lui semblait que rien n'était perdu. Malheureusement, comme on ne se battait plus, le colonel gardait le drapeau chez lui dans un des faubourgs de Metz; et le brave Hornus était à peu près comme une mère qui a son enfant en nourrice. Il y pensait sans cesse. Alors, quand l'ennui le tenait trop fort, il s'en allait à Metz tout d'une course, et rien que de l'avoir vu toujours à la même place, bien tranquille contre le mur, il s'en revenait plein de courage, de patience, rapportant, sous sa tente trempée, des rêves de bataille, de marche en avant, avec les trois couleurs toutes grandes déployées flottant là-bas sur les tranchées prussiennes.

Un ordre du jour du maréchal Bazaine fit crouler ces illusions. Un matin, Hornus, en s'éveillant, vit tout le camp en rumeur; les soldats par groupes, très animés, s'excitant, avec des cris de rage, des poings levés tous du même côté de la ville, comme si leur colère désignait un coupable. On criait : « Enlevons-le !... Qu'on le fusille !... » Et les officiers laissaient dire... Ils marchaient à l'écart, la tête basse, comme s'ils avaient eu honte devant leurs hommes. C'était honteux, en effet. On venait de lire à cent cinquante mille soldats, bien armés, encore valides, l'ordre du maréchal qui les livrait à l'ennemi sans combat.

« Et les drapeaux ? » demanda Hornus en pâlissant...

Les drapeaux étaient livrés avec le reste, avec les fusils, ce qui restait des équipages, tout...

« To... To... Tonnerre de Dieu ! bégaya le pauvre homme. Ils n'auront toujours pas le mien... »

Il se mit à courir du côté de la ville.

IV

Là aussi il y avait une grande animation. Gardes nationaux, bourgeois, gardes mobiles criaient, s'agitaient. Des députations passaient, frémissantes, se rendant chez le maréchal. Hornus, lui, ne voyait rien, n'entendait rien. Il parlait seul, tout en remontant la rue du Faubourg.

« M'enlever mon drapeau !... Allons donc ! Est-ce que c'est possible ? Est-ce qu'on a le droit ? Qu'il donne aux Prussiens ce qui est à lui, ses carrosses dorés et sa belle vaisselle plate rapportée de Mexico ! Mais ça, c'est à moi... C'est mon honneur. Je défends qu'on y touche. »

Tous ces bouts de phrase étaient hachés par la course et sa parole bègue ; mais, au fond, il avait son idée, le vieux ! Une idée bien nette, bien arrêtée : prendre le drapeau, l'emporter au milieu du régiment et passer sur le ventre des Prussiens avec tous ceux qui voudraient le suivre.

Quand il arriva là-bas, on ne le laissa pas même entrer. Le colonel, furieux, lui aussi, ne voulait voir personne..., mais Hornus ne l'entendait pas ainsi.

Il jurait, criait, bousculait le planton : « Mon drapeau... je veux mon drapeau... » A la fin une fenêtre s'ouvrit :

« C'est toi, Hornus ?

— Oui, mon colonel, je...

— Tous les drapeaux sont à l'Arsenal..., tu n'as qu'à y aller, on te donnera un reçu...

— Un reçu ?... Pour quoi faire ?...

— C'est l'ordre du maréchal...

— Mais, colonel...

— F...-moi la paix !... »

Et la fenêtre se referma.

Le vieil Hornus chancelait comme un homme ivre.

« Un reçu, un reçu... », répétait-il machinalement... Enfin, il se remit à marcher, ne comprenant plus qu'une chose, c'est que le drapeau était à l'Arsenal et qu'il fallait le ravoir à tout prix.

V

Les portes de l'Arsenal étaient toutes grandes ouvertes pour laisser passer les fourgons prussiens qui attendaient rangés dans la cour. Hornus, en entrant, eut un frisson. Tous les autres porte-drapeaux étaient là, cinquante ou soixante officiers, navrés, silencieux; et ces voitures sombres sous la pluie, ces hommes groupés derrière, la tête nue : on aurait dit un enterrement.

Dans un coin, tous les drapeaux de l'armée de Bazaine s'entassaient, confondus sur le pavé boueux. Rien n'était plus triste que ces lambeaux de soie voyante, ces débris de franges d'or et de hampes ouvragées, tout cet attirail glorieux jeté par terre, souillé de pluie et de boue. Un officier d'administration les prenait un à un, et, à l'appel de son régiment, chaque porte-enseigne s'avançait pour chercher un reçu. Raides, impassibles, deux officiers prussiens surveillaient le chargement.

Et vous vous en alliez ainsi, ô saintes loques glorieuses, déployant vos déchirures, balayant le pavé tristement comme des oiseaux aux ailes cassées ! Vous vous en alliez avec la honte des belles choses souillées, et chacune de vous emportait un peu de la France. Le soleil des longues marches restait entre vos plis passés. Dans les marques des balles vous gardiez le souvenir des morts inconnus, tombés au hasard sous l'étendard visé...

« Hornus, c'est à toi... On t'appelle... va chercher ton reçu... »

Il s'agissait bien de reçu !

Le drapeau était là devant lui. C'était bien le sien, le plus beau, le plus mutilé de tous... Et, en le revoyant, il croyait être encore là-haut, sur le talus. Il entendait chanter les balles, les gamelles fracassées et la voix du colonel : « Au drapeau, mes enfants !... » Puis ses vingt-deux camarades par terre, et lui, vingt-troisième, se précipitant à son tour pour relever, soutenir le pauvre drapeau qui chancelait faute de bras. Ah ! ce jour-là il avait juré de le défendre, de le garder jusqu'à la mort. Et maintenant...

De penser à cela, tout le sang de son cœur lui sauta à la tête. Ivre, éperdu, il s'élança sur l'officier prussien, lui arracha son enseigne bien-aimée qu'il saisit à pleines mains, puis il essaya de l'élever encore, bien haut, bien droit en criant : « Au dra... » Mais sa voix s'arrêta au fond de sa gorge. Il sentit la hampe trembler, glisser entre ses mains. Dans cet air las, cet air de mort qui pèse si lourdement sur les villes rendues, les drapeaux ne pouvaient plus flotter ; rien de fier ne pouvait plus vivre... Et le vieil Hornus tomba foudroyé.

LA MORT DE CHAUVIN

C'est un dimanche d'août, en wagon, dans tout le
commencement de ce qu'on appelait alors
l'incident hispano-prussien, que je le rencontrai
pour la première fois. Je ne l'avais jamais vu, et
pourtant je le reconnus tout de suite. Grand, sec,
grisonnant, le visage enflammé, le nez en bec de
buse, des yeux ronds, toujours en colère, qui ne se
faisaient aimables que pour le monsieur décoré du
coin; le front bas, étroit, obstiné, un de ces fronts
où la même pensée, travaillant sans cesse à la
même place, a fini par creuser une seule ride très
profonde, quelque chose dans la tournure de
bonasse et de ratapoil, par-dessus tout, la terrible
façon dont il roulait les *rr* en parlant de la
« Frrance » et du « drapeau frrançais »... Je me
dis : « Voilà Chauvin ! »

C'était Chauvin, en effet, et Chauvin dans son
beau, déclamant, gesticulant, souffletant la Prusse
avec son journal, entrant à Berlin, la canne haute,
ivre, sourd, aveugle, fou furieux. Pas d'atermoie-
ment, pas de conciliation possible. La guerre ! il
lui fallait la guerre à tout prix.

« Et si nous ne sommes pas prêts, Chauvin ?...

— Monsieur, les Français sont toujours prêts !... » répondait Chauvin en se redressant.

Et, sous sa moustache hérissée, les *rr* se précipitaient à faire trembler les vitres... Irritant et sot personnage ! Comme je compris toutes les moqueries, toutes les chansons qui vieillissent autour de son nom et lui ont fait une célébrité ridicule !

Après cette première rencontre, je m'étais bien juré de le fuir ; mais une fatalité singulière le mit presque constamment sur mon chemin. D'abord au Sénat, le jour où M. de Gramont vint annoncer solennellement à nos pères conscrits que la guerre était déclarée. Au milieu de toutes ces acclamations chevrotantes, un formidable cri de « Vive la France ! » partit des tribunes, et j'aperçus, là-haut, dans les frises, les grands bras de Chauvin qui s'agitaient. Quelque temps après, je le retrouvai à l'Opéra, debout dans la loge de Girardin, demandant le *Rhin allemand*, et criant aux chanteurs qui ne le savaient pas encore : « Il faudra donc plus de temps pour l'apprendre que pour le prendre !... »

Bientôt ce fut comme une obsession. Partout, à l'angle des rues, des boulevards, toujours perché sur un banc, sur une table, cet absurde Chauvin m'apparaissait au milieu des tambours, des drapeaux flottants, des *Marseillaises*, distribuant des cigares aux soldats qui partaient, acclamant les ambulances, dominant la foule de toute sa tête enflammée, et si bruyant, si ronflant, si envahissant, qu'on aurait dit qu'il y avait six cent mille Chauvins dans Paris. Vraiment c'était à s'enfermer chez soi, à clore portes et fenêtres pour échapper à cette vision insupportable.

Mais le moyen de tenir en place après Wissembourg, Forbach et toute la série de désastres qui nous faisaient de ce triste mois d'août comme un long cauchemar à peine interrompu, cauchemar d'été fiévreux et lourd? Comment ne pas se mêler à cette inquiétude vivante qui courait aux nouvelles et aux affiches, promenant toute la nuit sous les becs de gaz des visages effarés, bouleversés? Ces soirs-là encore, je rencontrai Chauvin. Il allait sur les boulevards, de groupe en groupe, pérorait au milieu de la foule silencieuse, plein d'espoir, de bonnes nouvelles, sûr du succès, malgré tout, vous répétant vingt fois de suite que « les cuirassiers blancs de Bismarck avaient été écrasés jusqu'au dernier... »

Chose singulière! Déjà Chauvin ne me semblait plus si ridicule. Je ne croyais pas un mot de ce qu'il disait, mais c'est égal, cela me faisait plaisir de l'entendre. Avec tout son aveuglement, sa folie d'orgueil, son ignorance, on sentait dans ce diable d'homme une force vive et tenace, comme une flamme intérieure qui vous réchauffait le cœur.

Nous en eûmes bien besoin de cette flamme pendant les longs mois du siège et ce terrible hiver de pain de chien, de viande de cheval. Tous les Parisiens sont là pour le dire : sans Chauvin, Paris n'aurait pas tenu huit jours. Dès le commencement, Trochu disait :

« Ils entreront quand ils voudront.

— Ils n'entreront pas », disait Chauvin.

Chauvin avait la foi, Trochu ne l'avait pas. Chauvin croyait à tout, lui, il croyait aux plans notariés, à Bazaine, aux sorties; toutes les nuits il entendait le canon de Chanzy du côté d'Étampes, les tirailleurs de Faidherbe derrière Enghien, et ce qu'il y a de plus fort, c'est que nous les entendions, nous aussi, tellement l'âme de ce jocrisse héroïque avait fini par se répandre en nous.

Brave Chauvin!

C'est toujours lui qui, le premier, apercevait dans le ciel jaune et bas, rempli de neige, la petite aile blanche des pigeons. Quand Gambetta nous envoyait une de ses éloquentes tarasconades, c'est Chauvin qui, de sa voix retentissante, la déclamait à la porte des mairies. Par les dures nuits de décembre, quand les longues queues grelottantes se morfondaient devant les boucheries, Chauvin prenait bravement la file; et grâce à lui tous ces affamés trouvaient encore la force de rire, de chanter, de danser des rondes dans la neige...

Le lon, la, laissez-les passer, les Prussiens dans la Lorraine, entonnait Chauvin, et les galoches claquaient en mesure, et sous les capelines de laine les pauvres figures pâlies avaient pour une minute des couleurs de santé. Hélas! tout cela ne servit de rien. Un soir, en passant devant la rue Drouot, je vis une foule anxieuse se presser en silence autour de la mairie, et j'entendis dans ce grand Paris sans voitures, sans lumières, la voix de Chauvin qui se gonflait solennellement :

« Nous occupons les hauteurs de Montretout. »

Huit jours après, c'était la fin.

A partir de ce moment, Chauvin ne m'apparut plus qu'à de longs intervalles. Deux ou trois fois je l'aperçus sur le boulevard, gesticulant, parlant de la revanche — encore un *r* à faire vibrer; mais personne ne l'écoutait plus. Paris gandin languissait de retourner à ses plaisirs. Paris ouvrier à ses colères, et le pauvre Chauvin avait beau faire ses grands bras, les groupes, au lieu de se serrer, se dispersaient à son approche.

« Gêneur, disaient les uns.

— Mouchard! » disaient les autres...

134

Puis, les jours d'émeute arrivèrent, le drapeau rouge, la Commune, Paris au pouvoir des nègres. Chauvin, devenu suspect, ne put plus sortir de chez lui. Pourtant, le fameux jour du déboulonnage, il devait être là, dans un coin de la place Vendôme. On le devinait au milieu de la foule. Les voyous l'insultaient sans le voir.

« Ohé, Chauvin!... » criaient-ils.

Et lorsque la colonne tomba, des officiers prussiens, qui buvaient du champagne à une fenêtre de l'état-major, levèrent leurs verres en ricanant : « Ah! ah! ah! Mossié Chaufin. »

Jusqu'au 23 mai, Chauvin ne donna plus signe de vie. Blotti au fond d'une cave, le malheureux se désespérait d'entendre les obus français siffler sur les toits de Paris. Un jour enfin, entre deux canonades, il se hasarda à mettre le pied dehors. La rue était déserte et comme agrandie. D'un côté, la barricade se dressait menaçante avec ses canons et son drapeau rouge; à l'autre bout, deux petits chasseurs de Vincennes s'avançaient en rasant le mur, courbés, le fusil en avant : les troupes de Versailles venaient d'entrer dans Paris...

Le cœur de Chauvin bondit : « Vive la France! » cria-t-il en s'élançant au-devant des soldats. Sa voix mourut dans une double fusillade. Par un sinistre malentendu, l'infortuné s'était trouvé pris entre ces deux haines qui le tuèrent en se visant. On le vit rouler au milieu de la chaussée dépavée, et il resta là, pendant deux jours, les bras étendus, la face inerte.

Ainsi mourut Chauvin, victime de nos guerres civiles. C'était le dernier Français.

ALSACE! ALSACE!

J'ai fait, il y a quelques années, un voyage en Alsace qui est un de mes meilleurs souvenirs. Non pas cet insipide voyage en chemin de fer dont on ne garde rien que des visions de pays découpé par des rails et des fils télégraphiques, mais un voyage à pied, le sac sur le dos, avec un bâton bien solide et un compagnon pas trop causeur... La belle façon de voyager, et comme tout ce qu'on a vu ainsi vous reste bien!

Maintenant surtout que l'Alsace est murée, il me revient de ce pays perdu toutes mes impressions d'autrefois avec cette saveur d'imprévu des longues courses dans une campagne admirable, où les bois se lèvent comme des rideaux verts sur des villages paisibles, inondés de soleil; où l'on voit à un tournant de montagne les clochers, les usines traversées de ruisseaux, les scieries, les moulins, la note éclatante d'un costume inconnu sortir tout à coup des fraîcheurs vertes de la plaine...

Tous les matins, au petit jour, nous étions sur pied.

« Mossié !... Mossié ! C'est quatre heures ! » nous criait le garçon d'auberge.

Vite, on sautait du lit, et le sac bouclé, on descendait à tâtons le petit escalier de bois résonnant et fragile. En bas, avant de partir, nous prenions un verre de kirsch dans ces grandes cuisines d'hôtellerie où le feu s'allume de bonne heure, avec ces frissonnements de sarments qui font rêver de brouillards et de vitres humides. Puis en route !

C'était dur au premier moment. A cette heure-là, toutes les fatigues de la veille vous reviennent. Il y a encore du sommeil dans les yeux et dans l'air. Peu à peu, cependant, la rosée froide se dissipe, la brume s'évapore au soleil... On va, on marche... Quand la chaleur devenait trop lourde, nous nous arrêtions pour déjeuner près d'une source, d'un ruisseau, et l'on s'endormait dans les herbes au bruit de l'eau courante pour être éveillé par l'élan d'un gros bourdon qui vous frôlait en vibrant comme une balle... La chaleur tombée, on se remettait en route. Bientôt le soleil baissait, et à mesure le chemin semblait se raccourcir. On cherchait un but, un asile, et l'on se couchait, harassé, soit dans un lit d'auberge, soit dans une grange ouverte, ou bien au pied d'une meule, à la belle étoile, parmi des murmures d'oiseaux, des fourmillements d'insectes sous les feuilles, des bonds légers, des vols silencieux, tous ces bruits de la nuit qui, dans la grande fatigue, semblent des commencements de rêve...

Comment s'appelaient-ils tous ces jolis villages alsaciens que nous rencontrions espacés au bord des routes ? Je ne me rappelle plus aucun nom maintenant, mais ils se ressemblent tous si bien, surtout dans le Haut-Rhin, qu'après en avoir tant traversé à différentes heures, il me semble que je n'en ai vu qu'un ; la grande rue, les petits vitraux encadrés de plomb, enguirlandés de houblon et de roses, les portes à claire-voie où les vieux s'appuyaient en fumant leurs grosses pipes, où les femmes se penchaient pour appeler les enfants sur la route... Le matin, quand nous passions, tout cela dormait. A peine entendions-nous remuer la paille des étables ou le souffle haletant des chiens sous les portes. Deux lieues plus loin, le village s'éveillait. Il y avait un bruit de volets ouverts, de seaux heurtés, de ruisseaux emplis ; lourdement les vaches allaient à l'abreuvoir en chassant les mouches avec leurs longues queues. Plus loin encore, c'était toujours le même village, mais avec le grand silence des après-midi d'été, rien qu'un bourdonnement d'abeilles qui montaient en suivant les branches grimpantes jusqu'au faîte des chalets, et la mélopée traînante de l'école. Parfois, tout au bout du pays, un petit coin non plus de village, mais de province, une maison blanche à deux étages avec une plaque d'assurance toute neuve et reluisante, des panonceaux de notaire ou une sonnette de médecin. En passant on entendait une valse au piano, un air un peu vieilli tombant des persiennes vertes sur la route ensoleillée. Plus tard, au crépuscule, les bestiaux rentraient, on revenait des filatures. Beaucoup de bruit, de mouvement. Tout le monde sur les portes, des bandes de petits blondins dans la rue, et les vitres allumées par un grand rayon du couchant, venu on ne sait d'où...

Ce que je me rappelle encore avec bonheur, c'est le village alsacien, le dimanche matin, à l'heure des offices; les rues désertes, les maisons vides avec quelques vieux qui se chauffent au soleil devant leur porte; l'église pleine, les vitraux colorés par ces jolis tons mourants et roses qu'ont les cierges au grand jour, le plain-chant entendu par bouffées au passage, et un enfant de chœur en soutane écarlate traversant lestement la place, tête nue, l'encensoir à la main, pour aller chercher du feu chez le boulanger...

Quelquefois aussi nous restions des journées entières sans entrer dans un village. Nous cherchions les taillis, les chemins couverts, ces petits bois grêles qui bordent le Rhin et où sa belle eau verte vient se perdre dans les coins de marécage tout bourdonnant d'insectes. De loin en loin, à travers le mince réseau des branches, le grand fleuve nous apparaissait chargé de radeaux, de barques toutes pleines d'herbages coupés dans les îles, et qui semblaient elles-mêmes de petites îles éparpillées, emportées par le courant. Puis c'était le canal du Rhône au Rhin avec sa longue bordure de peupliers joignant leurs pointes vertes dans cette eau familière et comme privée, emprisonnée d'étroites rives. Çà et là, sur la berge, une cabane d'éclusier, des enfants courant pieds nus sur les barres de l'écluse, et, dans les jaillissements d'écume, de grands trains de bois qui s'avançaient lentement en tenant toute la largeur du canal.

Après, quand nous avions assez de zigzags et de flâneries, nous reprenions la grand-route droite et blanche, plantée de noyers aux ombres fraîches et qui monte vers Bâle, la chaîne des Vosges à sa droite, le Schwartzwald de l'autre côté.

Oh! par les lourds soleils de juillet, les bonnes haltes que j'ai faites au bord de ce chemin de Bâle, couché de tout mon long dans l'herbe sèche des fossés, avec les perdrix qui s'appelaient d'un champ à l'autre et la grand-route qui faisait son train mélancolique au-dessus de nos têtes. C'était un juron de roulier, un grelot, un bruit d'essieu, le pic d'un casseur de pierres, le galop pressé d'un gendarme effarant un grand troupeau d'oies en marche, des colporteurs harassés sous leur balle, et le facteur en blouse bleue passementée de rouge quittant tout à coup le grand chemin pour s'enfiler dans une petite traverse bordée de haies sauvages, où l'on sentait un hameau, une ferme, une vie isolée tout au bout...

Et ces jolis imprévus du voyage à pied, les raccourcis qui allongent, les sentiers trompeurs que font les roues des charrettes, les piétinements des chevaux, et qui vous conduisent au beau milieu d'un champ, les portes sourdes qui ne veulent pas s'ouvrir, les auberges pleines, et l'averse, cette bonne averse des jours d'été, si vite évaporée dans l'air chaud, qui fait fumer les plaines, la laine des troupeaux et jusqu'à la houppelande du berger.

Je me souviens d'un orage terrible qui nous surprit ainsi à travers bois en descendant du Ballon d'Alsace. Quand nous quittâmes l'auberge d'en haut, les nuages étaient au-dessous de nous. Quelques sapins les dépassaient du faîte; mais, à mesure que nous descendions, nous entrions positivement dans le vent, dans la pluie, dans la grêle. Bientôt nous fûmes pris, enlacés dans un réseau d'éclairs. Tout près de nous un sapin roula foudroyé, et tandis que nous dégringolions un petit chemin de *schlittage*, nous vîmes à travers un voile d'eau ruisselante un groupe de petites filles abritées dans un creux de roches. Épeurées, serrées les unes contre les autres, elles tenaient à pleines mains leurs tabliers d'indienne et de petits paniers d'osier remplis de *myrtilles* noires, fraîches cueillies. Les fruits luisaient avec des points de lumière, et les petits yeux noirs qui nous regardaient du fond du rocher ressemblaient aussi à des myrtilles mouillées. Ce grand sapin étendu sur la pente, ces coups de tonnerre, ces petits coureurs de forêts déguenillés et charmants, on aurait dit un conte du chanoine Schmidt...

Mais aussi quelle bonne flambée en arrivant à Rouge-Goutte! Quel beau feu de foyer pour sécher nos hardes, pendant que l'omelette sautait dans la flamme, l'inimitable omelette d'Alsace, craquante et dorée comme un gâteau!

C'est le lendemain de cet orage que je vis une chose saisissante:

Sur le chemin de Dannemarie, à un tournant de haie, un champ de blé magnifique, saccagé, fauché, raviné par la pluie et la grêle, croisait par terre dans tous les sens ses tiges brisées. Les épis lourds et mûrs s'égrenaient dans la boue, et des volées de petits oiseaux s'abattaient sur cette moisson perdue, sautant dans ces ravins de paille humide et faisant voler le blé tout autour. En plein soleil, sous le ciel pur, c'était sinistre, ce pillage... Debout devant son champ ruiné, un grand paysan long, voûté, vêtu à la mode de la vieille Alsace, regardait cela silencieusement. Il y avait une vraie douleur sur sa figure, mais en même temps quelque chose de résigné et de calme, je ne sais quel espoir vague, comme s'il s'était dit que sous les épis couchés sa terre lui restait toujours, vivante, fertile, fidèle, et que, tant que la terre est là, il ne faut pas désespérer.

142

LE CARAVANSÉRAIL

Je ne peux pas me rappeler sans sourire le désen-
chantement que j'ai eu en mettant le pied pour la
première fois dans un caravansérail d'Algérie. Ce
joli mot de caravansérail, que traverse comme un
éblouissement tout l'Orient féerique des *Mille et
une Nuits*, avait dressé dans mon imagination des
enfilades de galeries découpées en ogives, des
cours mauresques plantées de palmiers, où la fraîcheur d'un mince filet d'eau s'égrenait en gouttes
mélancoliques sur des carreaux de faïence émail-
lée; tout autour, des voyageurs en babouches,
étendus sur des nattes, fumaient leurs pipes à
l'ombre des terrasses, et de cette halte montait
sous le grand soleil des caravanes une odeur
lourde de musc, de cuir brûlé, d'essence de rose et
de tabac doré...

Les mots sont toujours plus poétiques que les
choses. Au lieu du caravansérail que je m'imagi-
nais, je trouvai une ancienne auberge de l'Ile-de-
France, l'auberge du grand chemin, station de rou-
liers, relais de poste, avec sa branche de houx, son
banc de pierre à côté du portail, et tout un monde
de cours, de hangars, de granges, d'écuries.

Il y avait loin de là à mon rêve des *Mille et une Nuits*; pourtant cette première désillusion passée, je sentis bien vite le charme et le pittoresque de cette hôtellerie franque perdue, à cent lieues d'Alger, au milieu d'une immense plaine qu'horizonnait un fond de petites collines pressées et bleues comme des vagues. D'un côté, l'Orient pastoral, des champs de maïs, une rivière bordée de lauriers-roses, la coupole blanche de quelque vieux tombeau; de l'autre, la grand-route, apportant dans ce paysage de l'Ancien Testament le bruit, l'animation de la vie européenne. C'est ce mélange d'Orient et d'Occident, ce bouquet d'Algérie moderne, qui donnait au caravansérail de Mme Schontz une physionomie si amusante, si originale.

Je vois encore la diligence de Tlemcen entrant dans cette grande cour, au milieu des chameaux accroupis, tout chargés de burnous et d'œufs d'autruche. Sous les hangars, des Nègres font leur kousskouss, des colons déballent une charrue modèle, des Maltais jouent aux cartes sur une mesure à blé. Les voyageurs descendent, on change de chevaux; la cour est encombrée. C'est un spahi à manteau rouge qui fait la fantasia pour les filles de l'auberge, deux gendarmes arrêtés devant la cuisine, buvant un coup sans quitter l'étrier; dans un coin, des juifs algériens en bas bleus, en casquette, qui dorment sur des ballots de laine, en attendant l'ouverture du marché; car deux fois par semaine un grand marché arabe se tenait sous les murs du caravansérail.

Ces jours-là, en ouvrant ma fenêtre le matin, j'avais en face de moi un fouillis de petites tentes, une houle bruyante et colorée où les chéchias rouges des Kabyles éclataient comme des coquelicots dans un champ, et c'était jusqu'au soir des cris, des disputes, un fourmillement de silhouettes au soleil. Au jour tombant, les tentes se pliaient; hommes, chevaux, tout disparaissait, s'en allait avec la lumière, comme un de ces petits mondes tourbillonnants que le soleil emporte dans ses rayons. Le plateau restait nu, la plaine redevenait silencieuse, et le crépuscule d'Orient passait dans l'air avec ses teintes irisées et fugitives comme des bulles de savon... Pendant dix minutes, tout l'espace était rose. Il y avait, je me rappelle, à la porte du caravansérail, un vieux puits si bien enveloppé dans ces lueurs du couchant, que sa margelle usée semblait de marbre rose; le seau ramenait de la flamme, la corde ruisselait de gouttes de feu...

Peu à peu cette belle couleur de rubis s'éteignait, passait à la mélancolie du lilas. Puis le lilas lui-même s'étalait en s'assombrissant. Un bruissement confus courait jusqu'au bout de l'immense plaine; et tout à coup, dans le noir, dans le silence, éclatait la musique sauvage des nuits d'Afrique, clameurs éperdues des cigognes, aboiements des chacals et des hyènes, et, de loin en loin, un mugissement sourd, presque solennel, qui faisait frissonner les chevaux dans les écuries, les chameaux sous les hangars des cours...

Oh! comme cela semblait bon, en sortant tout transi de ces flots d'ombre, de descendre dans la salle à manger du caravansérail et d'y trouver le rire, la chaleur, les lumières, ce beau luxe de linge frais et de cristaux clairs qui est si français! Il y avait là, pour vous faire les honneurs de la table, Mme Schontz, une ancienne beauté de Mulhouse,

et la jolie Mlle Schontz que sa joue en fleur un peu
hâlée et sa coiffe alsacienne aux ailes de tulle noir
faisaient ressembler à une rose sauvage de Gueb-
viller ou de Rouge-Goutte sur laquelle se serait
posé un papillon... Étaient-ce les yeux de la fille ou
le petit vin d'Alsace que la mère vous versait au
dessert, mousseux et doré comme du champagne ?
Toujours est-il que les dîners du caravansérail
avaient un grand renom dans les camps du Sud...
Les tuniques bleu de ciel s'y pressaient à côté des
vestons de hussards galonnés de soutaches et de
brandebourgs ; et bien avant dans la nuit, la
lumière s'attardait aux vitres de la grande auberge.

Le repas fini, la table enlevée, on ouvrait un
vieux piano qui dormait là depuis vingt ans et l'on
se mettait à chanter des airs de France ; ou bien,
sur un Lauterbach quelconque, un jeune Werther
à sabretache faisait faire un tour de valse à
Mlle Schontz. Au milieu de cette gaieté militaire
un peu bruyante, dans ce cliquetis d'aiguillettes,
de grands sabres et de petits verres, ce rythme lan-
goureux qui passait, ces deux cœurs qui battaient
en mesure, enfermés dans le tournoiement de la
valse, ces serments d'amour éternel qui mouraient
sur un dernier accord, vous ne pouvez rien vous
figurer de plus charmant.

Quelquefois, dans la soirée, la grosse porte du
caravansérail s'ouvrait à deux battants, des chevaux piaffaient dans la cour. C'était un aga du voisinage qui, s'ennuyant avec ses femmes, venait
frôler la vie occidentale, écouter le piano des rou-
mis et boire du vin de France. *Une seule goutte de
vin est maudite*, dit Mahomet dans son Coran ;
mais il y a des accommodements avec la loi. A
chaque verre qu'on lui versait, l'aga prenait, avant

de boire, une goutte au bout de son doigt, la secouait gravement, et, cette goutte maudite une fois chassée, il buvait le reste sans remords. Alors, tout étourdi de musique et de lumières, l'Arabe se couchait par terre dans ses burnous, riait silencieusement en montrant ses dents blanches et suivait les ronds de la valse avec des yeux enflammés.

... Hélas! maintenant où sont-ils les valseurs de Mlle Schontz? Où sont les tuniques bleu de ciel, les jolis hussards à taille de guêpe? Dans les houblonnières de Wissembourg, dans les sainfoins de Gravelotte... Personne ne viendra plus boire le petit vin d'Alsace au caravansérail de Mme Schontz. Les deux femmes sont mortes, le fusil au poing, en défendant contre les Arabes leur caravansérail incendié. De l'ancienne hôtellerie si vivante, les murs seuls — ces grands ossements des bâtisses — restent debout, tout calcinés. Les chacals rôdent dans les cours. Çà et là un bout d'écurie, un hangar épargné par la flamme se dressent comme une apparition de vie; et le vent, ce vent de désastre qui souffle depuis deux ans sur notre pauvre France, des bords du Rhin jusqu'à Laghouat, de la Saar au Sahara, passe chargé de plaintes dans ces ruines et fait battre les portes tristement.

UN DÉCORÉ DU 15 AOÛT

UN soir, en Algérie, à la fin d'une journée de
chasse, un violent orage me surprit dans la plaine
du Chélif, à quelques lieues d'Orléansville. Pas
l'ombre d'un village, ni d'un caravansérail en vue.
Rien que des palmiers nains, des fourrés de len-
tisques et de grandes terres labourées jusqu'au
bout de l'horizon. En outre, le Chélif, grossi par
l'averse, commençait à ronfler d'une façon alar-
mante, et je courais risque de passer ma nuit en
plein marécage. Heureusement l'interprète civil
du bureau de Milianah, qui m'accompagnait, se
souvint qu'il y avait tout près de nous, cachée dans
un pli de terrain, une tribu dont il connaissait
l'aga, et nous nous décidâmes à aller lui demander
l'hospitalité pour une nuit.

Ces villages arabes de la plaine sont tellement
enfouis dans les cactus et les figuiers de Barbarie,
leurs gourbis de terre sèche sont bâtis si ras du sol,
que nous étions au milieu du douar avant de
l'avoir aperçu. Était-ce l'heure, la pluie, ce grand
silence?... Mais le pays me parut bien triste et
comme sous le poids d'une angoisse qui y avait
suspendu la vie. Dans les champs, tout autour, la

récolte s'en allait à l'abandon. Les blés, les orges, rentrés partout ailleurs, étaient là couchés, en train de pourrir sur place. Des herses, des charrues rouillées traînaient, oubliées sous la pluie. Toute la tribu avait ce même air de tristesse délabrée et d'indifférence. C'est à peine si les chiens aboyaient à notre approche. De temps en temps, au fond d'un gourbi, on entendait des cris d'enfants, et l'on voyait passer dans le fourré la tête rase d'un gamin ou le haïck troué de quelque vieux. Çà et là, de petits ânes, grelottant sous les buissons. Mais pas un cheval, pas un homme..., comme si on était encore au temps des grandes guerres et tous les cavaliers partis depuis des mois.

La maison de l'aga, espèce de longue ferme aux murs blancs, sans fenêtres, ne paraissait pas plus vivante que les autres. Nous trouvâmes les écuries ouvertes, les boxes et les mangeoires vides, sans un palefrenier pour recevoir nos chevaux.

« Allons voir au café maure », me dit mon compagnon.

Ce qu'on appelle le café maure est comme le salon de réception des châtelains arabes ; une maison dans la maison, réservée aux hôtes de passage et où ces bons musulmans, si polis, si affables, trouvent moyen d'exercer leurs vertus hospitalières tout en gardant l'intimité familiale que commande la loi. Le café maure de l'aga Si-Sliman était ouvert et silencieux comme ses écuries. Les hautes murailles peintes à la chaux, les trophées d'armes, les plumes d'autruche, le large divan bas courant autour de la salle, tout cela ruisselait sous les paquets de pluie que la rafale chassait par la porte... Pourtant il y avait du monde dans le café.

D'abord le cafetier, vieux Kabyle en guenilles, accroupi la tête entre ses genoux, près d'un brasero renversé. Puis le fils de l'aga, un bel enfant fiévreux et pâle, qui reposait sur le divan, roulé dans un burnous noir, avec deux grands lévriers à ses pieds.

Quand nous entrâmes, rien ne bougea ; tout au plus si un des lévriers remua la tête, et si l'enfant daigna tourner vers nous son bel œil noir, enfiévré et languissant.

« Et Si-Sliman ? » demanda l'interprète.

Le cafetier fit par-dessus sa tête un geste vague qui montrait l'horizon, loin, bien loin... Nous comprîmes que Si-Sliman était parti pour quelque grand voyage ; mais, comme la pluie ne nous permettait pas de nous remettre en route, l'interprète, s'adressant au fils de l'aga, lui dit en arabe que nous étions des amis de son père et que nous lui demandions un asile jusqu'au lendemain. Aussitôt l'enfant se leva, malgré le mal qui le brûlait, donna des ordres au cafetier, puis, nous montrant les divans d'un air courtois, comme pour nous dire : « Vous êtes mes hôtes », il salua à la manière arabe, la tête inclinée, un baiser du bout des doigts, et, se drapant fièrement dans ses burnous, sortit avec la gravité d'un aga et d'un maître de maison.

Derrière lui, le cafetier ralluma son brasero, posa dessus deux bouilloires microscopiques, et, tandis qu'il nous préparait le café, nous pûmes lui arracher quelques détails sur le voyage de son maître et l'étrange abandon où se trouvait la tribu. Le Kabyle parlait vite, avec des gestes de vieille femme, dans un beau langage guttural, tantôt précipité, tantôt coupé de grands silences pendant lesquels on entendait la pluie tombant sur la mosaïque des cours intérieures, les bouilloires qui chantaient, et les aboiements des chacals répandus par milliers dans la plaine.

Voici ce qui était arrivé au malheureux Si-Sliman. Quatre mois auparavant, le jour du 15 août, il avait reçu cette fameuse décoration de la Légion d'honneur qu'on lui faisait attendre depuis si longtemps. C'était le seul aga de la province qui ne l'eût pas encore. Tous les autres étaient chevaliers, officiers ; deux ou trois même portaient autour de leur haïck le grand cordon de commandeur et se mouchaient dedans en toute innocence, comme je l'ai vu faire bien des fois au Bach'Aga Boualem. Ce qui, jusqu'alors, avait empêché Si-Sliman d'être décoré, c'était une querelle qu'il avait eue avec son chef de bureau arabe à la suite d'une partie de bouillotte, et la camaraderie militaire est tellement puissante en Algérie, que, depuis dix ans, le nom de l'aga figurait sur des listes de proposition, sans jamais parvenir à passer. Aussi vous pouvez imaginer la joie du brave Si-Sliman, lorsque, au matin du 15 août, un spahi d'Orléansville était venu lui apporter le petit écrin doré avec le brevet de légionnaire, et que Baïa, la plus aimée de ses quatre femmes, lui avait attaché la croix de France sur son burnous en poils de chameau. Ce fut pour la tribu l'occasion de diffas et de fantasias interminables. Toute la nuit, les tambourins, les flûtes de roseau retentirent. Il y eut des danses, des feux de joie, je ne sais combien de moutons de tués ; et pour que rien ne manquât à la fête, un fameux improvisateur du Djendel composa, en l'honneur de Si-Sliman, une cantate magnifique qui commençait ainsi : « *Vent, attelle les coursiers pour porter la bonne nouvelle...* »

152

Le lendemain, au jour levant, Si-Sliman appela sous les armes le ban et l'arrière-ban de son goum, et s'en alla à Alger pour remercier le gouverneur. Aux portes de la ville, le goum s'arrêta, selon l'usage. L'aga se rendit seul au palais du gouvernement, vit le duc de Malakoff et l'assura de son dévouement à la France, en quelques phrases pompeuses de ce style oriental qui passe pour imagé, parce que, depuis trois mille ans, tous les jeunes hommes y sont comparés à des palmiers, toutes les femmes à des gazelles. Puis, ces devoirs rendus, il monta se faire voir dans la ville haute, fit, en passant, ses dévotions à la mosquée, distribua de l'argent aux pauvres, entra chez les barbiers, chez les brodeurs, acheta pour ses femmes des eaux de senteur, des soies à fleurs et à ramages, des corselets bleus tout passementés d'or, des bottes rouges de cavalier pour son petit aga, payant sans marchander et répandant sa joie en beaux douros. On le vit dans les bazars, assis sur des tapis de Smyrne, buvant le café à la porte des marchands maures qui le félicitaient. Autour de lui la foule se pressait, curieuse. On disait : « Voilà Si-Sliman... l'*Emberour* vient de lui envoyer la croix. » Et les petites mauresques qui revenaient du bain, en mangeant des pâtisseries, coulaient sous leurs masques blancs de longs regards d'admiration vers cette belle croix d'argent neuf si fièrement portée. Ah ! l'on a parfois de bons moments dans la vie...

Le soir venu, Si-Sliman se préparait à rejoindre son goum et déjà il avait le pied dans l'étrier quand un chaouch de la préfecture vint à lui tout essoufflé :

« Te voilà, Si-Sliman, je te cherche partout... Viens vite, le gouverneur veut te parler ! »

Si-Sliman le suivit sans inquiétude. Pourtant, en traversant la grande cour mauresque du palais, il rencontra son chef de bureau arabe qui lui fit un mauvais sourire. Ce sourire d'un ennemi l'effraya, et c'est en tremblant qu'il entra dans le salon du gouverneur. Le maréchal le reçut à califourchon sur une chaise :

« Si-Sliman, lui dit-il avec sa brutalité ordinaire et cette fameuse voix de nez qui donnait le tremblement à tout son entourage, Si-Sliman, mon garçon, je suis désolé... il y a eu erreur... Ce n'est pas toi qu'on voulait décorer ; c'est le kaïd des Zoug-Zougs... Il faut rendre ta croix. »

La belle tête bronzée de l'aga rougit comme si on l'avait approchée d'un feu de forge. Un mouvement convulsif secoua son grand corps. Ses yeux flambèrent... Mais ce ne fut qu'un éclair. Il les baissa presque aussitôt, et s'inclina devant le gouverneur.

« Tu es le maître, seigneur », lui dit-il.

Et, arrachant la croix de sa poitrine, il la posa sur une table. Sa main tremblait ; il y avait des larmes au bout de ses longs cils. Le vieux Pélissier en fut touché :

« Allons, allons, mon brave, ce sera pour l'année prochaine. »

Et il lui tendait la main d'un air bon enfant.

L'aga feignit de ne pas la voir, s'inclina sans répondre et sortit. Il savait à quoi s'en tenir sur la promesse du maréchal, et se voyait à tout jamais déshonoré par une intrigue de bureau.

Le bruit de sa disgrâce s'était déjà répandu dans la ville. Les Juifs de la rue Bab-Azoun le regardaient passer en ricanant. Les marchands maures, au contraire, se détournaient de lui d'un air de pitié ; et cette pitié lui faisait encore plus mal que ces rires. Il s'en allait, longeant les murs, cherchant les ruelles les plus noires. La place de sa croix arrachée le brûlait comme une blessure ouverte. Et tout le temps, il pensait : « Que diront mes cavaliers ? Que diront mes femmes ? »

Alors il lui venait des bouffées de rage. Il se voyait prêchant la guerre sainte, là-bas, sur les frontières du Maroc toujours rouges d'incendies et de batailles ; ou bien courant les rues d'Alger à la tête de son goum, pillant les Juifs, massacrant les chrétiens et tombant lui-même dans ce grand désordre où il aurait caché sa honte. Tout lui paraissait possible plutôt que de retourner dans sa tribu... Tout à coup, au milieu de ses projets de vengeance, la pensée de l'*Emberour* jaillit en lui comme une lumière.

L'*Emberour* !... Pour Si-Sliman, comme pour tous les Arabes, l'idée de justice et de puissance se résumait dans ce seul mot. C'était le vrai chef des croyants de ces musulmans de la décadence ; l'autre, celui de Stamboul, leur apparaissait de loin comme un être de raison, une sorte de pape invisible qui n'avait gardé pour lui que le pouvoir spirituel, et dans l'hégire où nous sommes on sait ce que vaut ce pouvoir-là.

Mais l'*Emberour* avec ses gros canons, ses zouaves, sa flotte en fer !... Dès qu'il eut pensé à lui, Si-Sliman se crut sauvé. Pour sûr l'Empereur allait lui rendre sa croix. C'était l'affaire de huit jours de voyage, et il le croyait si bien qu'il voulut que son goum l'attendît aux portes d'Alger. Le paquebot du lendemain l'emportait vers Paris, plein de recueillement et de sérénité comme pour un pèlerinage à La Mecque.

Pauvre Si-Sliman! Il y avait quatre mois qu'il était parti, et les lettres qu'il envoyait à ses femmes ne parlaient pas encore du retour. Depuis quatre mois, le malheureux aga était perdu dans le brouillard parisien, passant sa vie à courir les ministères, berné partout, pris dans le formidable engrenage de l'administration française, renvoyé de bureau en bureau, salissant ses burnous sur les coffres à bois des antichambres, à l'affût d'une audience qui n'arrivait jamais; puis, le soir, on le voyait, avec sa longue figure triste, ridicule à force de majesté, attendant sa clef dans un bureau d'hôtel garni, et il remontait chez lui, las de courses, de démarches, mais toujours fier, cramponné à l'espoir, s'acharnant comme un décavé à courir après son honneur...

Pendant ce temps-là, ses cavaliers, accroupis à la porte de Bab-Azoun, attendaient avec le fatalisme oriental; les chevaux, au piquet, hennissaient du côté de la mer. Dans la tribu, tout était en suspens. Les moissons mouraient sur place, faute de bras. Les femmes, les enfants comptaient les jours, la tête tournée vers Paris. Et c'était pitié de voir combien d'espoirs, d'inquiétudes et de ruines traînaient déjà à ce bout de ruban rouge... Quand tout cela finirait-il?

« Dieu seul le sait », disait le cafetier en soupirant.

Et, par la porte entrouverte, sur la plaine violette et triste, son bras nu nous montrait un petit croissant de lune blanche qui montait dans le ciel mouillé...

MON KÉPI

Ce matin, je l'ai retrouvé, oublié au fond d'une armoire, tout fané de poussière, frangé aux bords, rouillé aux chiffres, sans couleur et presque sans forme. En le voyant, je n'ai pu m'empêcher de rire...

« Tiens! mon képi... »

Et, tout de suite, je me suis rappelé cette journée de fin d'automne, chaude de soleil et d'enthousiasme, où je descendis dans la rue, tout fier de ma nouvelle coiffure, cognant mon fusil dans les vitrines pour rejoindre les bataillons du quartier et faire mon devoir de soldat-citoyen. Ah! celui qui m'aurait dit que je n'allais pas sauver Paris, délivrer la France à moi seul, celui-là se serait certainement exposé à recevoir dans l'estomac tout le fer de ma baïonnette...

On y croyait si bien à cette garde nationale! Dans les jardins publics, dans les squares, les avenues, aux carrefours, les compagnies se rangeaient, se numérotaient, alignant des blouses parmi les uniformes, des casquettes parmi les képis; car la hâte était grande. Nous autres, chaque matin, nous nous réunissions sur une place aux arcades basses, aux larges portes, toute pleine de brouillard et de courants d'air. Après les appels, ces centaines de noms enfilés dans un chapelet grotesque, l'exercice commençait. Les coudes au corps, les dents serrées, les sections partaient au pas de course : *gauche, droite! gauche, droite!* Et tous, les grands, les petits, les poseurs, les infirmes, ceux qui portaient l'uniforme avec des souvenirs d'Ambigu, les naïfs empêtrés de hautes ceintures bleues qui leur faisaient des tournures d'enfants de chœur, nous allions, nous virions tout autour de notre petite place, avec un entrain, une conviction...

Tout cela eût été bien ridicule, sans cette basse profonde du canon, cet accompagnement continuel qui donnait de l'aisance et de l'ampleur à nos manœuvres, étoffait les commandements trop grêles, atténuait les gaucheries, les maladresses et, dans ce grand mélodrame de Paris assiégé, tenait l'emploi de ces musiques de scène dont on se sert au théâtre pour donner du pathétique aux situations.

Le plus beau, c'est quand nous montions au rempart... Je me vois encore, par ces matins brumeux, passant fièrement devant la colonne de Juillet et lui rendant les honneurs militaires : « Portez, armes!... » Et ces longues rues de Charonne pleines de peuple, ces pavés glissants où l'on avait tant de peine à marquer le pas; puis, en approchant des bastions, nos tambours qui battaient la charge. *Ran! ran!...* Il me semble que j'y suis... C'était si saisissant, cette frontière de Paris, ces talus verts creusés pour les canons, animés par les tentes déployées, la fumée des bivouacs, et ces silhouettes diminuées qui erraient tout en haut, dépassant l'entassement des sacs du bout des képis et de la pointe des baïonnettes.

Oh! ma première garde de nuit, cette course à tâtons dans le noir, dans la pluie, la patrouille roulant, se bousculant le long des talus mouillés, s'égrenant en chemin et me laissant, moi dernier, perché sur la porte de Montreuil, à une hauteur formidable. Quel temps de chien cette nuit-là! Dans le grand silence étendu sur la ville et sur la campagne, on n'entendait que le vent qui courait autour des remparts, courbait les sentinelles, emportait les mots d'ordre et faisait claquer les vitres d'un vieux réverbère en bas sur le chemin de ronde. Le diable de réverbère! Je croyais chaque fois entendre traîner le sabre d'un uhlan et je restais là, l'arme haute, et le qui-vive! aux dents... Tout à coup la pluie devenait plus froide. Le ciel blanchissait sur Paris. On voyait monter une tour, une coupole. Un fiacre roulait au loin, une cloche sonnait. La ville géante s'éveillait et dans son premier frisson matinal secouait un peu de vie autour d'elle. Un coq chantait de l'autre côté du talus... A mes pieds, dans le chemin de ronde encore noir, passait un bruit de pas, un cliquetis de ferraille; et à mon « halte-là! qui-vive? » lancé d'une voix terrible, une petite voix, timide et grelottante, montait vers moi dans le brouillard :

« Marchande de café! »

Que voulez-vous! On était alors aux premiers jours du siège, et nous nous imaginions, pauvres miliciens naïfs, que les Prussiens, passant sous les feux des forts, allaient arriver jusqu'au pied du rempart, appliquer leurs échelles et grimper une belle nuit au milieu des hourras et des lances à feu agitées dans les ténèbres... Avec ces imaginations-là, vous pensez si on s'en donnait des alertes... Presque toutes les nuits, c'étaient des : « Aux armes ! aux armes ! », des réveils en sursaut, des bousculades à travers les faisceaux renversés, des officiers effarés qui nous criaient : « Du sang-froid ! du sang-froid ! » pour essayer de s'en donner à eux-mêmes ; et puis, le jour venu, on apercevait un malheureux cheval échappé, gambadant sur les fortifications et broutant l'herbe du talus, sans se douter qu'à lui seul il avait figuré un escadron de cuirassiers blancs et servi de cible à tout un bastion en armes...

C'est tout cela que mon képi me rappelle ; une foule d'émotions, d'aventures, de paysages. Nanterre, La Courneuve, le Moulin-Saquet et ce joli coin de la Marne où l'intrépide 96ᵉ a vu le feu pour la première et dernière fois. Les batteries prussiennes étaient en face de nous, installées au bord d'une route derrière un petit bois, comme un de ces hameaux tranquilles dont on voit la fumée à travers les branches ; sur la ligne ferrée, à découvert, où nos chefs nous avaient oubliés, les obus pleuvaient avec des chocs retentissants et des étincelles sinistres... Ah ! mon pauvre képi, tu n'étais pas trop crâne ce jour-là, et tu as bien des fois fait le salut militaire, plus bas même qu'il ne convenait.

N'importe ! ce sont là de jolis souvenirs ; un peu grotesques, mais avec un petit pompon d'héroïsme ; et si tu ne m'en rappelais pas d'autres... Malheureusement il y a aussi les nuits de garde dans Paris, les postes dans les boutiques à louer, le poêle étouffant, les bancs cirés, les factions monotones aux portes des mairies devant la place mouillée de ce gâchis d'hiver qui reflète la ville dans ses ruisseaux, la police des rues, les patrouilles dans les flaques d'eau, les soldats qu'on ramassait ivres, errants, les filles, les voleurs, et ces matins blafards où l'on rentrait avec un masque de poussière et de fatigue, des odeurs de pipe, de pétrole, de vieux varech collées aux vêtements. Et les longues journées bêtes, les élections d'officiers pleines de discussions, de papotages de compagnie, les punchs d'adieu, les tournées de petits verres, les plans de bataille expliqués sur des tables de café avec des allumettes, les votes, la politique et sa sœur la sainte flâne, cette inaction qu'on ne savait comment remplir, ce temps perdu qui vous enveloppait d'une atmosphère vide où l'on avait envie de s'agiter, de gesticuler. Et les chasses à l'espion, les défiances absurdes, les confiances exagérées, la sortie en masse, la trouée, toutes les folies, tous les délires d'un peuple emprisonné.

Voilà ce que je retrouve, affreux képi, en te regardant. Tu les as eues toutes, toi aussi, ces folies-là. Et si le lendemain de Buzenval je ne t'avais pas jeté en haut d'une armoire, si j'avais fait comme tant d'autres qui se sont obstinés à te garder, à t'orner d'immortelles, de galons d'or, à rester des numéros dépareillés de bataillons épars, qui sait sur quelle barricade tu aurais fini par m'entraîner... Ah! décidément, képi de révolte et d'indiscipline, képi de paresse, d'ivresse, de club, de radotages, képi de la guerre civile, tu ne vaux même pas le coin de rebut que je t'avais laissé chez moi.

A la hotte!...

LE TURCO DE LA COMMUNE

C'ÉTAIT un petit timbalier de tirailleurs indigènes.
Il s'appelait Kadour, venait de la tribu du Djendel,
et faisait partie de cette poignée de turcos qui
s'étaient jetés dans Paris à la suite de l'armée de
Vinoy. De Wissembourg jusqu'à Champigny, il
avait fait toute la campagne, traversant les
champs de bataille comme un oiseau de tempête,
avec ses cliquettes de fer et sa *derbouka* (tambour
arabe); si vif, si remuant, que les balles ne
savaient où le prendre. Mais quand l'hiver fut
venu, ce petit bronze africain rougi au feu de la
mitraille ne put supporter les nuits de
grand'garde, l'immobilité dans la neige; et, un
matin de janvier, on le ramassa au bord de la
Marne, les pieds gelés, tordu par le froid. Il resta
longtemps à l'ambulance. C'est là que je le vis pour
la première fois.

Triste et patient comme un chien malade, le
turco regardait autour de lui avec un grand œil
doux. Quand on lui parlait, il souriait et montrait
ses dents. C'est tout ce qu'il pouvait faire; car
notre langue lui était inconnue, et à peine s'il parlait le *sabir*, ce patois algérien composé de proven-

çal, d'italien, d'arabe, fait de mots bariolés ramassés comme des coquillages tout le long des mers latines.

Pour se distraire, Kadour n'avait que sa *derbouka*. De temps en temps, quand il s'ennuyait trop, on la lui apportait sur son lit et on lui permettait d'en jouer, mais pas trop fort, à cause des autres malades. Alors sa pauvre figure noire, si terne, si éteinte dans le jour jaune et ce triste paysage d'hiver qui montait de la rue, s'animait, grimaçait, suivait tous les mouvements du rythme. Tantôt il battait la charge, et l'éclair de ses dents blanches passait dans un rire féroce ; ou bien ses yeux se mouillaient à quelque aubade musulmane, sa narine se gonflait, et dans l'odeur fade de l'ambulance, au milieu des fioles et des compresses, il revoyait les bois de Blidah chargés d'oranges et de petites Mauresques sortant du bain, masquées de blanc et parfumées de verveine.

Deux mois se passèrent ainsi. Paris, en ces deux mois, avait bien fait des choses ; mais Kadour ne s'en doutait pas. Il avait entendu passer sous ses fenêtres le troupeau las et désarmé qui rentrait, plus loin les canons promenés, roulés du matin au soir, puis le tocsin, la canonnade. A tout cela, il ne comprit rien, sinon qu'on était toujours en guerre et qu'il allait pouvoir se battre, puisque ses jambes étaient guéries. Le voilà parti, son tambour sur le dos, en quête de sa compagnie. Il ne chercha pas longtemps. Des fédérés qui passaient l'emmenèrent à la place. Après un long interrogatoire, comme on n'en pouvait rien tirer que des *bono bezef, macache bono*, le général de ce jour-là finit par lui donner dix francs, un cheval d'omnibus, et l'attacha à son état-major.

Il y avait un peu de tout dans ces états-majors de la Commune, des souquenilles rouges, des mantes polonaises, des justaucorps hongrois, des vareuses de marin, et de l'or, du velours, des paillons, des chamarrures. Avec sa veste bleue, brodée de jaune, son turban, sa *derbouka*, le turco vint compléter la mascarade. Tout joyeux de se trouver en si belle compagnie, grisé par le soleil, la canonnade, le train des rues, cette confusion d'armes et d'uniformes, persuadé d'ailleurs que c'était la guerre contre la Prusse qui continuait avec je ne sais quoi de plus vivant, de plus libre, ce déserteur sans le savoir se mêla naïvement à la grande bacchanale parisienne et fut une célébrité du moment. Partout, sur son passage, les fédérés l'acclamaient, lui faisaient fête. La Commune était si fière de l'avoir qu'elle le montrait, l'affichait, le portait comme une cocarde. Vingt fois par jour la place l'envoyait à la Guerre, la Guerre à l'Hôtel de Ville. Car, enfin, on leur avait tant dit que leurs marins étaient de faux marins, leurs artilleurs de faux artilleurs !... Au moins, celui-là était bien un vrai turco. Pour s'en convaincre, on n'avait qu'à regarder cette frimousse éveillée de jeune singe, et toute la sauvagerie de ce petit corps s'agitant sur son grand cheval, dans les voltiges de la fantasia.

Quelque chose pourtant manquait au bonheur de Kadour. Il aurait voulu se battre, faire parler la poudre. Malheureusement, sous la Commune, c'était comme sous l'Empire, les états-majors n'allaient pas souvent au feu. En dehors des courses et des parades, le pauvre turco passait son temps sur la place Vendôme ou dans les cours du ministère de la Guerre, au milieu de ces camps désordonnés pleins de barils d'eau-de-vie toujours en perce, de tonnes de lard défoncées, de ripailles en plein vent où l'on sentait encore tout l'affamement du siège. Trop bon musulman pour prendre part à ces orgies, Kadour se tenait à l'écart, sobre et tranquille, faisait ses ablutions dans un coin, son kousskouss avec une poignée de semoule ; puis, après un petit air de *derbouka*, il se roulait dans son burnous et s'endormait sur un perron, à la flamme des bivouacs.

Un matin du mois de mai, le turco fut réveillé par une fusillade terrible. Le ministère était en émoi ; tout le monde courait, s'enfuyait. Machinalement il fit comme les autres, sauta sur son cheval et suivit l'état-major. Les rues étaient pleines de clairons affolés, de bataillons en débandade. On dépavait, on barricadait. Évidemment, il se passait quelque chose d'extraordinaire... A mesure qu'on approchait du quai, la fusillade était plus distincte, le tumulte plus grand. Sur le pont de la Concorde, Kadour perdit l'état-major. Un peu plus loin, on lui prit son cheval ; c'était pour un képi à huit galons très pressé d'aller voir ce qui se passait à l'Hôtel de Ville. Furieux, le turco se mit à courir du côté de la bataille. Tout en courant, il armait son chassepot et disait entre ses dents : *Maccach bono Brissien*..., car pour lui c'étaient les Prussiens qui venaient d'entrer. Déjà les balles sifflaient autour de l'obélisque, dans le feuillage des Tuileries. A la barricade de la rue de Rivoli, des vengeurs de Flourens l'appelèrent : « Hé ! turco ! turco !... » Ils n'étaient plus qu'une douzaine, mais Kadour, à lui seul, valait toute une armée.

Debout sur la barricade, fier et voyant comme un drapeau, il se battait avec des bonds, des cris, sous une grêle de mitraille. A un moment, le rideau de fumée qui s'élevait de terre s'écarta un peu entre deux canonnades et lui laissa voir des pantalons rouges massés dans les Champs-Élysées. Ensuite tout redevint confus. Il crut s'être trompé et fit parler la poudre de plus belle.

Tout à coup, la barricade se tut. Le dernier artilleur venait de s'enfuir en lâchant sa dernière volée. Le turco, lui, ne bougea pas. Embusqué, prêt à bondir, il ajusta solidement sa baïonnette et attendit les casques à pointes... C'est la ligne qui arriva !... Dans le bruit sourd du pas de charge, les officiers criaient :

« Rendez-vous !... »

Le turco eut une minute de stupeur, puis s'élança le fusil en l'air :

« *Bono, bono, Francèse !...* »

Vaguement, dans son idée de sauvage, il se figurait que c'était là cette armée de délivrance, Faidherbe ou Chanzy, que les Parisiens attendaient depuis si longtemps. Aussi comme il était heureux, comme il leur riait de toutes ses dents blanches !... En un clin d'œil, la barricade fut envahie. On l'entoure, on le bouscule.

« Fais voir ton fusil. »

Son fusil était encore chaud.

« Fais voir tes mains. »

Ses mains étaient noires de poudre. Et le turco les montrait fièrement, toujours avec son bon rire. Alors on le pousse contre un mur, et ran !...

Il est mort sans y avoir rien compris...

LE CONCERT DE LA HUITIÈME

Tous les bataillons du Marais et du faubourg Saint-Antoine campaient cette nuit-là dans les baraquements de l'avenue Daumesnil. Depuis trois jours l'armée de Ducrot se battait sur les hauteurs de Champigny; et nous autres, on nous faisait croire que nous formions la réserve.

Rien de plus triste que ce campement du boulevard extérieur, entouré de cheminées d'usines, de gares fermées, de chantiers déserts, dans ces quartiers mélancoliques qu'éclairaient seulement quelques boutiques de marchands de vin. Rien de plus glacial, de plus sordide que ces longues baraques en planches, alignées sur le sol battu, sec et dur de décembre, avec leurs fenêtres mal jointes, leurs portes toujours ouvertes, et ces quinquets fumeux tout obscurcis de brume, comme des falots en plein vent. Impossible de lire, de dormir, de s'asseoir. Il fallait inventer des jeux de gamins pour se réchauffer, battre la semelle, courir autour des baraques. Cette inaction bête, si près de la bataille, avait quelque chose de honteux et d'énervant, cette nuit-là surtout. Bien que la canonnade eût cessé, on sentait qu'une terrible partie se préparait là-haut, et, de temps en temps, quand les feux électriques des forts atteignaient ce côté de Paris, dans leur mouvement circulaire, on voyait des troupes silencieuses, massées au bord des trottoirs, d'autres qui remontaient l'avenue en nappes sombres et semblaient ramper à terre, rapetissées par les hautes colonnes de la place du Trône.

J'étais là tout glacé, perdu dans la nuit de ces grands boulevards. Quelqu'un me dit :

« Venez donc voir à la huitième... Il paraît qu'il y a un concert. »

J'y allai. Chacune de nos compagnies avait sa baraque ; mais celle de la huitième était bien mieux éclairée que les autres et bourrée de monde. Des chandelles piquées au bout des baïonnettes allongeaient de grandes flammes ombrées de fumées noires qui frappaient en plein sur toutes ces têtes d'ouvriers, vulgaires, abruties par l'ivresse, le froid, la fatigue et ce mauvais sommeil debout qui fane et qui pâlit. Dans un coin, la cantinière dormait, la bouche ouverte, pelotonnée sur un banc devant sa petite table chargée de bouteilles vides et de verres troubles.

On chantait.

A tour de rôle, MM. les amateurs montaient sur une estrade improvisée au fond de la salle, et se posaient, déclamaient, se drapaient dans leurs couvertures avec des souvenirs de mélodrames. Je retrouvai là ces voix ronflantes, roulantes, qui résonnent au fond des passages, des cités ouvrières toutes pleines de tapages d'enfants, de cages pendues, d'échoppes bruyantes. Cela est charmant à entendre, mêlé au bruit des outils, avec l'accompagnement du marteau et de la varlope ; mais là, sur cette estrade, c'était ridicule et navrant.

Nous eûmes d'abord l'ouvrier penseur, le méca-nicien à longue barbe, chantant les douleurs du prolétaire. *Pauvro prolétairo... o... o...* avec une voix de gorge, où la sainte Internationale avait mis toutes ses colères. Puis il en vint un autre, à moitié endormi, qui nous chanta la fameuse chanson de la *Canaille*, mais d'un air si ennuyé, si lent, si dolent, qu'on aurait dit une berceuse... *C'est la canaille... Eh bien, j'en suis...* Et, pendant qu'il psalmodiait, on entendait les ronflements des dor-meurs obstinés qui cherchaient les coins, se retournaient contre la lumière en grognant.

Soudain, un éclair blanc passa entre les planches et fit pâlir la flamme rouge des chan-delles. En même temps un coup sourd ébranla la baraque, et presque aussitôt d'autres coups, plus sourds, plus lointains, roulèrent là-bas sur les coteaux de Champigny, en saccades diminuées. C'était la bataille qui recommençait.

Mais MM. les amateurs se moquaient bien de la bataille !

Cette estrade, ces quatre chandelles avaient remué dans tout ce peuple je ne sais quels ins-tincts de cabotinage. Il fallait les voir guetter le dernier couplet, s'arracher les romances de la bouche. Personne ne sentait plus le froid. Ceux qui étaient sur l'estrade, ceux qui en descendaient, et aussi ceux qui attendaient leur tour, la romance au bord du gosier, tous étaient rouges, suants, l'œil allumé. La vanité leur tenait chaud.

Il y avait là des célébrités de quartier, un tapis-sier poète qui demanda à dire une chansonnette de sa composition, l'*Égoïste*, avec le refrain : *Cha-cun pour soi*. Et, comme il avait un défaut de langue, il disait : *l'égoïfte et facun pour foi*. C'était

une satire contre les bourgeois ventrus qui aiment
mieux rester au coin de leur feu que d'aller aux
avant-postes ; et je verrai toujours cette bonne tête
de fabuliste, son képi sur l'oreille et sa jugulaire au
menton, soulignant tous les mots de sa chansonnette, et nous décochant son refrain d'un air mali-
cieux : « *Facun pour foi... facun pour foi.* »

Pendant ce temps, le canon chantait, lui aussi,
mêlant sa basse profonde aux roulades des
mitrailleuses. Il disait les blessés mourant de froid
dans la neige, l'agonie aux revers des routes dans
des mares de sang gelé, l'obus aveugle, la mort
noire arrivant de tout côté à travers la nuit...

Et le concert de la huitième allait toujours son
train !

Maintenant nous en étions aux gaudrioles. Un
vieux rigolo, l'œil éraillé et le nez rouge, se tré-
moussait sur l'estrade, dans un délire de trépigne-
ments, de bis, de bravos. Le gros rire des obscéni-
tés dites entre hommes épanouissait toutes les
figures. Du coup, la cantinière s'était réveillée et,
serrée dans la foule, dévorée par tous ces yeux, se
tordait de rire, elle aussi, pendant que le vieux
entonnait de sa voix de rogomme : *Le bon Dieu,
soûl comme un...*

Je n'y tenais plus ; je sortis. Mon tour de faction
allait venir ; mais tant pis ! il me fallait de l'espace
et de l'air et je marchai devant moi, longtemps,
jusqu'à la Seine. L'eau était noire, le quai désert.
Paris sombre, privé de gaz, s'endormait dans un
cercle de feu ; les éclairs des canons clignotaient
tout autour et des rougeurs d'incendie s'allu-
maient de place en place sur les hauteurs. Tout
près de moi, j'entendais des voix basses, pressées,
distinctes dans l'air froid. On haletait, on s'encou-
rageait...

« Oh! hisse!... »

Puis les voix s'arrêtaient tout à coup, comme dans l'ardeur d'un grand travail qui absorbe toutes les forces de l'être. En m'approchant du bord, je finis par distinguer dans cette vague lueur qui monte de l'eau la plus noire une canonnière arrêtée au pont de Bercy et s'efforçant de remonter le courant. Des lanternes secouées au mouvement de l'eau, le grincement des câbles que halaient les marins, marquaient bien les ressauts, les reculs, toutes les péripéties de cette lutte contre la mauvaise volonté de la rivière et de la nuit... Brave petite canonnière, comme tous ces retards l'impatientaient!... Furieuse, elle battait l'eau de ses roues, la faisait bouillonner sur place... Enfin un effort suprême la poussa en avant. Hardi garçons!... Et quand elle eut passé et qu'elle s'avança toute droite dans le brouillard, vers la bataille qui l'appelait, un grand cri de : « Vive la France! » retentit sous l'écho du pont.

Ah! le concert de la huitième était loin!

LA BATAILLE DU PÈRE-LACHAISE

Le gardien se mit à rire :

« Une bataille ici ?... mais il n'y a jamais eu de bataille. C'est une invention des journaux... Voici tout simplement ce qui s'est passé. Dans la soirée du 22, qui était donc un dimanche, nous avons vu arriver une trentaine d'artilleurs fédérés avec une batterie de pièces de sept et une mitrailleuse nouveau système. Ils ont pris position tout en haut du cimetière ; et comme justement j'ai cette section-là sous ma surveillance, c'est moi qui les ai reçus. Leur mitrailleuse était à ce coin d'allée, près de ma guérite ; leurs canons, un peu plus bas, sur ce terre-plein. En arrivant, ils m'ont obligé à leur ouvrir plusieurs chapelles. Je croyais qu'ils allaient tout casser, tout piller là-dedans ; mais leur chef y mit bon ordre, et, se plaçant au milieu d'eux, leur fit ce petit discours :

« — Le premier cochon qui touche quelque « chose, je lui brûle la gueule... Rompez les « rangs !... »

« C'était un vieux tout blanc, médaillé de Crimée et d'Italie, et qui n'avait pas l'air commode. Ses hommes se le tinrent pour dit, et je dois leur

175

rendre cette justice qu'ils n'ont rien pris dans les tombes, pas même le crucifix du duc de Morny, qui vaut à lui seul près de deux mille francs.

« C'était pourtant un ramassis de bien vilain monde, ces artilleurs de la Commune. Des canonniers d'occasion, qui ne songeaient qu'à siffler leurs trois francs cinquante de haute paye... Il fallait voir la vie qu'ils menaient dans ce cimetière ! Ils couchaient à tas dans les caveaux, chez Morny, chez Favronne, ce beau tombeau Favronne où la nourrice de l'empereur est enterrée. Ils mettaient leur vin au frais dans le tombeau Champeaux, où il y a une fontaine ; puis ils faisaient venir des femmes. Et toute la nuit ça buvait, ça godaillait. Ah ! je vous réponds que nos morts en ont entendu de drôles.

« Tout de même, malgré leur maladresse, ces bandits-là faisaient beaucoup de mal à Paris. Leur position était si belle. De temps en temps il leur arrivait un ordre :

« — Tirez sur le Louvre... tirez sur le Palais-
« Royal. »

« Alors le vieux pointait les pièces, et les obus à pétrole s'en allaient sur la ville à toute volée. Ce qui se passait en bas, personne de nous ne le savait au juste. On entendait la fusillade se rapprocher petit à petit ; mais les fédérés ne s'en inquiétaient pas. Avec les feux croisés de Chaumont, de Montmartre, du Père-Lachaise, il ne leur paraissait pas possible que les Versaillais pussent avancer. Ce qui les dégrisa, c'est le premier obus que la marine nous envoya en arrivant sur la butte Montmartre.

« On s'y attendait si peu !

« Moi-même j'étais au milieu d'eux, appuyé contre Morny, en train de fumer ma pipe. En entendant venir les bombes, je n'eus que le temps de me jeter par terre. D'abord nos canonniers crurent que c'était une erreur de tir, ou quelque collègue en ribote... Mais va te promener! Au bout de cinq minutes, voilà Montmartre qui éclaire encore, et un autre pruneau qui nous arrive, aussi d'aplomb que le premier. Pour le coup, mes gaillards plantèrent là leurs canons et leur mitrailleuse et se sauvèrent à toutes jambes. Le cimetière n'était pas assez large pour eux. Ils criaient.

« — Nous sommes trahis... Nous sommes tra-« his... »

« Le vieux, lui, resté tout seul sous les obus, se démenait comme un beau diable au milieu de sa batterie, et pleurait de rage de voir que ses canonniers l'avaient laissé.

« Cependant, vers le soir, il lui en revint quelques-uns, à l'heure de la paye. Tenez! monsieur, regardez sur ma guérite. Il y a encore les noms de ceux qui sont venus pour toucher ce soir-là. Le vieux les appelait et les inscrivait à mesure :

« *Sidain, présent; Choudeyras, présent; Billot, Vollon*...

« Comme vous voyez, ils n'étaient plus que quatre ou cinq; mais ils avaient des femmes avec eux... Ah! je ne l'oublierai jamais ce soir de paye. En bas, Paris flambait, l'Hôtel de Ville, l'Arsenal, les greniers d'abondance. Dans le Père-Lachaise, on y voyait comme en plein jour. Les fédérés essayèrent encore de se remettre aux pièces; mais ils n'étaient pas assez nombreux, et puis Montmartre leur faisait peur. Alors ils entrèrent dans un caveau et se mirent à boire et à chanter avec leurs gueuses. Le vieux s'était assis entre ces deux grandes figures de pierre qui sont à la porte du tombeau Favronne, et il regardait Paris brûler avec un air terrible. On aurait dit qu'il se doutait que c'était sa dernière nuit.

« A partir de ce moment, je ne sais plus bien ce qui est arrivé. Je suis rentré chez nous, cette petite baraque que vous voyez là-bas, perdue dans les branches. J'étais très fatigué. Je me suis mis sur mon lit, tout habillé, en gardant ma lampe allumée comme dans une nuit d'orage... Tout à coup on frappe à la porte brusquement. Ma femme va ouvrir, toute tremblante. Nous croyions voir encore les fédérés... C'était la marine. Un commandant, des enseignes, un médecin. Ils m'ont dit :

« — Levez-vous... faites-nous du café. »

« Je me suis levé, j'ai fait leur café. On entendait dans le cimetière un murmure, un mouvement confus comme si tous les morts s'éveillaient pour le dernier jugement. Les officiers ont bu bien vite, tout debout, puis ils m'ont emmené dehors avec eux.

« C'était plein de soldats, de marins. Alors on m'a placé à la tête d'une escouade, et nous nous sommes mis à fouiller le cimetière, tombeau par tombeau. De temps en temps, les soldats, voyant remuer les feuilles, tiraient un coup de fusil au fond d'une allée, sur un buste, dans un grillage. Par-ci, par-là, on découvrait quelque malheureux caché dans un coin de chapelle. Son affaire n'était pas longue... C'est ce qui arriva pour mes artilleurs. Je les trouvai tous, hommes, femmes, en tas devant ma guérite, avec le vieux médaillé pardessus. Ce n'était pas gai à voir dans le petit jour froid du matin... Brr... Mais ce qui me saisit le plus, c'est une longue file de gardes nationaux qu'on amenait à ce moment-là de la prison de la Roquette, où ils avaient passé la nuit. Ça montait la grande allée, lentement, comme un convoi. On n'entendait pas un mot, pas une plainte. Ces malheureux étaient si éreintés, si aplatis ! Il y en avait qui dormaient en marchant, et l'idée qu'ils allaient mourir ne les réveillait pas. On les fit passer dans le fond du cimetière, et la fusillade commença. Ils étaient cent quarante-sept. Vous pensez si ça a duré longtemps... C'est ce qu'on appelle la bataille du Père-Lachaise... »

Ici le bonhomme, apercevant son brigadier, me quitta brusquement, et je restai seul à regarder sur sa guérite ces noms de la dernière paye écrits à la lueur de Paris incendié. J'évoquais cette nuit de mai, traversée d'obus, rouge de sang et de flammes, ce grand cimetière désert éclairé comme une ville en fête, les canons abandonnés au milieu du carrefour, tout autour les caveaux ouverts, l'orgie dans les tombes, et près de là, dans ce fouillis de dômes, de colonnes, d'images de pierre que les soubresauts de la flamme faisaient vivre, le buste au large front, aux grands yeux, de Balzac qui regardait.

LES PETITS PÂTÉS

CE matin-là, qui était un dimanche, le pâtissier Sureau, de la rue de Turenne, appela son mitron, et lui dit :

« Voilà les petits pâtés de M. Bonnicar... Va les porter et reviens vite... Il paraît que les Versaillais sont entrés dans Paris. »

Le petit, qui n'entendait rien à la politique, mit les pâtés tout chauds dans sa tourtière, la tourtière dans une serviette blanche et le tout d'aplomb sur sa barrette, partit au galop pour l'île Saint-Louis, où logeait M. Bonnicar. La matinée était magnifique, un de ces grands soleils de mai qui emplissent les fruiteries de bottes de lilas et de cerises en bouquets. Malgré la fusillade lointaine et les appels des clairons au coin des rues, tout ce vieux quartier du Marais gardait sa physionomie paisible. Il y avait du dimanche dans l'air, des rondes d'enfants au fond des cours, de grandes filles jouant au volant devant les portes, et cette petite silhouette blanche, qui trottait au milieu de la chaussée déserte dans un bon parfum de pâte

181

chaude, achevait de donner à ce matin de bataille quelque chose de naïf et d'endimanché. Toute l'animation du quartier semblait s'être répandue dans la rue de Rivoli. On traînait des canons, on travaillait aux barricades; des groupes à chaque pas, des gardes nationaux qui s'affairaient. Mais le petit pâtissier ne perdit pas la tête. Ces enfants-là sont si habitués à marcher parmi les foules et le brouhaha de la rue! C'est aux jours de fête et de train, dans l'encombrement des premiers de l'an, des dimanches gras, qu'ils ont le plus à courir; aussi les révolutions ne les étonnent guère.

Il y avait plaisir vraiment à voir la petite barrette blanche se faufiler au milieu des képis et des baïonnettes, évitant les chocs, balancée gentiment, tantôt très vite, tantôt avec une lenteur forcée où l'on sentait encore la grande envie de courir. Qu'est-ce que cela lui faisait à lui, la bataille! L'essentiel était d'arriver chez les Bonnicar pour le coup de midi, et d'emporter bien vite le petit pourboire qui l'attendait sur la tablette de l'anti-chambre.

Tout à coup, il se fit dans la foule une poussée terrible; et des pupilles de la République défilèrent au pas de course, en chantant. C'étaient des gamins de douze à quinze ans, affublés de chassepots, de ceintures rouges, de grandes bottes, aussi fiers d'être déguisés en soldats que quand ils courent, les Mardis gras, avec des bonnets en papier et un lambeau d'ombrelle rose grotesque dans la boue du boulevard. Cette fois, au milieu de la bousculade, le petit pâtissier eut beaucoup de peine à garder son équilibre; mais sa tourtière et lui avaient fait tant de glissades sur la glace, tant de parties de marelle en plein trottoir, que les petits pâtés en furent quittes pour la peur. Malheureusement cet entrain, ces chants, ces ceintures rouges, l'admiration, la curiosité, donnèrent au mitron l'envie de faire un bout de route en si belle compagnie ; et dépassant sans s'en apercevoir l'Hôtel de Ville et les ponts de l'île Saint-Louis, il se trouva emporté je ne sais où, dans la poussière et le vent de cette course folle.

II

Depuis au moins vingt-cinq ans, c'était l'usage chez les Bonnicar de manger des petits pâtés le dimanche. A midi très précis, quand toute la famille — petits et grands — était réunie dans le salon, un coup de sonnette vif et gai faisait dire à tout le monde :

« Ah! voilà le pâtissier. »

Alors, avec un grand remuement de chaises, un froufrou d'endimanchement, une expansion d'enfants rieurs devant la table mise, tous ces bourgeois heureux s'installaient autour des petits pâtés symétriquement empilés sur le réchaud d'argent.

Ce jour-là, la sonnette resta muette. Scandalisé, M. Bonnicar regardait sa pendule, une vieille pendule surmontée d'un héron empaillé et qui n'avait jamais de la vie avancé ni retardé. Les enfants bâillaient aux vitres, guettant le coin de la rue où le mitron tournait d'ordinaire. Les conversations languissaient ; et la faim, que midi creuse de ses douze coups répétés, faisait paraître la salle à manger bien grande, bien triste, malgré l'antique argenterie luisante sur la nappe damassée et les serviettes pliées tout autour en petits cornets raides et blancs.

Plusieurs fois déjà la vieille bonne était venue parler à l'oreille de son maître... rôti brûlé... petits pois trop cuits... Mais M. Bonnicar s'entêtait à ne pas se mettre à table sans les petits pâtés ; et, furieux contre Sureau, il résolut d'aller voir lui-même ce que signifiait un retard aussi inouï. Comme il sortait, en brandissant sa canne, très en colère, des voisins l'avertirent :

« Prenez garde, monsieur Bonnicar... on dit que les Versaillais sont entrés dans Paris. »

Il ne voulut rien entendre, pas même la fusillade qui s'en venait de Neuilly à fleur d'eau, pas même le canon d'alarme de l'Hôtel de Ville secouant toutes les vitres du quartier.

« Oh ! ce Sureau... ce Sureau !... »

Et, dans l'animation de la course, il parlait seul, se voyait déjà là-bas au milieu de la boutique, frappant les dalles avec sa canne, faisant trembler les glaces de la vitrine et les assiettes de babas. La barricade du pont Louis-Philippe coupa sa colère en deux. Il y avait là quelques fédérés à mine féroce, vautrés au soleil sur le sol dépavé.

« Où allez-vous, citoyen ? »

Le citoyen s'expliqua ; mais l'histoire des petits pâtés parut suspecte, d'autant que M. Bonnicar avait sa belle redingote des dimanches, des lunettes d'or, toute la tournure d'un vieux réactionnaire.

« C'est un mouchard, dirent les fédérés, il faut l'envoyer à Rigault. »

Sur quoi, quatre hommes de bonne volonté, qui n'étaient pas fâchés de quitter la barricade, poussèrent devant eux, à coups de crosse, le pauvre homme exaspéré.

Je ne sais pas comment ils firent leur compte, mais une demi-heure après, ils étaient tous raflés par la ligne et s'en allaient rejoindre une longue colonne de prisonniers prête à se mettre en marche pour Versailles. M. Bonnicar protestait de plus en plus, levait sa canne, racontait son histoire pour la centième fois. Par malheur cette invention de petits pâtés paraissait si absurde, si incroyable au milieu de ce grand bouleversement, que les officiers ne faisaient qu'en rire.

« C'est bon, c'est bon, mon vieux... Vous vous expliquerez à Versailles. »

Et par les Champs-Élysées, encore tout blancs de la fumée des coups de feu, la colonne s'ébranla entre deux files de chasseurs.

III

Les prisonniers marchaient cinq par cinq, en rangs pressés et compacts. Pour empêcher le convoi de s'éparpiller, on les obligeait à se donner le bras ; et le long troupeau humain faisait, en piétinant dans la poussière de la route, comme le bruit d'une grande pluie d'orage.

Le malheureux Bonnicar croyait rêver. Suant, soufflant, ahuri de peur et de fatigue, il se traînait à la queue de la colonne entre deux vieilles sorcières qui sentaient le pétrole et l'eau-de-vie ; et d'entendre ces mots de : « Pâtissier, petits pâtés » qui revenaient toujours dans ses imprécations, on pensait autour de lui qu'il était devenu fou.

Le fait est que le pauvre homme n'avait plus sa tête. Aux montées, aux descentes, quand les rangs du convoi se desserraient un peu, est-ce qu'il ne se figurait pas voir, là-bas, dans la poussière qui remplissait les vides, la veste blanche et la barrette du petit garçon de chez Sureau ? Et cela dix fois dans la route ! Ce petit éclair blanc passait devant ses yeux comme pour le narguer, puis disparaissait au milieu de cette houle d'uniformes, de blouses, de haillons.

Enfin, au jour tombant, on arriva dans Versailles ; et quand la foule vit ce vieux bourgeois à lunettes, débraillé, poussiéreux, hagard, tout le monde fut d'accord pour lui trouver une tête de scélérat. On disait :

« C'est Félix Pyat... Non ! c'est Delescluze. »

Les chasseurs de l'escorte eurent beaucoup de peine à l'amener sain et sauf jusqu'à la cour de l'Orangerie. Là seulement le pauvre troupeau put se disperser, s'allonger sur le sol, reprendre haleine. Il y en avait qui dormaient, d'autres qui juraient, d'autres qui toussaient, d'autres qui pleuraient ; Bonnicar, lui, ne dormait pas, ne pleurait pas. Assis au bord d'un perron, la tête dans ses mains, aux trois quarts mort de faim, de honte, de fatigue, il revoyait en esprit cette malheureuse journée, son départ de là-bas, ses convives inquiets, ce couvert mis jusqu'au soir et qui devait l'attendre encore, puis l'humiliation, les injures, les coups de crosse, tout cela pour un pâtissier inexact.

« Monsieur Bonnicar, voilà vos petits pâtés !... » dit tout à coup une voix près de lui.

Et le bonhomme, en levant la tête, fut bien étonné de voir le petit garçon de chez Sureau, qui s'était fait pincer avec les pupilles de la République, découvrir et lui présenter la tourtière

186

cachée sous son tablier blanc. C'est ainsi que, malgré l'émeute et l'emprisonnement, ce dimanche-là
comme les autres, M. Bonnicar mangea des petits
pâtés.

MONOLOGUE À BORD

DEPUIS deux heures, tous les feux sont éteints, tous les abords fermés. Dans la batterie basse, qui nous sert de dortoir, il fait noir et lourd, on étouffe. J'entends les camarades qui se retournent dans leurs hamacs, rêvent tout haut, gémissent en dormant. Ces journées sans travail, où la tête seule marche et se fatigue, vous font un mauvais sommeil, plein de fièvres et de soubresauts. Mais même ce sommeil-là, moi je suis long à le trouver. Je ne peux pas dormir; je pense trop.

En haut, sur le pont, il pleut. Le vent souffle. De temps en temps, quand le quart change, il y a une cloche qui sonne dans le brouillard, tout au bout du navire. Chaque fois que je l'entends, ça me rappelle mon Paris et le coup de six heures dans les fabriques; — il n'en manque pas de fabriques autour de chez nous! Je vois tout notre petit logement, les enfants qui reviennent de l'école, la mère au fond de l'atelier en train de finir quelque chose contre la croisée, et s'efforçant de retenir ce brin de jour qui baisse, jusqu'à la fin de son aiguillée.

Ah! misère, qu'est-ce que tout ça va devenir, maintenant?

J'aurais peut-être mieux fait de les emmener avec moi, puisqu'on me le permettait. Mais qu'est-ce que vous voulez! C'est si loin. J'avais peur du voyage, du climat pour les enfants. Puis il aurait fallu vendre notre fonds de passementerie, ce petit avoir si péniblement gagné, monté pièce à pièce en dix ans. Et mes garçons, qui n'auraient plus été à l'école! Et la mère, obligée de vivre au milieu d'un tas de traînées!... Ah! ma foi, non. J'aime mieux souffrir tout seul... C'est égal! quand je monte là-haut sur le pont et que je vois toutes ces familles installées là comme chez elles, les mères cousant des chiffons, les enfants dans leurs jupes, ça me donne toujours envie de pleurer.

Le vent grandit, les vagues s'enflent. La frégate file, penchée sur le côté. On entend crier ses mâts, craquer ses voiles. Nous devons aller très vite. Tant mieux, on sera plus vite arrivé... Cette île des Pins, qui m'effrayait tant au moment du procès, à présent elle me fait envie. C'est un but, un repos. Et je suis si las! Il y a des moments où tout ce que j'ai vu depuis vingt mois me tourne devant les yeux, à me donner le vertige. C'est le siège des Prussiens, les remparts, l'exercice; ensuite les clubs, les enterrements civils avec des immortelles à la boutonnière, les discours au pied de la Colonne, les fêtes de la Commune à l'Hôtel de Ville, les revues de Cluseret, les sorties, la bataille, la gare de Clamart et tous ces petits murs où l'on s'abritait pour tirer sur les gendarmes; ensuite Satory, les pontons, les commissaires, les transbordements d'un navire à l'autre, ces allées et venues qui vous faisaient dix fois prisonniers par les changements de prisons; enfin la salle des conseils de guerre, tous ces officiers en grand costume assis au fond en fer à cheval, les voitures cellulaires, l'embarquement, le départ, tout cela confondu dans le tangage et l'abasourdissement des premiers jours de mer.

Ouf!

J'ai comme un masque de fatigue, de poussière, de je ne sais pas quoi collé sur la figure. Il me semble que je ne me suis pas lavé depuis dix ans.

Oh! oui, ça va me sembler bon de prendre pied quelque part, de faire halte. Ils disent que là-bas j'aurai un bon terrain, des outils, une petite maison... Une petite maison! Nous en avions rêvé une, ma femme et moi, du côté de Saint-Mandé, basse, avec un petit jardin étalé devant, comme un tiroir ouvert plein de légumes et de fleurs. On serait venu là le dimanche, du matin au soir, prendre de l'air et du soleil pour toute la semaine. Puis les enfants grandis, mis au commerce, on s'y serait retiré bien tranquille. Pauvre bête, va, te voilà retiré maintenant, et tu vas l'avoir ta maison de campagne!

Ah! malheur, quand je pense que c'est la politique qui est la cause de tout. Je m'en défiais pourtant de cette sacrée politique. J'en avais toujours eu peur. D'abord je n'étais pas riche, et, avec mon fonds à payer, je n'avais pas beaucoup le temps de lire les journaux ni d'aller entendre les beaux parleurs dans les réunions. Mais le maudit siège est arrivé, la garde nationale, rien à faire qu'à brailler et à boire. Ma foi! je suis allé aux clubs avec les autres, et tous leurs grands mots ont fini par me griser.

Les droits de l'ouvrier! Le bonheur du peuple.

Quand la Commune est venue, j'ai cru que c'était l'âge d'or des pauvres gens qui arrivait.

D'autant qu'on m'avait nommé capitaine, et que tous ces états-majors habillés de frais, ces galons, ces brandebourgs, ces aiguillettes donnaient beaucoup d'ouvrage à la maison. Plus tard, quand j'ai vu comment tout cela marchait, j'aurais bien voulu m'en aller, mais j'avais peur de passer pour un lâche.

Qu'est-ce qu'il y a donc là-haut? Les porte-voix ronflent. De grosses bottes courent sur le pont mouillé... Ces matelots, pourtant quelle dure existence ça mène. En voilà que le sifflet du quartier-maître vient de prendre en plein sommeil. Ils montent sur le pont encore tout endormis, tout suants. Il faut courir dans le noir, dans le froid. Les planches glissent, les cordages sont gelés et brûlent les mains qui s'y accrochent. Et pendant qu'ils sont pendus là-haut, au bout des vergues, ballottés entre le ciel et l'eau, à rouler de grandes toiles toutes raides, un coup de vent arrive qui les arrache, les emporte, les éparpille en pleine mer comme un vol de mouettes. Ah! c'est une vie autrement rude que celle de l'ouvrier parisien, et autrement mal payée. Cependant ces gens-là ne se plaignent pas, ne se révoltent pas. Ils vous ont des airs tranquilles, des yeux clairs bien décidés, et tant de respect pour leurs chefs! On voit bien qu'ils ne sont pas venus souvent dans nos clubs.

Décidément c'est une tempête. La frégate est secouée horriblement. Tout danse, tout craque. Des paquets d'eau s'abattent sur le pont avec un bruit de tonnerre; puis, pendant cinq minutes, ce sont de petites rigoles qui s'écoulent de tout côté. Autour de moi, on commence à se secouer. Il y en a qui ont le mal de mer, d'autres qui ont peur. Cette immobilité forcée dans le danger, c'est bien la pire des prisons... Et dire que pendant que nous sommes là, parqués comme un bétail, ballottés à tâtons dans ce vacarme sinistre qui nous entoure, tous ces beaux fils de la Commune à écharpes d'or, à plastrons rouges, tous ces poseurs, tous ces lâches qui nous poussaient en avant, sont bien tranquilles dans des cafés, dans des théâtres, à Londres, à Genève, tout près de France. Quand j'y songe, il me vient des rages!

Toute la batterie est réveillée. On s'appelle d'un hamac à l'autre; et comme on est tous Parisiens, on commence à blaguer, à ricaner. Moi, je fais semblant de dormir, pour qu'on me laisse tranquille. Quel horrible supplice de n'être jamais seul, de vivre à tas! Il faut se monter à la colère des autres, dire comme eux, affecter des haines qu'on n'a pas, sous peine de passer pour un mouchard. Et toujours la blague, la blague... Quelle mer, bon Dieu! On sent que le vent creuse de grands trous noirs où la frégate plonge et tourbillonne... Allons, j'ai bien fait de ne pas les emmener. C'est si bon de penser à cette heure qu'ils sont là-bas bien abrités dans notre petite chambre! Du fond de la batterie noire, il me semble que je vois le rayon de lampe abaissé sur tous ces fronts, les enfants endormis et la mère penchée qui songe et qui travaille...

LES FÉES DE FRANCE

CONTE FANTASTIQUE

« Accusée, levez-vous ! » dit le président.

Un mouvement se fit au banc hideux des pétro-leuses, et quelque chose d'informe et de grelottant vint s'appuyer contre la barre. C'était un paquet de haillons, de trous, de pièces, de ficelles, de vieilles fleurs, de vieux panaches, et là-dessous une pauvre figure fanée, tannée, ridée, crevassée, où la malice de deux petits yeux noirs frétillait au milieu des rides comme un lézard à la fente d'un vieux mur.

« Comment vous appelez-vous ? lui demanda-t-on.

— Mélusine.

— Vous dites ?... »

Elle répéta très gravement :

« Mélusine. »

Sous sa forte moustache de colonel de dragons, le président eut un sourire, mais il continua sans sourciller :

« Votre âge ?

— Je ne sais plus.

— Votre profession ?

— Je suis fée !... »

Pour le coup l'auditoire, le conseil, le commissaire du gouvernement lui-même, tout le monde partit d'un grand éclat de rire; mais cela ne la troubla point, et de sa petite voix claire et chevrotante, qui montait haut dans la salle et planait comme une voix de rêves, la vieille reprit :

« Ah! les fées de France, où sont-elles! Toutes mortes, mes bons messieurs. Je suis la dernière; il ne reste plus que moi... En vérité, c'est grand dommage, car la France était bien plus belle quand elle avait encore des fées. Nous étions la poésie du pays, sa foi, sa candeur, sa jeunesse. Tous les endroits que nous hantions, les fonds de parcs embroussaillés, les pierres des fontaines, les tourelles des vieux châteaux, les brumes d'étangs, les grandes landes marécageuses recevaient de notre présence je ne sais quoi de magique et d'agrandi. A la clarté fantastique des légendes, on nous voyait passer un peu partout traînant nos jupes dans un rayon de lune, ou courant sur les prés à la pointe des herbes. Les paysans nous aimaient, nous vénéraient.

« Dans les imaginations naïves, nos fronts couronnés de perles, nos baguettes, nos quenouilles enchantées mêlaient un peu de crainte à l'adoration. Aussi nos sources restaient toujours claires. Les charrues s'arrêtaient aux chemins que nous gardions; et comme nous donnions le respect de ce qui est vieux, nous, les plus vieilles du monde, d'un bout de la France à l'autre on laissait les forêts grandir, les pierres crouler d'elles-mêmes.

« Mais le siècle a marché. Les chemins de fer sont venus. On a creusé des tunnels, comblé les étangs, et fait tant de coupes d'arbres, que bientôt nous n'avons plus su où nous mettre. Peu à peu les paysans n'ont plus cru à nous. Le soir, quand nous frappions à ses volets, Robin disait : « C'est le vent », et se rendormait. Les femmes venaient faire leurs lessives dans nos étangs. Dès lors ç'a été fini pour nous. Comme nous ne vivions que de la croyance populaire, en la perdant, nous avons tout perdu. La vertu de nos baguettes s'est évanouie, et, de puissantes reines que nous étions, nous nous sommes trouvées de vieilles femmes, ridées, méchantes comme des fées qu'on oublie ; avec cela notre pain à gagner et des mains qui ne savaient rien faire. Pendant quelque temps, on nous a rencontrées dans les forêts traînant des charges de bois mort ou ramassant des glanes au bord des routes. Mais les forestiers étaient durs pour nous, les paysans nous jetaient des pierres. Alors, comme les pauvres qui ne trouvent plus à gagner leur vie au pays, nous sommes allées la demander au travail des grandes villes.

Il y en a qui sont entrées dans des filatures. D'autres ont vendu des pommes l'hiver, au coin des ponts ou des chapelets à la porte des églises. Nous poussions devant nous des charrettes d'oranges, nous tendions aux passants des bouquets d'un sou dont personne ne voulait, et les petits se moquaient de nos mentons branlants, et les sergents de ville nous faisaient courir, et les omnibus nous renversaient. Puis la maladie, les privations, un drap d'hospice sur la tête... Et voilà comme la France a laissé toutes ses fées mourir. Elle en a été bien punie !

« Oui, oui, riez, mes braves gens. En attendant, nous venons de voir ce que c'est qu'un pays qui n'a plus de fées. Nous avons vu tous ces paysans repus et ricaneurs ouvrir leurs huches aux Prussiens et leur indiquer les routes. Voilà! Robin ne croyait plus aux sortilèges; mais il ne croyait pas davantage à la patrie... Ah! si nous avions été là, nous autres, de tous ces Allemands qui sont entrés en France pas un ne serait sorti vivant. Nos draks, nos feux follets les auraient conduits dans des fondrières. A toutes ces sources pures qui portaient nos noms, nous aurions mêlé des breuvages enchantés qui les auraient rendus fous; et dans nos assemblées, au clair de lune, d'un mot magique, nous aurions si bien confondu les routes, les rivières, si bien enchevêtré de ronces, de broussailles, ces dessous de bois où ils allaient toujours se blottir, que les petits yeux de chat de M. de Moltke n'auraient jamais pu s'y reconnaître. Avec nous, les paysans auraient marché. Des grandes fleurs de nos étangs nous aurions fait des baumes pour les blessures, les fils de la Vierge nous auraient servi de charpie; et sur les champs de bataille, le soldat mourant aurait vu la fée de son canton se pencher sur ses yeux à demi fermés pour lui montrer un coin de bois, un détour de route, quelque chose qui lui rappelle le pays. C'est comme cela qu'on fait la guerre nationale, la guerre sainte. Mais, hélas! dans les pays qui ne croient plus, dans les pays qui n'ont plus de fées, cette guerre-là n'est pas possible. »

Ici la petite voix grêle s'interrompit un moment, et le président prit la parole :

« Tout ceci ne nous dit pas ce que vous faisiez du pétrole qu'on a trouvé sur vous quand les soldats vous ont arrêtée.

— Je brûlais Paris, mon bon monsieur, répondit la vieille très tranquillement. Je brûlais Paris parce que je le hais, parce qu'il rit de tout, parce

que c'est lui qui nous a tuées. C'est Paris qui a
envoyé des savants pour analyser nos belles
sources miraculeuses et dire au juste ce qu'il
entrait de fer et de soufre dedans. Paris s'est
moqué de nous sur ses théâtres. Nos enchante-
ments sont devenus des trucs, nos miracles des
gaudrioles, et l'on a vu tant de vilains visages passer dans nos robes roses, nos chars ailés, au milieu
de clairs de lune en feu de Bengale, qu'on ne peut
plus penser à nous sans rire... Il y avait des petits
enfants qui nous connaissaient par nos noms,
nous aimaient, nous craignaient un peu ; mais au
lieu des beaux livres tout en or et en images, où ils
apprenaient notre histoire, Paris maintenant leur
a mis dans les mains la science à la portée des
enfants, de gros bouquins d'où l'ennui monte
comme une poussière grise et efface dans les
petits yeux nos palais enchantés et nos miroirs
magiques... Oh ! oui, j'ai été contente de le voir
flamber, votre Paris... C'est moi qui remplissais les
boîtes des pétroleuses, et je les conduisais moi-
même aux bons endroits : « Allez, mes filles, brûlez tout, brûlez, brûlez !... »

« — Décidément, cette vieille est folle, dit le président. Emmenez-la. »

DEUXIÈME PARTIE

CAPRICES ET SOUVENIRS

UN TENEUR DE LIVRES

« Brr..., quel brouillard!... » dit le bonhomme en mettant le pied dans la rue.

Vite, il retrousse son collet, ferme son cache-nez sur sa bouche, et la tête baissée, les mains dans ses poches de derrière, il part pour le bureau en sifflotant.

Un vrai brouillard, en effet. Dans les rues, ce n'est rien encore; au cœur des grandes villes, le brouillard ne tient pas plus que la neige. Les toits le déchirent, les murs l'absorbent; il se perd dans les maisons à mesure qu'on les ouvre, fait les escaliers glissants, les rampes humides. Le mouvement des voitures, le va-et-vient des passants, ces passants du matin, si pressés et si pauvres, le hachent, l'emportent, le dispersent. Il s'accroche aux vêtements de bureau, étriqués et minces, aux waterproofs des fillettes de magasin, aux petits voiles flasques, aux grands cartons de toile cirée. Mais sur les quais encore déserts, sur les ponts, la berge, la rivière, c'est une brume lourde, opaque, immobile, où le soleil monte, là-haut, derrière Notre-Dame, avec des lueurs de veilleuse dans un verre dépoli.

Malgré le vent, malgré la brume, l'homme en question suit les quais, toujours les quais, pour aller à son bureau. Il pourrait prendre un autre chemin, mais la rivière paraît avoir un attrait mystérieux sur lui. C'est son plaisir de s'en aller le long des parapets, de frôler ces rampes de pierre usées aux coudes des flâneurs. A cette heure, et par le temps qu'il fait, les flâneurs sont rares. Pourtant, de loin en loin, on rencontre une femme chargée de linge qui se repose contre le parapet, ou quelque pauvre diable accoudé, penché vers l'eau d'un air d'ennui. Chaque fois l'homme se retourne, les regarde curieusement et l'eau après eux, comme si une pensée intime mêlait dans son esprit ces gens à la rivière.

Elle n'est pas gaie, ce matin, la rivière. Ce brouillard qui monte entre les vagues semble l'alourdir. Les toits sombres des rives, tous ces tuyaux de cheminée inégaux et penchés qui se reflètent, se croisent et fument au milieu de l'eau, font penser à je ne sais quelle lugubre usine qui, du fond de la Seine, enverrait à Paris toute sa fumée en brouillard. Notre homme, lui, n'a pas l'air de trouver cela si triste. L'humidité le pénètre de partout, ses vêtements n'ont pas un fil de sec! mais il s'en va tout de même en sifflotant avec un sourire heureux au coin des lèvres. Il y a si longtemps qu'il est fait aux brumes de la Seine! Puis il sait que là-bas, en arrivant, il va trouver une bonne chancelière bien fourrée, son poêle qui ronfle en l'attendant, et la petite plaque chaude où il fait son déjeuner tous les matins. Ce sont là de ces bonheurs d'employé, de ces joies de prison que connaissent seulement ces pauvres êtres rapetissés dont toute la vie tient dans une encoignure.

« Il ne faut pas que j'oublie d'acheter des pommes », se dit-il de temps en temps.

Et il siffle, et il se dépêche. Vous n'avez jamais vu quelqu'un aller à son travail aussi gaiement.

Les quais, toujours les quais, puis un pont. Maintenant le voilà derrière Notre-Dame. A cette pointe de l'île, le brouillard est plus intense que jamais. Il vient de trois côtés à la fois, noie à moitié les hautes tours, s'amasse à l'angle du pont, comme s'il voulait cacher quelque chose. L'homme s'arrête; c'est là.

On distingue confusément des ombres sinistres, des gens accroupis sur le trottoir qui ont l'air d'attendre, et, comme aux grilles des hospices et des squares, des éventaires étalés, avec des rangées de biscuits, d'oranges, de pommes. Oh! les belles pommes si fraîches, si rouges sous la buée... Il en remplit ses poches, en souriant à la marchande, qui grelotte, les pieds sur sa chaufferette; ensuite il pousse une porte dans le brouillard, traverse une petite cour où stationne une charrette attelée.

« Est-ce qu'il y a quelque chose pour nous? » demande-t-il en passant.

Un charretier, tout ruisselant, lui répond :

« Oui, monsieur, et même quelque chose de gentil. »

Alors il entre vite dans son bureau.

C'est là qu'il fait chaud, et qu'on est bien. Le poêle ronfle dans un coin. La chancelière est à sa place. Son petit fauteuil l'attend, bien au jour, près de la fenêtre. Le brouillard en rideau sur les vitres fait une lumière unie et douce, et les grands livres à dos vert s'alignent correctement sur leurs casiers. Un vrai cabinet de notaire.

L'homme respire; il est chez lui.

Avant de se mettre à l'ouvrage, il ouvre une grande armoire, en tire des manches de lustrine qu'il passe soigneusement, un petit plat de terre rouge, des morceaux de sucre qui viennent du café, et il commence à peler ses pommes, en regardant autour de lui avec satisfaction. Le fait est qu'on ne peut pas trouver un bureau plus gai, plus clair, mieux en ordre. Ce qu'il y a de singulier, par exemple, c'est ce bruit d'eau qu'on entend de partout, qui vous entoure, vous enveloppe, comme si on était dans une chambre de bateau. En bas, la Seine se heurte en grondant aux arches du pont, déchire son flot d'écume à cette pointe d'île toujours encombrée de planches, de pilotis, d'épaves. Dans la maison même, tout autour du bureau, c'est un ruissellement d'eau jetée à pleines cruches, le fracas d'un grand lavage. Je ne sais pas pourquoi cette eau vous glace rien qu'à l'entendre. On sent qu'elle claque sur un sol dur, qu'elle rebondit sur de larges dalles, des tables de marbre qui la font paraître encore plus froide.

Qu'est-ce qu'ils ont donc tant à laver dans cette étrange maison? Quelle tache ineffaçable?

Par moments, quand ce ruissellement s'arrête, là-bas, au fond, ce sont des gouttes qui tombent une à une, comme après un dégel ou une grande pluie. On dirait que le brouillard, amassé sur les toits, sur les murs, se fond à la chaleur du poêle et dégoutte continuellement.

L'homme n'y prend pas garde. Il est tout entier à ses pommes qui commencent à chanter dans le plat rouge avec un petit parfum de caramel, et cette jolie chanson l'empêche d'entendre le bruit d'eau, le sinistre bruit d'eau.

« Quand vous voudrez, greffier!... » dit une voix enrouée dans la pièce du fond.

Il jette un regard sur ses pommes, et s'en va bien à regret. Où va-t-il? Par la porte entrouverte une minute, il vient un air fade et froid qui sent les roseaux, le marécage, et comme une vision de hardes en train de sécher sur des cordes, des blouses fanées, des bourgerons, une robe d'indienne pendue tout de son long par les manches, et qui s'égoutte, qui s'égoutte.

C'est fini. Le voilà qui rentre. Il dépose sur sa table de menus objets tout trempés d'eau et revient frileusement vers le poêle dégourdir ses mains rouges de froid.

« Il faut être enragé vraiment, par ce temps-là..., se dit-il en frissonnant; qu'est-ce qu'elles ont donc toutes? »

Et comme il est bien réchauffé, et que son sucre commence à faire la perle aux bords du plat, il se met à déjeuner sur un coin de son bureau. Tout en mangeant, il a ouvert un de ses registres et le feuillette avec complaisance. Il est si bien tenu ce grand livre! Des lignes droites, des en-têtes à l'encre bleue, des petits reflets de poudre d'or, des buvards à chaque page, un soin, un ordre...

Il paraît que les affaires vont bien. Le brave homme a l'air satisfait d'un comptable en face d'un bon inventaire de fin d'année. Pendant qu'il se délecte à tourner les pages de son livre, les portes s'ouvrent dans la salle à côté, les pas d'une foule sonnent sur les dalles; on parle à demi-voix comme dans une église.

« Oh! qu'elle est jeune... Quel dommage!... »

Et l'on se pousse et l'on chuchote...

Qu'est-ce que cela peut lui faire à lui qu'elle soit

jeune ? Tranquillement, en achevant ses pommes, il attire devant lui les objets qu'il a apportés tout à l'heure. Un dé plein de sable, un porte-monnaie avec un sou dedans, de petits ciseaux rouillés, si rouillés qu'on ne pourra plus jamais s'en servir — oh ! plus jamais —; un livret d'ouvrière dont les pages sont collées entre elles ; une lettre en loques, effacée, où l'on peut lire quelques mots : « *L'enfant..., pas d'arg..., mois de nourrice...* »

Le teneur de livres hausse les épaules avec l'air de dire : « Je connais ça... »

Puis il prend sa plume, souffle soigneusement les mies de pain tombées sur son grand livre, fait un geste pour bien poser sa main, et de sa plus belle ronde il écrit le nom qu'il vient de déchiffrer sur le livret mouillé :

Félicie Rameau, brunisseuse, dix-sept ans.

AVEC TROIS CENT MILLE FRANCS
QUE M'A PROMIS GIRARDIN !...

NE vous est-il jamais arrivé de sortir de chez vous, le pied léger et l'âme heureuse, et, après deux heures de courses dans Paris, de rentrer tout mal en train, affaissé par une tristesse sans cause, un malaise incompréhensible ? Vous vous dites : « Qu'est-ce que j'ai donc ?... » Mais vous avez beau chercher, vous ne trouvez rien. Toutes vos courses ont été bonnes, le trottoir sec, le soleil chaud ; et pourtant vous vous sentez au cœur une angoisse douloureuse, comme l'impression d'un chagrin ressenti.

C'est qu'en ce grand Paris, où la foule se sent inobservée et libre, on ne peut faire un pas sans se heurter à quelque détresse envahissante qui vous éclabousse et vous laisse sa marque en passant. Je ne parle pas seulement des infortunes qu'on connaît, auxquelles on s'intéresse, de ces chagrins d'ami qui sont un peu les nôtres et dont la rencontre subite vous serre le cœur comme un remords ; ni même de ces chagrins d'indifférents, qu'on n'écoute que d'une oreille et qui vous navrent sans qu'on s'en doute. Je parle de ces douleurs tout à fait étrangères, qu'on n'entrevoit qu'au passage, en une minute, dans l'activité de la course et la confusion de la rue.

Ce sont des lambeaux de dialogues saccadés au train des voitures, des préoccupations sourdes et aveugles qui parlent toutes seules et très haut, des épaules lasses, des gestes fous, des yeux de fièvre, des visages blêmes gonflés de larmes, des deuils récents mal essuyés aux voiles noirs. Puis des détails furtifs, et si légers! Un collet d'habit brossé, usé, qui cherche l'ombre, une serinette sans voix tournant à vide sous un porche, un ruban de velours au cou d'une bossue, cruellement noué bien droit entre les épaules contrefaites... Toutes ces visions de malheurs inconnus passent vite, et vous les oubliez en marchant, mais vous avez senti le frôlement de leur tristesse, vos vêtements se sont imprégnés de l'ennui qu'ils traînent après eux, et à la fin de la journée vous sentez remuer tout ce qu'il y a en vous d'ému, de douloureux, parce que sans vous en apercevoir vous avez accroché au coin d'une rue, au seuil d'une porte, ce fil invisible qui lie toutes les infortunes et les agite à la même secousse.

Je pensais à cela l'autre matin — car c'est surtout le matin que Paris montre ses misères — en voyant marcher devant moi un pauvre diable étriqué dans un paletot trop mince qui faisait paraître ses enjambées plus longues et exagérait férocement tous ses gestes. Courbé en deux, tourmenté comme un arbre en plein vent, cet homme s'en allait très vite. De temps en temps, sa main plongeait dans une de ses poches de derrière et y cassait un petit pain qu'il dévorait furtivement, comme honteux de manger dans la rue.

Les maçons me donnent appétit, quand je les

vois, assis sur les trottoirs, mordre au beau mitan de leur miche fraîche. Les petits employés aussi me font envie, lorsqu'ils reviennent en courant de la boulangerie au bureau, la plume à l'oreille, la bouche pleine, tout réjouis de ce repas au grand air. Mais ici on sentait la honte de la vraie faim, et c'était pitié de voir ce malheureux n'osant manger que par miettes le pain qu'il broyait au fond de sa poche.

Je le suivais depuis un moment quand tout à coup, comme il arrive souvent dans ces existences déroutées, il changea brusquement de direction et d'idée, et en se retournant se trouva face à face avec moi.

« Tiens ! vous voilà... »

Par hasard, je le connaissais un peu. C'était un de ces brasseurs d'affaires comme il en pousse tant entre les pavés de Paris, homme à inventions, fondateur de journaux impossibles, autour duquel il s'était fait pendant un certain temps beaucoup de réclames et de bruit imprimé, et qui depuis trois mois avait disparu dans un formidable plongeon. Après un bouillonnement de quelques jours à l'endroit de sa chute, le flot s'était uni, refermé, et il n'avait plus été question de lui. En me voyant, il se troubla, et pour couper court à toute question, sans doute aussi pour détourner mon regard de sa tenue sordide et de son sou de pain, il se mit à me parler très vite, d'un ton faussement joyeux... Ses affaires allaient bien, très bien... Ça n'avait été qu'un temps d'arrêt. En ce moment, il tenait une affaire magnifique... Un grand journal industriel à images... Beaucoup d'argent, un traité d'annonces superbes !... Et sa figure s'animait en parlant. Sa taille se redressait. Peu à peu il prit un ton protecteur, comme s'il était déjà dans son bureau de rédaction, me demanda même des articles :

« Et vous savez, ajouta-t-il, d'un air de triomphe, c'est une affaire sûre... je commence avec trois cent mille francs que m'a promis Girardin ! »

Girardin !

C'est bien le nom qui vient toujours à la bouche des visionnaires. Quand on le prononce devant moi, ce nom, il me semble voir des quartiers neufs, de grandes bâtisses inachevées, des journaux tout frais imprimés, avec des listes d'actionnaires et d'administrateurs. Que de fois j'ai entendu dire, à propos de projets insensés : « Il faudra parler de ça à Girardin !... »

Et lui aussi, le pauvre diable, cette idée lui était venue de parler de ça à Girardin. Toute la nuit, il avait dû préparer son plan, aligner des chiffres ; puis il était sorti, et en marchant, en s'agitant, l'affaire était devenue si belle, qu'au moment de notre rencontre, il lui paraissait impossible que Girardin lui refusât ses trois cent mille francs. En disant qu'on les lui avait promis, le malheureux ne mentait pas, il ne faisait que continuer son rêve.

Pendant qu'il me parlait, nous étions bousculés, poussés contre le mur. C'était sur le trottoir d'une de ces rues si agitées qui vont de la Bourse à la Banque, pleines de gens pressés, distraits, tout à leurs affaires, boutiquiers anxieux courant retirer leurs billets, petits boursiers à figures basses qui se jettent des chiffres à l'oreille en passant. Et d'entendre tous ces beaux projets au milieu de cette foule, dans ce quartier de spéculateurs où l'on sent comme la hâte et la fièvre des jeux de hasard, cela me donnait le frisson d'une histoire de naufrage racontée en pleine mer. Je voyais réellement tout ce que cet homme me disait, ses catastrophes sur d'autres visages, et ses espoirs rayonnants dans d'autres yeux égarés. Il me quitta brusquement, comme il m'avait abordé, jeté à corps perdu dans ce tourbillon de folies, de rêves, de mensonges, ce que ces gens-là appellent d'un ton sérieux « les affaires ».

Au bout de cinq minutes, je l'avais oublié, mais le soir, rentré chez moi, quand je secouai avec la poussière des rues toutes les tristesses de la journée, je revis cette figure tourmentée et pâle, le petit pain d'un sou, et le geste qui soulignait ces paroles fastueuses : « Avec trois cent mille francs que m'a promis Girardin... »

ARTHUR

Il y a quelques années, j'habitais un petit pavillon aux Champs-Élysées, dans le passage des Douze-Maisons. Figurez-vous un coin de faubourg perdu, niché au milieu de ces grandes avenues aristocratiques, si froides, si tranquilles, qu'il semble qu'on n'y passe qu'en voiture. Je ne sais quel caprice de propriétaire, quelle manie d'avare ou de vieux laissait traîner ainsi au cœur de ce beau quartier ces terrains vagues, ces petits jardins moisis, ces maisons basses, bâties de travers, avec l'escalier en dehors et des terrasses de bois pleines de linge étendu, de cages à lapins, de chats maigres, de corbeaux apprivoisés. Il y avait là des ménages d'ouvriers, de petits rentiers, quelques artistes — on en trouve partout où il reste des arbres — et enfin deux ou trois garnis d'aspect sordide, comme encrassés par des générations de misères. Tout autour, la splendeur et le bruit des Champs-Élysées, un roulement continu, un cliquetis de harnais et de pas fringants, les portes cochères lourdement refermées, les calèches ébranlant les porches, des pianos étouffés, les violons de Mabille, un horizon de grands hôtels muets, aux

215

angles arrondis, avec leurs vitres nuancées par des rideaux de soie claire et leurs hautes glaces sans tain, où montent les dorures des candélabres et les fleurs rares des jardinières...

Cette ruelle noire des Douze-Maisons, éclairée seulement d'un réverbère au bout, était comme la coulisse du beau décor environnant. Tout ce qu'il y avait de paillons dans ce luxe venait se réfugier là, galons de livrées, maillots de clowns, toute une bohème de palefreniers anglais, d'écuyers du Cirque, les deux petits postillons de l'Hippodrome avec leurs poneys jumeaux et leurs affiches-réclames, la voiture aux chèvres, les guignols, les marchandes d'oublies, et puis des tribus d'aveugles qui revenaient le soir, chargés de pliants, d'accordéons, de sébiles. Un de ces aveugles se maria pendant que j'habitais ce passage. Cela nous valut toute la nuit un concert fantastique de clarinettes, de haut-bois, d'orgues, d'accordéons, où l'on voyait très bien défiler tous les ponts de Paris avec leurs psalmodies différentes... A l'ordinaire, cependant, le passage était assez tranquille. Ces errants de la rue ne rentraient qu'à la brume, et si las! Il n'y avait de tapage que le samedi, lorsque Arthur touchait sa paye.

C'était mon voisin, cet Arthur. Un petit mur allongé d'un treillage séparait seul mon pavillon du garni qu'il habitait avec sa femme. Aussi, bien malgré moi, sa vie se trouvait-elle mêlée à la mienne; et tous les samedis j'entendais, sans en rien perdre, l'horrible drame si parisien qui se jouait dans ce ménage d'ouvriers. Cela commençait toujours de la même façon. La femme préparait le dîner; les enfants tournaient autour d'elle.

Elle leur parlait doucement, s'affairait. Sept heures, huit heures : personne... A mesure que le temps passait, sa voix changeait, roulait des larmes, devenait nerveuse. Les enfants avaient faim, sommeil, commençaient à grogner. L'homme n'arrivait toujours pas. On mangeait sans lui. Puis, la marmaille couchée, le poulailler endormi, elle venait sur le balcon de bois, et je l'entendais dire tout bas en sanglotant :

« Oh ! la canaille ! la canaille ! »

Des voisins qui rentraient la trouvaient là. On la plaignait.

« Allez donc vous coucher, madame Arthur. Vous savez bien qu'il ne rentrera pas, puisque c'est le jour de paye. »

Et des conseils, des commérages.

« A votre place, voilà comment je ferais... Pourquoi ne le dites-vous pas à son patron ? »

Tout cet apitoiement la faisait pleurer davantage ; mais elle persistait dans son espoir, dans son attente, s'y énervait, et les portes fermées, le passage muet, se croyant bien seule, restait accoudée là, ramassée toute dans une idée fixe, se racontant à elle-même et très haut ses tristesses avec ce laisser-aller du peuple qui a toujours une moitié de sa vie dans la rue. C'étaient des loyers en retard, les fournisseurs qui la tourmentaient, le boulanger qui refusait le pain... Comment ferait-elle, s'il rentrait encore sans argent ? A la fin, la lassitude la prenait de guetter les pas attardés, de compter les heures. Elle rentrait ; mais longtemps après, quand je croyais tout fini, on toussait près de moi sur la galerie. Elle était encore là, la malheureuse, ramenée par l'inquiétude, se tuant les yeux à regarder dans cette ruelle noire, et n'y voyant que sa détresse.

Vers une heure, deux heures, quelquefois plus tard, on chantait au bout du passage. C'était Arthur qui rentrait. Le plus souvent, il se faisait accompagner, traînait un camarade jusqu'à sa porte : « Viens donc... viens donc... », et même là, il flânait encore, ne pouvait se décider à rentrer, sachant bien ce qui l'attendait chez lui... En montant l'escalier, le silence de la maison endormie qui lui renvoyait son pas lourd le gênait comme un remords. Il parlait seul, tout haut, s'arrêtant devant chaque taudis : « Bonsoir, ma'me Weber... bonsoir ma'me Mathieu. » Et si on ne lui répondait pas, c'était une bordée d'injures, jusqu'au moment où toutes les portes, toutes les fenêtres s'ouvraient pour lui renvoyer ses malédictions. C'est ce qu'il demandait. Son vin aimait le train, les querelles. Et puis, comme cela, il s'échauffait, arrivait en colère, et sa rentrée lui faisait moins peur.

Elle était terrible, cette rentrée...

« Ouvre, c'est moi... »

J'entendais les pieds nus de la femme sur le carreau, le frottement des allumettes et l'homme qui, dès en entrant, essayait de bégayer une histoire, toujours la même : les camarades, l'entraînement... Chose, tu sais bien... Chose qui travaille au chemin de fer. La femme ne l'écoutait pas :

« Et l'argent ?

— J'en ai plus, disait la voix d'Arthur.

— Tu mens !... »

Il mentait, en effet. Même dans l'entraînement du vin, il réservait toujours quelques sous, pensant à sa soif du lundi ; et c'est ce restant de paye qu'elle essayait de lui arracher. Arthur se débattait :

« Puisque je te dis que j'ai tout bu ! » criait-il.

Sans répondre, elle s'accrochait à lui de toute son indignation, de tous ses nerfs, le secouait, le fouillait, retournait ses poches. Au bout d'un moment, j'entendais l'argent qui roulait par terre, la femme se jetant dessus avec un rire de triomphe.

« Ah! tu vois bien. »

Puis un juron, des coups sourds... C'est l'ivrogne qui se vengeait. Une fois en train de battre, il ne s'arrêtait plus. Tout ce qu'il y a de mauvais, de destructeur dans ces affreux vins de barrière lui montait au cerveau et voulait sortir. La femme hurlait, les derniers meubles du bouge volaient en éclats, les enfants réveillés en sursaut pleuraient de peur. Dans le passage, les fenêtres s'ouvraient. On disait : « C'est Arthur! C'est Arthur!... »

Quelquefois aussi le beau-père, un vieux chiffonnier qui logeait dans le garni voisin, venait au secours de sa fille; mais Arthur s'enfermait à clef pour ne pas être dérangé dans son opération. Alors, à travers la serrure, un dialogue effrayant s'engageait entre le beau-père et le gendre, et nous en apprenions de belles :

« T'en as donc pas assez de tes deux ans de prison, bandit! » criait le vieux.

Et l'ivrogne, d'un ton superbe :

« Eh bien, oui, j'ai fait deux ans de prison... Et puis après?... Au moins, moi, j'ai payé ma dette à la société... Tâche donc de payer la tienne!... »

Cela lui paraissait tout simple : j'ai volé, vous m'avez mis en prison. Nous sommes quittes... Mais tout de même, si le vieux insistait trop là-dessus, Arthur impatienté ouvrait sa porte, tombait sur le beau-père, la belle-mère, les voisins, et battait tout le monde, comme Polichinelle.

Ce n'était pourtant pas un méchant homme. Bien souvent le dimanche, au lendemain d'une de ces tueries, l'ivrogne apaisé, sans le sou pour aller boire, passait la journée chez lui. On sortait les chaises des chambres. On s'installait sur le balcon, ma'me Weber, ma'me Mathieu, tout le garni, et l'on causait. Arthur faisait l'aimable, le bel esprit : vous auriez dit un de ces ouvriers modèles qui suivent les cours du soir. Il prenait pour parler une voix blanche, doucereuse, déclamait des bouts d'idées ramassées un peu partout, sur les droits de l'ouvrier, la tyrannie du capital. Sa pauvre femme, attendrie par les coups de la veille, le regardait avec admiration, et ce n'était pas la seule.

« Cet Arthur pourtant, s'il voulait ! » murmurait ma'me Weber en soupirant.

Ensuite, ces dames le faisaient chanter... Il chantait *Les Hirondelles*, de M. de Bélanger... Oh ! cette voix de gorge, pleine de fausses larmes, le sentimentalisme bête de l'ouvrier !... Sous la véranda moisie, en papier goudronné, les guenilles étendues laissaient passer un coin du ciel bleu entre les cordes, et toute cette crapule, affamée d'idéal à sa manière, tournait là-haut ses yeux mouillés.

Tout cela n'empêchait pas que, le samedi suivant, Arthur mangeait sa paye, battait sa femme, et qu'il y avait là, dans ce bouge, un tas d'autres petits Arthur, n'attendant que d'avoir l'âge de leur père pour manger leur paye, battre leurs femmes... Et c'est cette race-là qui voudrait gouverner le monde !... Ah ! maladie ! comme disaient mes voisins du passage.

LES TROIS SOMMATIONS

« Aussi vrai que je m'appelle Bélisaire et que j'ai
mon rabot dans la main en ce moment, si le père
Thiers s'imagine que la bonne leçon qu'il vient de
nous donner aura servi à quelque chose, c'est qu'il
ne connaît pas le peuple de Paris. Voyez-vous,
monsieur, ils auront beau nous fusiller en grand,
nous déporter, nous exporter, mettre Cayenne au
bout de Satory, bourrer les pontons comme des
barils à sardines, le Parisien aime l'émeute, et rien
ne pourra lui enlever ce goût-là ! On a ça dans le
sang. Qu'est-ce que vous voulez ? Ce n'est pas tant
la politique, qui nous amuse, c'est le train qu'elle
fait : les ateliers fermés, les rassemblements, la
flâne, et puis encore quelque chose en plus que je
ne saurais vous dire.

« Pour bien comprendre cela, il faut être né,
comme moi, rue de l'Orillon, dans un atelier de
menuisier, et depuis huit ans jusqu'à quinze qu'on
m'a mis en apprentissage, avoir roulé le faubourg
dans une voiture à bras pleine de copeaux. Ah !
dame ! je peux dire que je m'en suis payé des révolutions, dans ce temps-là. Tout petit, pas plus haut
qu'une botte, dès qu'il y avait du bruit dans Paris,

vous étiez sûr de m'y voir par un bout. Presque toujours je savais ça d'avance. Quand je voyais les ouvriers s'en aller bras dessus, bras dessous, dans le faubourg, en prenant le trottoir tout en large, les femmes sur les portes causant, gesticulant, et tous ces tas de monde qui descendaient des barrières, je me disais en charriant mes copeaux : « Bonne « affaire ! Il va y avoir quelque chose... »

« En effet, ça ne manquait pas. Le soir, en rentrant chez nous, je trouvais la boutique pleine ; des amis du père causaient politique autour de l'établi, des voisins lui apportaient le journal ; car, dans ce temps-là il n'y avait pas de feuilles à un sou comme maintenant. Ceux qui voulaient recevoir le journal se cotisaient à plusieurs dans la même maison et se le passaient d'étage en étage... Papa Bélisaire, qui travaillait toujours malgré tout, poussait son rabot avec colère en entendant les nouvelles ; et je me rappelle que ces jours-là, au moment de se mettre à table, la mère ne manquait jamais de nous dire :

« — Tenez-vous tranquilles, les enfants... Le « père n'est pas content, rapport aux affaires de la « politique. »

« Moi, vous pensez, je n'y comprenais pas grand-chose, à ces sacrées affaires. Tout de même, il y avait des mots qui m'entraient dans la tête, à force de les entendre, comme par exemple :

« — Cette canaille de Guizot, qui est allé à « Gand ! »

Je ne savais pas bien ce que c'était que ce Guizot, ni ce que cela voulait dire d'être allé à Gand ; mais c'est égal ! je répétais avec les autres :

« Canaille de Guizot... Canaille de Guizot !... »

« Et j'y allais d'autant plus de bon cœur à l'appeler canaille, ce pauvre M. Guizot, que, dans ma tête, je le confondais avec un grand coquin de sergent de ville qui se tenait au coin de la rue de l'Orillon et me faisait toujours des misères, par rapport à ma charrette de copeaux... Personne ne l'aimait dans le quartier, ce grand rouge-là ! Les chiens, les enfants, tout le monde était après ; il n'y avait que le marchand de vin qui, de temps en temps, pour l'amadouer, lui glissait un verre de vin dans l'entrebâillement de sa boutique. Le grand rouge s'approchait sans avoir l'air de rien, regardait à droite et à gauche, s'il n'y avait pas de chefs, puis, en passant, *uit !*... Je n'ai jamais su siffler un verre de vin si lestement. Le malin, c'était de guetter le moment où il avait le coude en l'air, et d'arriver derrière en criant :

« — Gare, sergo !... voilà l'officier. »

« On est comme ça dans le peuple de Paris, c'est le sergent de ville qui porte la peine de tout. On s'habitue à les haïr, les pauvres diables, à les regarder comme des chiens. Les ministres font des bêtises, c'est aux sergents de ville qu'on les fait payer, et quand une fois il arrive une bonne révolution, les ministres s'en vont à Versailles, et les sergents de ville dans le canal...

« Pour en revenir donc à ce que je vous disais, dès qu'il y avait quelque chose dans Paris, j'étais un des premiers à le savoir. Ces jours-là, on se donnait rendez-vous, tous les petits du quartier, et nous descendions ensemble le faubourg. Il y avait des gens qui criaient :

« — C'est rue Montmartre... non !... à la porte « Saint-Denis. »

« D'autres qui s'étaient trouvés en course de ce côté-là, revenaient furieux de n'avoir pas pu passer. Les femmes couraient chez les boulangers. On fermait les portes cochères. Tout cela nous montait. Nous chantions, nous bousculions en passant les petits marchands des rues qui relevaient bien vite leurs étalages, leurs éventaires comme les jours de grand vent. Quelquefois, en arrivant au canal, les ponts des écluses étaient déjà tournés. Des fiacres, des camions s'arrêtaient là. Les cochers juraient, le monde s'inquiétait. Nous escaladions en courant cette grande passerelle toute en marches qui séparait alors le faubourg de la rue du Temple, et nous arrivions sur les boulevards.

« C'est ça qui est amusant, le boulevard, les Mardis gras et les jours d'émeute. Presque pas de voitures ; on pouvait galoper à son aise sur cette grande chaussée. En nous voyant passer, les boutiquiers de ces quartiers savaient bien ce que cela voulait dire, et fermaient vite leurs magasins. On entendait claquer les volets ; mais tout de même, une fois la boutique fermée, ces gens-là se tenaient sur le trottoir devant leurs portes, parce que chez les Parisiens la curiosité est plus forte que tout.

« Enfin nous apercevions une masse noire, la foule, l'encombrement. C'était là !... Seulement pour bien voir, il s'agissait d'être au premier rang ; et dame ! on en recevait de ces taloches... Pourtant, à force de pousser, de bousculer, de se glisser entre les jambes, nous finissions par arriver... Une fois bien placés, en avant de tout le monde, on respirait et on était fier. Le fait est que le spectacle en valait la peine.

« Non, voyez-vous, jamais M. Bocage, jamais M. Mélingue ne m'ont donné un battement de cœur pareil à celui que j'avais en voyant là-bas, au bout de la rue, dans l'espace resté vide, le commissaire s'avancer avec son écharpe... Les autres criaient :

« — Le commissaire! le commissaire! »

« Moi, je ne disais rien. J'avais les dents serrées de peur, de plaisir, de je ne sais pas quoi; en moi-même je pensais :

« Le commissaire est là... gare tout à l'heure les « coups de trique... »

« Ce n'était pas encore tant les coups de trique qui m'impressionnaient, mais ce diable d'homme avec son écharpe sur son habit noir, et ce grand chapeau de monsieur qui lui donnait l'air d'être en visite au milieu des shakos et des tricornes, ça me faisait un effet!... Après un roulement de tambour, le commissaire commençait à marmotter quelque chose. Comme il était loin de nous, malgré le grand silence, sa voix s'en allait dans l'air, et on n'entendait que ça :

« Mn... mn... mn... »

« Mais nous la connaissions aussi bien que lui la loi sur les attroupements. Nous savions que nous avions droit à trois sommations avant d'arriver aux coups de trique. Aussi, la première fois, personne ne bougeait. On restait là, bien tranquille, les mains dans les poches... Par exemple, au second roulement, on commençait à devenir vert et à regarder de droite à gauche par où il faudrait passer... Au troisième roulement, prrt! c'était comme un départ de perdreaux, et des cris, des miaulements, un envolement de tabliers, de chapeaux, de casquettes, et puis là-bas derrière, les triques qui commençaient à taper. Non, vrai! il n'y a pas de pièces de théâtre capables de vous donner de ces émotions-là. On en avait pour huit jours à raconter cela aux autres, et comme ils étaient fiers ceux qui pouvaient dire :

« J'ai entendu la troisième sommation !... »

« Il faut dire aussi qu'à ce jeu on risquait quelquefois des morceaux de sa peau. Figurez-vous qu'un jour, à la pointe Saint-Eustache, je ne sais comment le commissaire fit son compte ; mais pas plutôt le second roulement, voilà les municipaux qui partent, la trique en l'air. Je ne restai pas là à les attendre, vous pensez bien. Mais j'avais beau allonger mes petites jambes, un de ces grands diables s'était acharné sur moi et me serrait de si court, de si court, qu'après avoir senti deux ou trois fois le vent de sa trique, je finis par la recevoir en plein sur la tête. Dieu de Dieu, quelle décharge ! je n'ai jamais vu pareille illumination... On me rapporta chez nous la figure fendue, et si vous croyez que ça m'avait corrigé... Ah ! ben oui, tout le temps que la pauvre maman Bélisaire me mettait des compresses, je ne cessais pas de crier :

« — Ce n'est pas ma faute... C'est ce gueux de « commissaire qui nous a trichés... il n'a fait que « deux sommations ! »

UN SOIR DE PREMIÈRE

IMPRESSIONS DE L'AUTEUR

C'EST pour huit heures. Dans cinq minutes, la toile va se lever. Machinistes, régisseur, garçon d'accessoires, tout le monde est à son poste. Les acteurs de la première scène se placent, prennent leurs attitudes. Je regarde une dernière fois par le trou du rideau. La salle est comble ; quinze cents têtes rangées en amphithéâtre, riant, s'agitant dans la lumière. Il y en a quelques-unes que je reconnais vaguement ; mais leur physionomie me paraît toute changée. Ce sont des mines pincées, des airs rogues, dogmatiques, des lorgnettes déjà braquées qui me visent comme des pistolets. Il y a bien dans un coin quelques visages chers, pâlis par l'angoisse et l'attente : mais combien d'indifférents, de mal disposés ! et tout ce que ces gens apportent du dehors, cette masse d'inquiétudes, de distractions, de préoccupations, de méfiances... Dire qu'il va falloir dissiper tout cela, traverser cette atmosphère d'ennui, de malveillance, faire à ces milliers d'êtres une pensée commune, et que mon drame ne peut exister qu'en allumant sa vie à toutes ces paires d'yeux inexorables... Je voudrais attendre encore, empêcher le rideau de se lever.

Mais non! il est trop tard. Voilà les trois coups frappés, l'orchestre qui prélude... puis un grand silence, et une voix que j'entends des coulisses, sourde, lointaine, perdue dans l'immensité de la salle. C'est ma pièce qui commence. Ah! malheureux, qu'est-ce que j'ai fait?...

Moment terrible. On ne sait où aller, que devenir. Rester là, collé contre un portant, l'oreille tendue, le cœur serré; encourager les acteurs quand on aurait tant besoin d'encouragements soi-même, parler sans savoir ce qu'on dit, sourire en ayant dans les yeux l'égarement de la pensée absente... Au diable! J'aime encore mieux me glisser dans la salle et regarder le danger en face.

Caché au fond d'une baignoire, j'essaie de me poser en spectateur détaché, indifférent, comme si je n'avais pas vu pendant deux mois toutes les poussières de ces planches flotter autour de mon œuvre, comme si je n'avais pas réglé moi-même tous ces gestes, toutes ces voix et les moindres détails de la mise en scène, depuis le mécanisme des portes jusqu'à la montée du gaz. C'est une impression singulière. Je voudrais écouter, mais je ne peux pas. Tout me gêne, tout me dérange. Ce sont des clefs brusques aux portes des loges, des tabourets qu'on remue, des quintes de toux qui s'encouragent, se répondent, des chuchotements d'éventails, des étoffes froissées, un tas de petits bruits qui me paraissent énormes; puis des hostilités de gestes, d'attitudes, des dos qui n'ont pas l'air content, des coudes ennuyés qui s'étalent, semblent barrer tout le décor.

Devant moi, un tout jeune homme à binocle prend des notes d'un air grave, et dit :

« C'est enfantin. »

228

Dans la loge à côté, on cause à voix basse :

« Vous savez que c'est pour demain.

— Pour demain ?

— Oui, demain sans faute. »

Il paraît que demain est très important pour ces gens-là, et moi qui ne pense qu'à aujourd'hui !... A travers cette confusion, pas un de mes mots ne porte, ne fait flèche. Au lieu de monter, d'emplir la salle, les voix des acteurs s'arrêtent au bord de la rampe et retombent lourdement dans le trou du souffleur, au fracas bête de la claque... Qu'est-ce qu'il a donc à se fâcher, ce monsieur, là-haut ? Décidément, j'ai peur. Je m'en vais.

Me voilà dehors. Il pleut, il fait noir ; mais je ne m'en aperçois guère. Les loges, les galeries tournent encore devant moi avec leurs rangées de têtes lumineuses, et la scène au milieu, comme un point fixe, éclatant, qui s'obscurcit à mesure que je m'éloigne. J'ai beau marcher, me secouer, je la vois toujours cette scène maudite, et la pièce, que je sais par cœur, continue à se jouer, à se traîner lugubrement au fond de mon cerveau. C'est comme un mauvais rêve que j'emporte avec moi et auquel je mêle les gens qui me heurtent, le gâchis, le bruit de la rue. Au coin du boulevard, un coup de sifflet m'arrête, me fait pâlir. Imbécile ! c'est un bureau d'omnibus... Et je marche, et la pluie redouble. Il me semble que là-bas aussi il pleut sur mon drame, que tout se décolle, se détrempe, et que mes héros, honteux et fripés, barbotent à ma suite sur les trottoirs luisants de gaz et d'eau.

Pour m'arracher à ces idées noires, j'entre dans un café. J'essaie de lire ; mais les lettres se croisent, dansent, s'allongent, tourbillonnent. Je ne sais plus ce que les mots veulent dire ; ils me semblent tous bizarres, vides de sens. Cela me rappelle une lecture que j'ai faite en mer, il y a quelques années, un jour de très gros temps. Sous le rouf inondé d'eau où je m'étais blotti, j'avais trouvé une grammaire anglaise, et là, dans le train des vagues et des mâts arrachés, pour ne pas penser au danger, pour ne pas voir ces paquets d'eau verdâtre qui croulaient sur le pont en s'étalant, je m'absorbais de toutes mes forces dans l'étude du *th* anglais; mais j'avais beau lire à haute voix, répéter et crier les mots, rien ne pouvait entrer dans ma tête pleine des huées de la mer et des sifflements aigus de la bise en haut des vergues.

Le journal que je tiens en ce moment me paraît aussi incompréhensible que ma grammaire anglaise. Pourtant à force de fixer cette grande feuille dépliée devant moi, je vois s'y dérouler, entre les lignes courtes et serrées, les articles de demain, et mon pauvre nom se débattre dans des buissons d'épines et des flots d'encre amère... Tout à coup le gaz baisse, on ferme le café.

Déjà?

Quelle heure est-il donc?

... Les boulevards sont pleins de monde. On sort des théâtres. Je me croise sans doute avec des gens qui ont vu ma pièce. Je voudrais demander, savoir, et en même temps je passe vite pour ne pas entendre les réflexions à haute voix et les feuilletons en pleine rue. Ah! comme ils sont heureux tous ceux-là qui rentrent chez eux et qui n'ont pas fait de pièces... Me voici devant le théâtre. Tout est fermé, éteint. Décidément, je ne saurai rien ce soir; mais je me sens une immense tristesse devant les affiches mouillées et les ifs à lampions qui clignotent encore à la porte. Ce grand bâtiment que j'ai vu tout à l'heure s'étaler en bruit et en lumière à tout ce coin du boulevard est sourd, noir, désert, ruisselant comme après un incendie... Allons ! c'est fini. Six mois de travail, de rêves, de fatigues, d'espérances, tout cela s'est brûlé, perdu, envolé à la flambée de gaz d'une soirée.

LA SOUPE AU FROMAGE

C'est une petite chambre au cinquième, une de ces mansardes où la pluie tombe droite sur les vitres à tabatière, et qui — la nuit venue comme maintenant — semblent se perdre avec les toits dans le noir et dans la rafale. Pourtant la pièce est bonne, confortable, et l'on éprouve en y entrant je ne sais quel sentiment de bien-être qu'augmentent encore le bruit du vent et les torrents de pluie ruisselant aux gouttières. On se croirait dans un nid bien chaud, tout en haut d'un grand arbre. Pour le moment, le nid est vide. Le maître du logis n'est pas là ; mais on sent qu'il va rentrer bientôt, et tout chez lui a l'air de l'attendre. Sur un bon feu couvert, une petite marmite bout tranquillement avec un murmure de satisfaction. C'est un peu tard veiller pour une marmite ; aussi quoique celle-là semble faite au métier, à en juger par ses flancs roussis, passés à la flamme, de temps en temps elle s'impatiente, et son couvercle se soulève, agité par la vapeur. Alors une bouffée de chaleur appétissante monte et se répand dans toute la chambre.

Oh ! la bonne odeur de soupe au fromage...

Parfois aussi le feu couvert se dégage un peu. Un écroulement de cendres se fait entre les bûches, et une petite flamme court sur le parquet, éclairant le logis par le bas, comme pour faire son inspection, s'assurer que tout est en ordre. Oui, ma foi! tout est bien en ordre, et le maître peut venir quand il voudra. Les rideaux d'algérienne sont tirés devant les fenêtres, drapés confortablement autour du lit. Voilà là-bas le grand fauteuil qui s'allonge auprès de la cheminée; la table, dans un coin toute dressée, avec la lampe prête à allumer, le couvert mis pour un seul, et à côté du couvert le livre, compagnon du repas solitaire... Et de même que la marmite a un bon coup de feu, les fleurs de la vaisselle ont pâli dans l'eau, le livre est froissé aux bords. Il y a sur tout cela l'air attendri, un peu fatigué, d'une habitude. On sent que le maître du logis doit rentrer très tard toutes les nuits, et qu'il aime à trouver en rentrant ce petit souper qui mijote et tient la chambre parfumée et chaude jusqu'à son retour.

Oh! la bonne odeur de soupe au fromage.

A voir la netteté de ce logement de garçon, je m'imagine un employé, un de ces êtres minutieux qui installent dans toute leur vie l'exactitude de l'heure du bureau et l'ordre des cartons étiquetés. Pour rentrer si tard, il doit avoir un service de nuit à la poste ou au télégraphe. Je le vois d'ici derrière un grillage, en manches de lustrine et calotte de velours, triant, timbrant des lettres, dévidant les banderoles bleues des dépêches, préparant à Paris qui dort et qui s'amuse, toutes ses affaires de demain. Eh bien, non. Ce n'est pas cela. Voici qu'en furetant dans la chambre, la petite lueur du foyer vient éclairer de grandes photographies accrochées au mur. Aussitôt l'on voit sortir de l'ombre, encadrés d'or et majestueusement drapés, l'empereur Auguste, Mahomet, Félix, chevalier romain, gouverneur d'Arménie, des couronnes, des casques, des tiares, des rubans, et sous ces coiffures différentes, toujours la même tête solennelle et droite, la tête du maître de céans, l'heureux seigneur pour qui cette soupe embaumée mijote et bout doucement sur la cendre chaude...

Oh! la bonne odeur de soupe au fromage...

Certes, non! celui-là n'est pas un employé des postes. C'est un empereur, un maître du monde, un de ces êtres providentiels qui tous les soirs de répertoire font trembler les voûtes de l'Odéon et n'ont qu'à dire : « Gardes, saisissez-le ! » pour que les gardes obéissent. En ce moment, il est là-bas dans son palais, de l'autre côté de l'eau. Le cothurne aux talons, la chlamyde à l'épaule, il erre sous les portiques, déclame, fronce le sourcil, se drape d'un air ennuyé dans ses tirades tragiques. C'est si triste en effet de jouer devant les banquettes ! Et la salle de l'Odéon est si grande, si froide, les soirs de tragédie !... Tout à coup l'empereur, à demi gelé sous sa pourpre, sent un frisson de chaleur lui courir par tout le corps. Son œil s'allume, sa narine s'ouvre... Il songe qu'en rentrant, il va trouver sa chambre encore chaude, le couvert mis, la lampe prête et tout son petit chez lui bien rangé, avec ce soin bourgeois des comédiens qui se vengent dans la vie privée des allures un peu désordonnées de la scène... Il se voit découvrant la marmite, remplissant son assiette à fleurs...

Oh! la bonne odeur de soupe au fromage !...

A partir de ce moment, ce n'est plus le même

homme. Les plis droits de sa chlamyde, les escaliers de marbre, la roideur des portiques n'ont plus rien qui le gêne. Il s'anime, presse son jeu, précipite l'action. Pensez donc! si le feu allait s'éteindre là-bas... A mesure que la soirée s'avance, sa vision se rapproche et lui donne de l'entrain. Miracle! l'Odéon se dégèle. Les vieux habitués de l'orchestre, réveillés de leur torpeur, trouvent que ce Marancourt est vraiment magnifique, surtout aux dernières scènes. Le fait est qu'au dénouement, à l'heure décisive où l'on poignarde les traîtres, où l'on marie les princesses, la physionomie de l'empereur vous a une béatitude, une sérénité singulières. L'estomac creusé par tant d'émotions, de tirades, il lui semble qu'il est chez lui, assis à sa petite table, et son regard va de Cinna à Maxime avec un bon sourire d'attendrissement, comme s'il voyait déjà les jolis fils blancs qui s'allongent au bout de la cuillère, quand la soupe au fromage est cuite à point, bien mijotée et servie chaud...

LE DERNIER LIVRE

« Il est mort!... », me dit quelqu'un dans l'escalier.

Depuis plusieurs jours déjà, je la sentais venir la lugubre nouvelle. Je savais que d'un moment à l'autre j'allais la trouver à cette porte; et pourtant elle me frappa comme quelque chose d'inattendu. Le cœur gros, les lèvres tremblantes, j'entrai dans cet humble logis d'homme de lettres où le cabinet de travail tenait la plus grande place, où l'étude despotique avait pris tout le bien-être, toute la clarté de la maison.

Il était là couché sur un lit de fer très bas, et sa table chargée de papiers, sa grande écriture interrompue au milieu des pages, sa plume encore debout dans l'encrier disaient combien la mort l'avait frappé subitement. Derrière le lit, une haute armoire de chêne, débordant de manuscrits, de paperasses, s'entrouvrait presque sur sa tête. Tout autour, des livres, rien que des livres, rien que des livres : partout, sur des rayons, sur des chaises, sur le bureau, empilés par terre dans des coins, jusque sur le pied du lit. Quand il écrivait là, assis à sa table, cet encombrement, ce fouillis sans poussière pouvait plaire aux yeux : on y sentait la vie, l'entrain du travail. Mais dans cette chambre de mort, c'était lugubre. Tous ces pauvres livres, qui croulaient par piles, avaient l'air prêts à partir, à se perdre dans cette grande bibliothèque du hasard, éparse dans les ventes, sur les quais, les étalages, feuilletés par le vent et la flâne.

Je venais de l'embrasser dans son lit, et j'étais debout à le regarder, tout saisi par le contact de ce front froid et lourd comme une pierre. Soudain la porte s'ouvrit. Un commis en librairie, chargé, essoufflé, entra joyeusement et poussa sur la table un paquet de livres, frais sortis de la presse.

« Envoi de Bachelin », cria-t-il.

Puis, voyant le lit, il recula, ôta sa casquette et se retira discrètement.

Il y avait quelque chose d'effroyablement ironique dans cet envoi du libraire Bachelin, retardé d'un mois, attendu par le malade avec tant d'impatience et reçu par le mort... Pauvre ami ! C'était son dernier livre, celui sur lequel il comptait le plus. Avec quel soin soucieux ses mains, déjà tremblantes de fièvre, avaient corrigé les épreuves ! quelle hâte il avait de tenir le premier exemplaire ! Dans les derniers jours, quand il ne parlait plus, ses yeux restaient fixés sur la porte ; et si les imprimeurs, les protes, les brocheurs, tout ce monde employé à l'œuvre d'un seul, avaient pu voir ce regard d'angoisse et d'attente, les mains se seraient hâtées, les lettres se seraient bien mises en pages, les pages en volumes pour arriver à temps, c'est-à-dire un jour plus tôt, et donner au mourant la joie de retrouver, toute fraîche dans le parfum du livre neuf et la netteté des caractères, cette pensée qu'il sentait déjà fuir et s'obscurcir en lui.

Même en pleine vie, il y a là en effet pour l'écrivain un bonheur dont il ne se blase jamais. Ouvrir le premier exemplaire de son œuvre, la voir fixée, comme en relief, et non plus dans cette grande ébullition du cerveau où elle est toujours un peu confuse, quelle sensation délicieuse ! Tout jeune, cela vous cause un éblouissement : les lettres miroitent, allongées de bleu, de jaune, comme si l'on avait du soleil plein la tête. Plus tard, à cette joie d'inventeur se mêle un peu de tristesse, le regret de n'avoir pas dit tout ce que l'on voulait dire. L'œuvre qu'on portait en soi paraît toujours plus belle que celle qu'on a faite. Tant de choses se perdent en ce voyage de la tête à la main ! A voir dans les profondeurs du rêve, l'idée du livre ressemble à ces jolies méduses de la Méditerranée qui passent dans la mer comme des nuances flottantes ; posées sur le sable, ce n'est plus qu'un peu d'eau, quelques gouttes décolorées que le vent sèche tout de suite.

Hélas ! ni ces joies ni ces désillusions, le pauvre garçon n'avait rien eu, lui, de sa dernière œuvre. C'était navrant à voir, cette tête inerte et lourde, endormie sur l'oreiller, et à côté ce livre tout neuf, qui allait paraître aux vitrines, se mêler aux bruits de la rue, à la vie de la journée, dont les passants liraient le titre machinalement, l'emporteraient dans leur mémoire, au fond de leurs yeux, avec le nom de l'auteur, ce même nom inscrit à la page triste des mairies, et si riant, si gai sur la couverture de couleur claire. Le problème de l'âme et du corps semblait tenir là tout entier, entre ce corps rigide qu'on allait ensevelir, oublier, et ce livre qui se détachait de lui, comme une âme visible, vivante, et peut-être immortelle...

« Il m'en avait promis un exemplaire... », dit tout bas près de moi une voix larmoyante.

Je me retournai, et j'aperçus, sous des lunettes d'or, un petit œil vif et fureteur de ma connaissance et de la vôtre aussi, vous tous, mes amis qui écrivez. C'était l'amateur de livres, celui qui vient, dès qu'un volume de vous est annoncé, sonner à votre porte deux petits coups timides et persistants qui lui ressemblent. Il entre, souriant, l'échine basse, frétille autour de vous, vous appelle « cher maître », et ne s'en ira pas sans emporter votre dernier livre. Rien que le dernier ! Il a tous les autres, c'est celui-là seul qui lui manque. Et le moyen de refuser ? Il arrive si bien à l'heure, il sait si bien vous prendre au milieu de cette joie dont nous vous parlions, dans l'abandon des envois, des dédicaces. Ah ! le terrible petit homme que rien ne rebute, ni les portes sourdes, ni les accueils gelés, ni le vent, ni la pluie, ni les distances. Le matin, on le rencontre dans la rue de la Pompe, grattant au petit huis du patriarche de Passy ; le soir, il revient de Marly avec le nouveau drame de Sardou sous le bras. Et comme cela, toujours trottant, toujours en quête, il remplit sa vie sans rien faire, et sa bibliothèque sans payer.

Certes, il fallait que la passion des livres fût bien forte chez cet homme pour l'amener ainsi jusqu'à ce lit de mort.

« Eh ! prenez-le, votre exemplaire », lui dis-je, impatienté.

Il ne le prit pas, il l'engloutit. Puis, une fois le volume bien approfondi dans sa poche, il resta sans bouger, sans parler, la tête penchée sur l'épaule, essuyant ses lunettes d'un air attendri. Qu'attendait-il ? qu'est-ce qui le retenait ? Peut-être un peu de honte, l'embarras de partir tout de suite, comme s'il n'était venu que pour cela ?

Eh bien ! non !

Sur la table, dans le papier d'emballage à moitié enlevé, il venait d'apercevoir quelques exemplaires d'amateur, la tranche épaisse, non rognés, avec de grandes marges, fleurons, culs-de-lampe ; et malgré son attitude recueillie, son regard, sa pensée, tout était là... Il en louchait, le malheureux !

Ce que c'est pourtant que la manie d'observer ! Moi-même je m'étais laissé distraire de mon émotion et je suivais, à travers mes larmes, cette petite comédie navrante qui se jouait au chevet du mort. Doucement, par petites secousses invisibles, l'amateur se rapprochait de la table. Sa main se posa comme par hasard sur un des volumes ; il le retourna, l'ouvrit, palpa le feuillet. A mesure son œil s'allumait, le sang lui montait aux joues. La magie du livre opérait en lui. A la fin, n'y tenant plus, il en prit un :

« C'est pour M. de Sainte-Beuve », me dit-il à demi-voix.

Et dans sa fièvre, son trouble, la peur qu'on ne le lui reprît, peut-être aussi pour bien me convaincre que c'était pour M. de Sainte-Beuve, il ajouta très gravement avec un accent de componction intraduisible :

« De l'Académie française !... »

Et il disparut.

MAISON À VENDRE

Au-dessus de la porte, une porte de bois mal jointe, qui laissait se mêler, dans un grand intervalle, le sable du jardinet et la terre de la route, un écriteau était accroché depuis longtemps, immobile dans le soleil d'été, tourmenté, secoué au vent d'automne : *Maison à vendre*, et cela semblait dire aussi maison abandonnée, tant il y avait de silence autour.

Quelqu'un habitait là pourtant. Une petite fumée bleuâtre, montant de la cheminée de brique qui dépassait un peu le mur, trahissait une existence cachée, discrète et triste comme la fumée de ce feu de pauvre. Puis à travers les ais branlants de la porte, au lieu de l'abandon, du vide, de cet en-l'air qui précède et annonce une vente, un départ, on voyait des allées bien alignées, des tonnelles arrondies, les arrosoirs près du bassin et des ustensiles de jardinier appuyés à la maisonnette. Ce n'était rien qu'une maison de paysan, équilibrée sur ce jardin en pente par un petit escalier, qui plaçait le côté de l'ombre au premier, celui du midi au rez-de-chaussée. De ce côté-là, on aurait dit une serre. Il y avait des cloches de verre empilées sur les marches, des pots à fleurs vides, renversés, d'autres rangés avec des géraniums, des verveines sur le sable chaud et blanc. Du reste, à part deux ou trois grands platanes, le jardin était tout au soleil. Des arbres fruitiers en éventail sur des fils de fer, ou bien en espalier, s'étalaient à la grande lumière, un peu défeuillés, là seulement pour le fruit. C'était aussi des plants de fraisiers, des pois à grandes rames; et au milieu de tout cela, dans cet ordre et ce calme, un vieux, à chapeau de paille, qui circulait tout le jour par les allées, arrosait aux heures fraîches, coupait, émondait les branches et les bordures.

Ce vieux ne connaissait personne dans le pays. Excepté la voiture du boulanger, qui s'arrêtait à toutes les portes dans l'unique rue du village, il n'avait jamais de visite. Parfois, quelque passant, en quête d'un de ces terrains à mi-côte qui sont tous très fertiles et font de charmants vergers, s'arrêtait pour sonner en voyant l'écriteau. D'abord la maison restait sourde. Au second coup, un bruit de sabots s'approchait lentement du fond du jardin, et le vieux entrebâillait sa porte d'un air furieux :

« Qu'est-ce que vous voulez ?

— La maison est à vendre ?

— Oui, répondait le bonhomme avec effort, oui... elle est à vendre, mais je vous préviens qu'on en demande très cher... »

Et sa main, toute prête à la refermer, barrait la porte. Ses yeux vous mettaient dehors, tant ils montraient de colère, et il restait là, gardant comme un dragon ses carrés de légumes et sa petite cour sablée. Alors les gens passaient leur chemin, se demandant à quel maniaque ils avaient affaire et quelle était cette folie de mettre sa maison en vente avec un tel désir de la conserver.

Ce mystère me fut expliqué. Un jour, en passant devant la petite maison, j'entendis des voix animées, le bruit d'une discussion.

« Il faut vendre, papa, il faut vendre... vous l'avez promis... »

Et la voix du vieux, toute tremblante :

« Mais, mes enfants, je ne demande pas mieux que de vendre... voyons ! Puisque j'ai mis l'écriteau. »

J'appris ainsi que c'étaient ses fils, ses brus, de petits boutiquiers parisiens, qui l'obligeaient à se défaire de ce coin bien-aimé. Pour quelle raison ? je l'ignore. Ce qu'il y a de sûr, c'est qu'ils commençaient à trouver que la chose traînait trop, et à partir de ce jour, ils vinrent régulièrement tous les dimanches pour harceler le malheureux, l'obliger à tenir sa promesse. De la route, dans ce grand silence du dimanche, où la terre elle-même se repose d'avoir été labourée, ensemencée toute la semaine, j'entendais cela très bien. Les boutiquiers causaient, discutaient entre eux en jouant au tonneau, et le mot argent sonnait sec dans ces voix aigres comme les palets qu'on heurtait. Le soir, tout le monde s'en allait ; et quand le bonhomme avait fait quelques pas sur la route pour les reconduire, il rentrait bien vite, et refermait tout heureux sa grosse porte, avec une semaine de répit devant lui. Pendant huit jours, la maison devenait silencieuse. Dans le petit jardinet brûlé de soleil, on n'entendait rien que le sable écrasé d'un pas lourd, ou traîné au râteau.

De semaine en semaine, cependant, le vieux était plus pressé, plus tourmenté. Les boutiquiers employaient tous les moyens. On amenait les petits-enfants pour le séduire :

« Voyez-vous, grand-père, quand la maison sera vendue, vous viendrez habiter avec nous. Nous serons si heureux tous ensemble!... »

Et c'était des apartés dans tous les coins, des promenades sans fin à travers les allées, des calculs faits à haute voix. Une fois j'entendis une des filles qui criait :

« La baraque ne vaut pas cent sous... elle est bonne à jeter à bas. »

Le vieux écoutait sans rien dire. On parlait de lui comme s'il était mort, de sa maison comme si elle était déjà abattue. Il allait, tout voûté, des larmes dans les yeux, cherchant par habitude une branche à émonder, un fruit à soigner en passant ; et l'on sentait sa vie si bien enracinée dans ce petit coin de terre qu'il n'aurait jamais la force de s'en arracher. En effet, quoi qu'on pût lui dire, il reculait toujours le moment du départ. En été, quand mûrissaient ces fruits un peu acides qui sentent la verdeur de l'année, les cerises, les groseilles, les cassis, il se disait : « Attendons la récolte... Je vendrai tout de suite après. »

Mais la récolte faite, les cerises passées, venait le tour des pêches, puis les raisins, et après les raisins ces belles nèfles brunes qu'on cueille presque sous la neige. Alors l'hiver arrivait. La campagne était noire, le jardin vide. Plus de passants, plus d'acheteurs. Plus même de boutiquiers le dimanche. Trois grands mois de repos pour préparer les semences, tailler les arbres fruitiers, pendant que l'écriteau inutile se balançait sur la route, retourné par la pluie et le vent.

A la longue, impatients et persuadés que le vieux faisait tout pour éloigner les acheteurs, les enfants prirent un grand parti. Une des brus vint s'installer près de lui, une petite femme de boutique, parée dès le matin, et qui avait bien cet air avenant, faussement doux, cette amabilité obséquieuse des gens habitués au commerce. La route semblait lui appartenir. Elle ouvrait la porte toute grande, causait fort, souriait aux passants comme pour dire :

« Entrez... voyez..., la maison est à vendre ! »

Plus de répit pour le pauvre vieux. Quelquefois, essayant d'oublier qu'elle était là, il bêchait ses carrés, les ensemençait à nouveau, comme ces gens tout près de la mort qui aiment à faire des projets pour tromper leurs craintes. Tout le temps, la boutiquière le suivait, le tourmentait :

« Bah ! à quoi bon ?... c'est donc pour les autres que vous prenez tant de peine ? »

Il ne lui répondait pas et s'acharnait à son travail avec un entêtement singulier. Laisser son jardin à l'abandon, c'eût été le perdre un peu déjà, commencer à s'en détacher. Aussi les allées n'avaient pas un brin d'herbe; pas de gourmand aux rosiers.

En attendant, les acquéreurs ne se présentaient pas. C'était le moment de la guerre, et la femme avait beau tenir sa porte ouverte, faire des yeux doux à la route, il ne passait que des déménagements, il n'entrait que de la poussière. De jour en jour, la dame devenait plus aigre. Ses affaires de Paris la réclamaient. Je l'entendais accabler son beau-père de reproches, lui faire de véritables scènes, taper les portes. Le vieux courbait le dos sans rien dire et se consolait en regardant monter ses petits pois, et l'écriteau, toujours à la même place : *Maison à vendre*.

... Cette année, en arrivant à la campagne, j'ai

bien retrouvé la maison; mais, hélas! l'écriteau n'y était plus. Des affiches déchirées, moisies, pendaient encore au long des murs. C'est fini; on l'avait vendue! A la place du grand portail gris une porte verte, fraîchement peinte, avec un fronton arrondi, s'ouvrait par un petit jour grillé qui laissait voir le jardin. Ce n'était plus le verger d'autrefois, mais un fouillis bourgeois de corbeilles, de pelouses, de cascades, le tout reflété dans une grande boule de métal qui se balançait devant le perron. Dans cette boule, les allées faisaient des cordons de fleurs voyantes, et deux larges figures s'étalaient, exagérées: un gros homme rouge, tout en nage, enfoncé dans une chaise rustique, et une énorme dame essoufflée, qui criait en brandissant un arrosoir:

« J'en ai mis quatorze aux balsamines! »

On avait bâti un étage, renouvelé les palissades et dans ce petit coin remis à neuf, sentant encore la peinture, un piano jouait à toute volée des quadrilles connus et des polkas de bals publics. Ces airs de danse, qui tombaient sur la route et faisaient chaud à entendre, mêlés à la grande poussière de juillet, ce tapage de grosses fleurs, de grosses dames, cette gaieté débordante et triviale me serraient le cœur. Je pensais au pauvre vieux qui se promenait là si heureux, si tranquille; et je me le figurais à Paris, avec son chapeau de paille, son dos de vieux jardinier, errant au fond de quelque arrière-boutique; ennuyé, timide, plein de larmes, pendant que sa bru triomphait dans un comptoir neuf, où sonnaient les écus de la petite maison.

CONTES DE NOËL

I

UN RÉVEILLON DANS LE MARAIS

M. MAJESTÉ, fabricant d'eau de Seltz dans le Marais, vient de faire un petit réveillon chez des amis de la place Royale et regagne son logis en fredonnant... Deux heures sonnent à Saint-Paul. « Comme il est tard ! » se dit le brave homme, et il se dépêche ; mais le pavé glisse, les rues sont noires, et puis dans ce diable de vieux quartier, qui date du temps où les voitures étaient rares, il y a un tas de tournants, d'encoignures, de bornes devant les portes à l'usage des cavaliers. Tout cela empêche d'aller vite, surtout quand on a déjà les jambes un peu lourdes et les yeux embrouillés par les toasts du réveillon... Enfin M. Majesté arrive chez lui. Il s'arrête devant un grand portail orné, où brille au clair de lune un écusson, doré de neuf, d'anciennes armoiries repeintes dont il a fait sa marque de fabrique :

HÔTEL CI-DEVANT DE NESMOND

MAJESTÉ JEUNE

FABRICANT D'EAU DE SELTZ

Sur tous les siphons de la fabrique, sur les bordereaux, les têtes de lettres, s'étalent ainsi et resplendissent les vieilles armes des Nesmond.

Après le portail, c'est la cour, une large cour aérée et claire, qui dans le jour en s'ouvrant fait de la lumière à toute la rue. Au fond de la cour, une grande bâtisse très ancienne, des murailles noires, brodées, ouvragées, des balcons de fer arrondis, des balcons de pierre à pilastres, d'immenses fenêtres très hautes, surmontées de frontons, de chapiteaux qui s'élèvent aux derniers étages comme autant de petits toits dans le toit, et enfin sur le faîte, au milieu des ardoises, les lucarnes des mansardes, rondes, coquettes, encadrées de guirlandes comme des miroirs. Avec cela un grand perron de pierre, rongé et verdi par la pluie, une vigne maigre qui s'accroche aux murs, aussi noire, aussi tordue que la corde qui se balance là-haut à la poulie du grenier, je ne sais quel grand air de vétusté et de tristesse... C'est l'ancien hôtel de Nesmond.

En plein jour, l'aspect de l'hôtel n'est pas le même. Les mots : *Caisse, Magasin, Entrée des ateliers* éclatent partout en or sur les vieilles murailles, les font vivre, les rajeunissent. Les camions des chemins de fer ébranlent le portail ; les commis s'avancent au perron, la plume à l'oreille, pour recevoir les marchandises. La cour est encombrée de caisses, de paniers, de paille, de toile d'emballage. On se sent bien dans une fabrique... Mais avec la nuit, le grand silence, cette lune d'hiver qui, dans le fouillis des toits compliqués, jette et entremêle des ombres, l'antique maison des Nesmond reprend ses allures seigneuriales. Les balcons sont en dentelle ; la cour d'honneur s'agrandit, et le vieil escalier, qu'éclairent des jours inégaux, vous a des recoins de cathédrale, avec des niches vides et des marches perdues qui ressemblent à des autels.

Cette nuit-là surtout, M. Majesté trouve à sa maison un aspect singulièrement grandiose. En traversant la cour déserte, le bruit de ses pas l'impressionne. L'escalier lui paraît immense, surtout très lourd à monter. C'est le réveillon sans doute... Arrivé au premier étage, il s'arrête pour respirer et s'approche d'une fenêtre. Ce que c'est que d'habiter une maison historique! M. Majesté n'est pas poète, oh! non; et pourtant, en regardant cette belle cour aristocratique, où la lune étend une nappe de lumière bleue, ce vieux logis de grand seigneur qui a si bien l'air de dormir avec ses toits engourdis sous leur capuchon de neige, il lui vient des idées de l'autre monde :

« Hein?... tout de même, si les Nesmond revenaient... »

A ce moment, un grand coup de sonnette retentit. Le portail s'ouvre à deux battants, si vite, si brusquement, que le réverbère s'éteint; et pendant quelques minutes il se fait là-bas, dans l'ombre de la porte, un bruit confus de frôlements, de chuchotements. On se dispute, on se presse pour entrer. Voici des valets, beaucoup de valets, des carrosses tout en glaces miroitant au clair de lune, des chaises à porteurs balancées entre deux torches qui s'avivent au courant d'air du portail. En rien de temps, la cour est encombrée. Mais au pied du perron, la confusion cesse. Des gens descendent des voitures, se saluent, entrent en causant comme s'ils connaissaient la maison. Il y a là, sur ce perron, un froissement de soie, un cliquetis d'épées. Rien que des chevelures blanches, alourdies et mates de poudre ; rien que des petites voix claires, un peu tremblantes, des petits rires sans timbre, des pas légers. Tous ces gens ont l'air d'être vieux, vieux. Ce sont des yeux effacés, des bijoux endormis, d'anciennes soies brochées, adoucies de nuances changeantes que la lumière des torches fait briller d'un éclat doux ; et sur tout cela flotte un petit nuage de poudre, qui monte des cheveux échafaudés, roulés en boucles, à chacune de ces jolies révérences, un peu guindées par les épées et les grands paniers... Bientôt toute la maison a l'air d'être hantée. Les torches brillent de fenêtre en fenêtre, montent et descendent dans le tournoiement des escaliers, jusqu'aux lucarnes des mansardes qui ont leur étincelle de fête et de vie. Tout l'hôtel de Nesmond s'illumine, comme si un grand coup de soleil couchant avait allumé ses vitres.

« Ah ! mon Dieu ! ils vont mettre le feu !... » se dit M. Majesté. Et, revenu de sa stupeur, il tâche de secouer l'engourdissement de ses jambes et descend vite dans la cour, où les laquais viennent d'allumer un grand feu clair. M. Majesté s'approche ; il leur parle. Les laquais ne lui répondent pas et continuent de causer tout bas entre eux, sans que la moindre vapeur s'échappe de leurs lèvres dans l'ombre glaciale de la nuit. M. Majesté n'est pas content ; cependant une chose le rassure, c'est que ce grand feu qui flambe si haut et si droit est un feu singulier, une flamme sans chaleur, qui brille et ne brûle pas. Tranquillisé de ce côté, le bonhomme franchit le perron et entre dans ses magasins.

Ces magasins du rez-de-chaussée devaient faire

autrefois de beaux salons de réception. Des parcelles d'or terni brillent encore à tous les angles.
Des peintures mythologiques tournent au plafond,
entourent les glaces, flottent au-dessus des portes
dans des teintes vagues, un peu ternes, comme le
souvenir des années écoulées. Malheureusement,
il n'y a plus de rideaux, plus de meubles. Rien que
des papiers, de grandes caisses pleines de siphons
à têtes d'étain, et les branches desséchées d'un
vieux lilas qui montent toutes noires derrière les
vitres. M. Majesté, en entrant, trouve son magasin
plein de lumière et de monde. Il salue, mais personne ne fait attention à lui. Les femmes aux bras
de leurs cavaliers continuent à minauder cérémo-
nieusement sous leurs pelisses de satin. On se promène, on cause, on se disperse. Vraiment tous ces
vieux marquis ont l'air d'être chez eux. Devant un
trumeau peint, une petite ombre s'arrête, toute
tremblante : « Dire que c'est moi, et que me
voilà ! » et elle regarde en souriant une Diane qui
se dresse dans la boiserie — mince et rose, avec un
croissant au front.

« Nesmond, viens donc voir tes armes ! »

Et tout le monde rit en regardant le blason des
Nesmond qui s'étale sur une toile d'emballage,
avec le nom de Majesté au-dessous.

« Ah ! ah ! ah !... Majesté !... Il y a donc encore des
Majestés en France ? »

Et ce sont des gaietés sans fin, de petits rires à
son de flûte, des doigts en l'air, des bouches qui
minaudent...

Tout à coup quelqu'un crie :

« Du champagne ! du champagne !

— Mais non !...

— Mais si !... si, c'est du champagne... Allons,
comtesse, vite un petit réveillon. »

C'est de l'eau de Seltz de M. Majesté qu'ils ont prise pour du champagne. On le trouve bien un peu éventé; mais bah! on le boit tout de même, et comme ces pauvres petites ombres n'ont pas la tête bien solide, peu à peu cette mousse d'eau de Seltz les anime, les excite, leur donne envie de danser. Des menuets s'organisent. Quatre fins violons que Nesmond a fait venir commencent un air de Rameau, tout en triolets, menu et mélancolique dans sa vivacité. Il faut voir toutes ces jolies vieilles tourner lentement, saluer en mesure d'un air grave. Les atours en sont rajeunis et aussi les gilets d'or, les habits brochés, les souliers à boucles de diamants. Les panneaux eux-mêmes semblent revivre en entendant ces anciens airs. La vieille glace, enfermée dans le mur depuis deux cents ans, les reconnaît aussi, et tout éraflée, noircie aux angles, elle s'allume doucement et renvoie aux danseurs leur image, un peu effacée, comme attendrie d'un regret. Au milieu de toutes ces élégances, M. Majesté se sent gêné. Il s'est blotti derrière une caisse et regarde...

Petit à petit cependant le jour arrive. Par les portes vitrées du magasin, on voit la cour blanchir, puis le haut des fenêtres, puis tout un côté du salon. A mesure que la lumière vient, les figures s'effacent, se confondent. Bientôt M. Majesté ne voit plus que deux petits violons attardés dans un coin, et que le jour évapore en les touchant. Dans la cour, il aperçoit encore, mais si vague, la forme d'une chaise à porteurs, une tête poudrée semée d'émeraudes, les dernières étincelles d'une torche que les laquais ont jetée sur le pavé, et qui se mêlent avec le feu des roues d'une voiture de roulage entrant à grand bruit par le portail ouvert...

CONTES DE NOËL

II

LES TROIS MESSES BASSES

I

« Deux dindes truffées, Garrigou?...

— Oui, mon révérend, deux dindes magnifiques bourrées de truffes. J'en sais quelque chose, puisque c'est moi qui ai aidé à les remplir. On aurait dit que leur peau allait craquer en rôtissant, tellement elle était tendue...

— Jésus-Maria! moi qui aime tant les truffes... Donne-moi vite mon surplis, Garrigou... Et avec les dindes, qu'est-ce que tu as encore aperçu à la cuisine?

— Oh! toutes sortes de bonnes choses... Depuis midi nous n'avons fait que plumer des faisans, des huppes, des gelinottes, des coqs de bruyère. La plume en volait partout... Puis de l'étang on a apporté des anguilles, des carpes dorées, des truites, des...

— Grosses comment, les truites, Garrigou?...

— Grosses comme ça, mon révérend... Énormes!

— Oh! Dieu, il me semble que je les vois!...
As-tu mis le vin dans les burettes?

— Oui, mon révérend, j'ai mis le vin dans les
burettes... Mais dame! il ne vaut pas celui que
vous boirez tout à l'heure en sortant de la messe
de minuit. Si vous voyiez cela dans la salle à manger du château, toutes ces carafes qui flambent
pleines de vin de toutes les couleurs... Et la vaisselle d'argent, les surtouts ciselés, les fleurs, les
candélabres!... Jamais il ne se sera vu un réveillon
pareil... M. le marquis a invité tous les seigneurs
du voisinage. Vous serez au moins quarante à
table, sans compter le bailli ni le tabellion... Ah!
vous êtes bien heureux d'en être, mon révérend...
Rien que d'avoir flairé ces belles dindes, l'odeur
des truffes me suit partout... Meuh!

— Allons, allons, mon enfant. Gardons-nous du
péché de gourmandise, surtout la nuit de la Nati-
vité... Va bien vite allumer les cierges et sonner le
premier coup de la messe; car voilà que minuit est
proche et il ne faut pas nous mettre en retard... »

Cette conversation se tenait une nuit de Noël de
l'an de grâce mil six cent et tant, entre le révérend
dom Balaguère, ancien prieur des Barnabites, pré-
sentement chapelain gagé des sires de Trinquelague, et son petit clerc Garrigou ou du moins ce
qu'il croyait être le petit clerc Garrigou, car vous
saurez que le diable, ce soir-là, avait pris la face
ronde et les traits indécis du jeune sacristain pour
mieux induire le révérend père en tentation et lui
faire commettre un épouvantable péché de gourmandise. Donc pendant que le soi-disant Garrigou
(hum! hum!) faisait à tour de bras carillonner les
cloches de la chapelle seigneuriale, le révérend
achevait de revêtir sa chasuble dans la petite

sacristie du château, et l'esprit déjà troublé par toutes ces descriptions gastronomiques, il se répétait à lui-même en s'habillant : « Des dindes rôties... des carpes dorées... des truites grosses comme ça!... »

Dehors, le vent de la nuit soufflait en éparpillant la musique des cloches, et à mesure des lumières apparaissaient dans l'ombre aux flancs du mont Ventoux, en haut duquel s'élevaient les vieilles tours de Trinquelague. C'étaient des familles de métayers qui venaient entendre la messe de minuit au château. Ils grimpaient la côte en chantant par groupes de cinq ou six, le père en avant la lanterne en main, les femmes enveloppées dans leurs grandes mantes brunes où les enfants se serraient et s'abritaient. Malgré l'heure et le froid, tout ce brave peuple marchait allégrement, soutenu par l'idée qu'au sortir de la messe il y aurait, comme tous les ans, table mise pour eux en bas dans les cuisines. De temps en temps, sur la rude montée, le carrosse d'un seigneur, précédé de porteurs de torches, faisait miroiter ses glaces au clair de lune, ou bien une mule trottait en agitant ses sonnailles, et à la lueur des falots enveloppés de brume, les métayers reconnaissaient leur bailli et le saluaient au passage :

« Bonsoir, bonsoir, maître Arnoton.

— Bonsoir, bonsoir, mes enfants. »

La nuit était claire, les étoiles avivées de froid; la bise piquait, et un fin grésil, glissant sur les vêtements sans les mouiller, gardait fidèlement la tradition des Noëls blancs de neige. Tout en haut de la côte, le château apparaissait comme le but, avec sa masse énorme de tours, de pignons, le clocher de sa chapelle montant dans le ciel bleu noir, et une foule de petites lumières qui clignotaient, allaient, venaient, s'agitaient à toutes les fenêtres et ressemblaient, sur le fond sombre du bâtiment, aux étincelles courant dans des cendres de papier brûlé... Passé le pont-levis et la poterne, il fallait, pour se rendre à la chapelle, traverser la première cour, pleine de carrosses, de valets, de chaises à porteurs, toute claire du feu des torches et de la flambée des cuisines. On entendait le tintement des tournebroches, le fracas des casseroles, le choc des cristaux et de l'argenterie remués dans les apprêts d'un repas; par là-dessus, une vapeur tiède qui sentait bon les chairs rôties et les herbes fortes des sauces compliquées, faisait dire aux métayers, comme au chapelain, comme au bailli, comme à tout le monde :

« Quel bon réveillon nous allons faire après la messe! »

II

Drelindin din!... Drelindin din!...

C'est la messe de minuit qui commence. Dans la chapelle du château, une cathédrale en miniature, aux arceaux entrecroisés, aux boiseries de chêne, montant jusqu'à hauteur des murs, toutes les tapisseries ont été tendues, tous les cierges allumés. Et que de monde! Et que de toilettes! Voici d'abord, assis dans les stalles sculptées qui entourent le chœur, le sire de Trinquelague, en habit de taffetas saumon, et près de lui tous les nobles seigneurs invités. En face, sur des prie-Dieu garnis de velours, ont pris place la vieille marquise douairière, dans sa robe de brocart couleur de feu, et la jeune dame de Trinquelague, coiffée d'une haute tour de dentelle gaufrée à la dernière mode de la cour de France. Plus bas, on voit vêtus de noir avec de vastes perruques en pointe et des visages rasés, le bailli Thomas Arnoton et le tabellion maître Ambroy, deux notes graves parmi les soies voyantes et les damas brochés. Puis viennent les gras majordomes, les pages, les piqueurs, les intendants, dame Barbe, toutes ses clefs pendues sur le côté à un clavier d'argent fin. Au fond, sur les bancs, c'est le bas office, les servantes, les métayers avec leurs familles; et enfin, là-bas, tout contre la porte qu'ils entrouvrent et referment discrètement, MM. les marmitons qui viennent entre deux sauces prendre un petit air de messe et apporter une odeur de réveillon dans l'église tout en fête et tiède de tant de cierges allumés.

Est-ce la vue de ces petites barrettes blanches qui donne des distractions à l'officiant? Ne serait-ce pas plutôt la sonnette de Garrigou, cette enragée petite sonnette qui s'agite au pied de l'autel avec une précipitation infernale et semble dire tout le temps :

« Dépêchons-nous, dépêchons-nous... Plus tôt nous aurons fini, plus tôt nous serons à table. » Le fait est que chaque fois qu'elle tinte, cette sonnette du diable, le chapelain oublie sa messe et ne pense plus qu'au réveillon. Il se figure les cuisines en rumeur, les fourneaux où brûle un feu de forge, la buée qui monte des couvercles entrouverts, et dans cette buée deux dindes magnifiques, bourrées, tendues, marbrées de truffes.

Ou bien encore il voit passer des files de petits pages portant des plats enveloppés de vapeurs tentantes, et avec eux il entre dans la grande salle déjà prête pour le festin. Ô délices! voilà l'immense table toute chargée et flamboyante, les paons habillés de leurs plumes, les faisans écartant leurs ailes mordorées, les flacons couleur de rubis, les pyramides de fruits parmi les branches vertes, et ces merveilleux poissons dont parlait Garrigou (ah! bien, oui, Garrigou!) étalés sur un lit de fenouil, l'écaille nacrée comme s'ils sortaient de l'eau, avec un bouquet d'herbes odorantes dans leurs narines de monstres. Si vive est la vision de ces merveilles qu'il semble à dom Balaguère que tous ces plats mirifiques sont servis devant lui sur les broderies de la nappe d'autel, et deux ou trois fois, au lieu de *Dominus vobiscum*, il se surprend à dire le *Benedicite*. A part ces légères méprises, le digne homme débite son office très consciencieusement, sans passer une ligne, sans omettre une génuflexion, et tout marche assez bien jusqu'à la fin de la première messe; car vous savez que le jour de Noël le même officiant doit célébrer trois messes consécutives.

« Et d'une! » se dit le chapelain avec un soupir de soulagement; puis, sans perdre une minute, il fait signe à son clerc ou celui qu'il croit être son clerc et...

Drelindin din!... Drelindin din!

C'est la seconde messe qui commence, et avec elle commence aussi le péché de dom Balaguère. « Vite, vite, dépêchons-nous », lui crie de sa petite voix aigrelette la sonnette de Garrigou, et cette fois le malheureux officiant, tout abandonné au démon de gourmandise, se rue vers le missel et dévore les pages avec l'avidité de son appétit en surexcitation. Frénétiquement il se baisse, se

relève, esquisse les signes de croix, les génu-
flexions, raccourcit tous ses gestes pour avoir plus
tôt fini. A peine s'il étend ses bras à l'évangile, s'il
frappe sa poitrine au *confiteor*. Entre le clerc et lui
c'est à qui bredouillera le plus vite. Versets et
répons se précipitent, se bousculent. Les mots à
moitié prononcés, sans ouvrir la bouche, ce qui
prendrait trop de temps, s'achèvent en murmures
incompréhensibles.

Oremus ps... ps... ps...

Meâ culpâ... pâ... pâ...

Pareils à des vendangeurs pressés foulant le rai-
sin de la cuve, tous deux barbotent dans le latin de
la messe, en envoyant des éclaboussures de tous
les côtés.

Dom... scum!... dit Balaguère.

... Stutuo!... répond Garrigou, et tout le temps la
damnée petite sonnette est là qui tinte à leurs
oreilles, comme ces grelots qu'on met aux chevaux
de poste pour les faire galoper à la grande vitesse.
Pensez que de ce train-là une messe basse est vite
expédiée.

« Et de deux ! » dit le chapelain tout essoufflé ;
puis, sans prendre le temps de respirer, rouge,
suant, il dégringole les marches de l'autel et...

Drelindin din !... Drelin din !...

C'est la troisième messe qui commence. Il n'y a
plus que quelques pas à faire pour arriver à la salle
à manger ; mais, hélas ! à mesure que le réveillon
approche, l'infortuné Balaguère se sent pris d'une
folie d'impatience et de gourmandise. Sa vision
s'accentue, les carpes dorées, les dindes rôties sont
là, là. Il les touche... il les... Oh ! Dieu... Les plats
fument, les vins embaument ; et secouant son grelot enragé, la petite sonnette lui crie :

« Vite, vite, encore plus vite !... »

Mais comment pourrait-il aller plus vite ? Ses lèvres remuent à peine. Il ne prononce plus les mots... A moins de tricher tout à fait le bon Dieu et de lui escamoter sa messe. Et c'est ce qu'il fait le malheureux ! De tentation en tentation il commence par sauter un verset, puis deux, puis l'épître est trop longue, il ne la finit pas, effleure l'évangile, passe devant le *credo* sans entrer, saute le *pater*, salue de loin la préface, et par bonds et par élans se précipite ainsi dans la damnation éternelle, toujours suivi de l'infâme Garrigou *(vade retro, Satanas)*, qui le seconde avec une merveilleuse entente, lui relève sa chasuble, tourne les feuillets deux par deux, bouscule les pupitres, renverse les burettes, et sans cesse secoue la petite sonnette de plus en plus fort, de plus en plus vite.

Il faut voir la figure effarée que font tous les assistants ! Obligés de suivre à la mimique du prêtre cette messe dont ils n'entendent pas un mot, les uns se lèvent quand les autres s'agenouillent, s'asseyent quand les autres sont debout, et toutes les phrases de ce singulier office se confondent sur les bancs dans une foule d'attitudes diverses. L'étoile de Noël en route dans les chemins du ciel, là-bas vers la petite étable, pâlit d'épouvante en voyant cette confusion...

« L'abbé va trop vite... On ne peut pas suivre », murmure la vieille douairière en agitant sa coiffe avec égarement.

Maître Arnoton, ses grandes lunettes d'acier sur le nez, cherche dans son paroissien où diantre on peut bien en être. Mais au fond, tous ces braves gens, qui eux aussi pensent à réveillonner, ne sont pas fâchés que la messe aille ce train de poste ; et quand dom Balaguère, la figure rayonnante, se tourne vers l'assistance en criant de toutes ses forces : *Ite missa est*, il n'y a qu'une voix dans la chapelle pour lui répondre un *Deo gratias* si joyeux, si entraînant, qu'on se croirait déjà à table au premier toast du réveillon.

III

Cinq minutes après, la foule des seigneurs s'asseyait dans la grande salle, le chapelain au milieu d'eux. Le château, illuminé du haut en bas, retentissait de chants, de cris, de rires, de rumeurs, et le vénérable dom Balaguère plantait sa fourchette dans une aile de gelinotte, noyant le remords de son péché sous les flots de vin du pape et de bon jus de viandes. Tant il but et mangea, le pauvre saint homme, qu'il mourut dans la nuit d'une terrible attaque, sans avoir eu seulement le temps de se repentir ; puis au matin il arriva dans le ciel encore tout en rumeur des fêtes de la nuit, et je vous laisse à penser comme il fut reçu :

« Retire-toi de mes yeux, mauvais chrétien, lui dit le Souverain Juge, notre maître à tous, ta faute est assez grande pour effacer toute une vie de vertu... Ah ! tu m'as volé une messe de nuit... Eh bien, tu m'en paieras trois cents en place, et tu n'entreras en paradis que quand tu auras célébré dans ta propre chapelle ces trois cents messes de Noël en présence de tous ceux qui ont péché par ta faute et avec toi... »

... Et voilà la vraie légende de dom Balaguère, comme on la raconte au pays des olives. Aujourd'hui, le château de Trinquelague n'existe plus, mais la chapelle se tient encore droit tout en haut du mont Ventoux, dans un bouquet de chênes verts. Le vent fait battre sa porte disjointe, l'herbe encombre le seuil; il y a des nids aux angles de l'autel et dans l'embrasure des hautes croisées dont les vitraux coloriés ont disparu depuis longtemps. Cependant il paraît que tous les ans, à Noël, une lumière surnaturelle erre parmi ces ruines, et qu'en allant aux messes et aux réveillons, les paysans aperçoivent ce spectre de chapelle éclairé de cierges invisibles qui brûlent au grand air, même sous la neige et le vent. Vous en rirez si vous voulez, mais un vigneron de l'endroit, nommé Garrigue, sans doute un descendant de Garrigou, m'a affirmé qu'un soir de Noël, se trouvant un peu en ribote, il s'était perdu dans la montagne du côté de Trinquelague; et voici ce qu'il avait vu... Jusqu'à onze heures, rien. Tout était silencieux, éteint, inanimé. Soudain, vers minuit, un carillon sonna tout en haut du clocher, un vieux, vieux carillon qui avait l'air d'être à dix lieues. Bientôt dans le chemin qui monte, Garrigue vit trembler des feux, s'agiter des ombres indécises. Sous le porche de la chapelle on marchait, on chuchotait :

« Bonsoir, maître Arnoton.

— Bonsoir, bonsoir, mes enfants... »

Quand tout le monde fut entré, mon vigneron qui était très brave s'approcha doucement, et regardant par la porte cassée eut un singulier spectacle. Tous ces gens qu'il avait vus passer étaient rangés autour du chœur, dans la nef en ruine, comme si les anciens bancs existaient encore. De belles dames en brocart avec des coiffes de dentelles, des seigneurs chamarrés du

264

haut en bas, des paysans en jaquettes fleuries ainsi qu'en avaient nos grands-pères, tous l'air vieux, fané, poussiéreux, fatigué. De temps en temps des oiseaux de nuit, hôtes habituels de la chapelle, réveillés par toutes ces lumières, venaient rôder autour des cierges dont la flamme montait droite et vague comme si elle avait brûlé derrière une gaze ; et ce qui amusait beaucoup Garrigue, c'était un certain personnage à grandes lunettes d'acier, qui secouait à chaque instant sa haute perruque noire sur laquelle un de ces oiseaux se tenait droit tout empêtré en battant silencieusement des ailes...

Dans le fond, un petit vieillard de taille enfantine, à genoux au milieu du chœur, agitait désespérément une sonnette sans grelot et sans voix, pendant qu'un prêtre, habillé de vieil or, allait, venait devant l'autel en récitant des oraisons dont on n'entendait pas un mot... Bien sûr c'était dom Balaguère, en train de dire sa troisième messe basse.

LE PAPE EST MORT

J'AI passé mon enfance dans une grande ville de province coupée en deux par une rivière très encombrée, très remuante, où j'ai pris de bonne heure le goût des voyages et la passion de la vie sur l'eau. Il y a surtout un coin de quai, près d'une certaine passerelle Saint-Vincent, auquel je ne pense jamais, même aujourd'hui, sans émotion. Je revois l'écriteau cloué au bout d'une vergue : *Cornet, bateaux de louage*, le petit escalier qui s'enfonçait dans l'eau, tout glissant et noirci de mouillure, la flottille de petits canots fraîchement peints de couleurs vives s'alignant au bas de l'échelle, se balançant doucement bord à bord, comme allégés par les jolis noms qu'ils portaient à leur arrière en lettres blanches : l'*Oiseau-Mouche*, l'*Hirondelle*.

Puis, parmi les longs avirons reluisants de céruse qui étaient en train de sécher contre le talus, le père Cornet s'en allant avec son seau à peinture, ses grands pinceaux, sa figure tannée, crevassée, ridée de petites fossettes, comme la rivière un soir de vent frais... Oh! ce père Cornet. Ç'a été le satan de mon enfance, ma passion douloureuse, mon péché, mon remords. M'en a-t-il fait commettre des crimes avec ses canots! Je manquais l'école, je vendais mes livres. Qu'est-ce que je n'aurais pas vendu pour un après-midi de canotage!

Tous mes cahiers de classe au fond du bateau, la veste à bas, le chapeau en arrière, et dans les cheveux le bon coup d'éventail de la brise d'eau, je tirais ferme sur mes rames, en fronçant les sourcils pour bien me donner la tournure d'un vieux loup de mer. Tant que j'étais en ville, je tenais le milieu de la rivière, à égale distance des deux rives, où le vieux loup de mer aurait pu être reconnu. Quel triomphe de me mêler à ce grand mouvement de barques, de radeaux, de trains de bois, de mouches à vapeur qui se côtoyaient, s'évitaient, séparés seulement par un mince liséré d'écume! Il y avait de lourds bateaux qui tournaient pour prendre le courant, et cela en déplaçait une foule d'autres.

Tout à coup, les roues d'un vapeur battaient l'eau près de moi; ou bien une ombre lourde m'arrivait dessus, c'était l'avant d'un bateau de pommes.

« Gare donc, moucheron! » me criait une voix enrouée.

Et je suais, je me débattais, empêtré dans le va-et-vient de cette vie du fleuve que la vie de la rue traversait incessamment par tous ces ponts, toutes ces passerelles qui mettaient des reflets d'omnibus sous la coupe des avirons. Et le courant si dur à la pointe des arches, et les remous, les tourbillons, le fameux trou de la *Mort-qui-trompe*! Pensez que ce n'était pas une petite affaire de se guider là-dedans avec des bras de douze ans et personne pour tenir la barre.

Quelquefois j'avais la chance de rencontrer la *chaîne*. Vite je m'accrochais tout au bout de ces longs trains de bateaux qu'elle remorquait, et, les rames immobiles, étendues comme des ailes qui planent, je me laissais aller à cette vitesse silencieuse qui coupait la rivière en longs rubans d'écume et faisait filer des deux côtés les arbres, les maisons du quai. Devant moi, loin, bien loin, j'entendais le battement monotone de l'hélice, un chien qui aboyait sur des bateaux de la remorque, où montait d'une cheminée basse un petit filet de fumée ; et tout cela me donnait l'illusion d'un grand voyage, de la vraie vie du bord.

Malheureusement, ces rencontres de la *chaîne* étaient rares. Le plus souvent il fallait ramer et ramer aux heures de soleil. Oh ! les pleins midis tombant d'aplomb sur la rivière, il me semble qu'ils me brûlent encore. Tout flambait, tout miroitait. Dans cette atmosphère aveuglante et sonore qui flotte au-dessus des vagues et vibre à tous les mouvements, les courts plongeons de mes rames, les cordes des haleurs soulevées de l'eau toutes ruisselantes faisaient passer des lumières vives d'argent poli. Et je ramais en fermant les yeux. Par moments, à la vigueur de mes efforts, à l'élan de l'eau sous ma barque, je me figurais que j'allais très vite ; mais en relevant la tête, je voyais toujours le même arbre, le même mur en face de moi sur la rive.

Enfin, à force de fatigue, tout moite et rouge de chaleur, je parvenais à sortir de la ville. Le vacarme des bains froids, des bateaux de blanchisseuses, des pontons d'embarquement diminuait. Les ponts s'espaçaient sur la rive élargie. Quelques jardins de faubourg, une cheminée d'usine, s'y reflétaient de loin en loin. A l'horizon tremblaient des îles vertes. Alors, n'en pouvant plus, je venais me ranger contre la rive, au milieu des roseaux tout bourdonnants; et là, abasourdi par le soleil, la fatigue, cette chaleur lourde qui montait de l'eau étoilée de larges fleurs jaunes, le vieux loup de mer se mettait à saigner du nez pendant des heures. Jamais mes voyages n'avaient un autre dénouement. Mais que voulez-vous? Je trouvais cela délicieux.

Le terrible, par exemple, c'était le retour, la rentrée. J'avais beau revenir à toutes rames, j'arrivais toujours trop tard, longtemps après la sortie des classes. L'impression du jour qui tombe, les premiers becs de gaz dans le brouillard, la retraite, tout augmentait mes transes, mon remords. Les gens qui passaient, rentrant chez eux bien tranquilles, me faisaient envie; et je courais la tête lourde, pleine de soleil et d'eau, avec des ronflements de coquillages au fond des oreilles, et déjà sur la figure le rouge du mensonge que j'allais dire.

Car il en fallait un chaque fois pour faire tête à ce terrible « d'où viens-tu? » qui m'attendait en travers de la porte. C'est cet interrogatoire de l'arrivée qui m'épouvantait le plus. Je devais répondre là, sur le palier, au pied levé, avoir toujours une histoire prête, quelque chose à dire, et de si étonnant et de si renversant, que la surprise coupât court à toutes les questions. Cela me donnait le temps d'entrer, de reprendre haleine; et pour en arriver là, rien ne me coûtait. J'inventais des sinistres, des révolutions, des choses terribles, tout un côté de la ville qui brûlait, le pont du chemin de fer s'écroulant dans la rivière. Mais ce que je trouvai encore de plus fort, le voici:

Ce soir-là, j'arrivai très en retard. Ma mère, qui m'attendait depuis une grande heure, guettait, debout, en haut de l'escalier.

« D'où viens-tu ? » me cria-t-elle.

Dites-moi ce qu'il peut tenir de diableries dans une tête d'enfant. Je n'avais rien trouvé, rien préparé. J'étais venu trop vite... Tout à coup il me passa une idée folle. Je savais la chère femme très pieuse, catholique enragée comme une Romaine, et je lui répondis dans tout l'essoufflement d'une grande émotion :

« Ô maman... Si vous saviez !...

— Quoi donc ?... Qu'est-ce qu'il y a encore ?...

— Le pape est mort.

— Le pape est mort !... » fit la pauvre mère.

Et elle s'appuya toute pâle contre la muraille. Je passai vite dans ma chambre, un peu effrayé de mon succès et de l'énormité du mensonge ; pourtant, j'eus le courage de le soutenir jusqu'au bout. Je me souviens d'une soirée funèbre et douce ; le père très grave, la mère atterrée... On causait bas autour de la table. Moi, je baissais les yeux ; mais mon escapade s'était si bien perdue dans la désolation générale que personne n'y pensait plus.

Chacun citait à l'envi quelque trait de vertu de ce pauvre Pie IX ; puis, peu à peu, la conversation s'égarait à travers l'histoire des papes. Tante Rose parla de Pie VII, qu'elle se souvenait très bien d'avoir vu passer dans le Midi, au fond d'une chaise de poste, entre des gendarmes. On rappela la fameuse scène avec l'empereur : *Comediante !...* *tragediante !...* C'était bien la centième fois que je l'entendais raconter, cette terrible scène, toujours avec les mêmes intonations, les mêmes gestes et ce stéréotype des traditions de famille qu'on se lègue et qui restent là, puériles et locales, comme des histoires de couvent.

C'est égal, jamais elle ne m'avait paru si intéressante.

Je l'écoutais avec des soupirs hypocrites, des questions, un air de faux intérêt, et tout le temps je me disais : « Demain matin, en apprenant que le pape n'est pas mort, ils seront si contents que personne n'aura le courage de me gronder. »

Tout en pensant à cela, mes yeux se fermaient malgré moi, et j'avais des visions de petits bateaux peints en bleu, avec des coins de Saône alourdis par la chaleur, et de grandes pattes d'*argyronètes* courant dans tous les sens et rayant l'eau vitreuse, comme des pointes de diamant.

PAYSAGES GASTRONOMIQUES

LA BOUILLABAISSE

Nous longions les côtes de Sardaigne, vers l'île de la Madeleine. Une promenade matinale. Les rameurs allaient lentement et, penché sur le bord, je voyais la mer, transparente comme une source, traversée de soleil jusqu'au fond. Des méduses, des étoiles de mer s'étalaient parmi les mousses marines. De grosses langoustes dormaient immobiles en abaissant leurs longues cornes sur le sable fin. Tout cela vu à dix-huit ou vingt pieds de profondeur, dans je ne sais quelle facticité d'aquarium en cristal. A l'avant de la barque, un pêcheur debout, un long roseau fendu à la main, faisait signe aux rameurs : « Piano... piano... », et tout à coup, entre les pointes de sa fourche, tenait suspendue une belle langouste qui allongeait ses pattes avec un effroi encore plein de sommeil. Près de moi, un autre marin laissait tomber sa ligne à fleur d'eau dans le sillage et ramenait des petits poissons merveilleux qui se coloraient en mourant de mille nuances vives et changeantes. Une agonie vue à travers un prisme.

La pêche finie, on aborda parmi les hautes roches grises. Le feu fut vite allumé, pâle dans le grand soleil ; de larges tranches de pain coupées sur de petites assiettes de terre rouge, et l'on était là autour de la marmite, l'assiette tendue, la narine ouverte... Était-ce le paysage, la lumière, cet horizon de ciel et d'eau ? Mais je n'ai jamais rien mangé de meilleur que cette bouillabaisse de langoustes. Et quelle bonne sieste ensuite sur le sable ! Un sommeil tout plein du bercement de la mer, où les mille écailles luisantes des petites vagues papillotaient encore aux yeux fermés.

L'AILLOLI

On se serait cru dans la cabane d'un pêcheur de Théocrite, au bord de la mer de Sicile. C'était simplement en Provence, dans l'île de Camargue, chez un garde-pêche. Une cabane de roseaux, des filets pendus au mur, des rames, des fusils, quelque chose comme l'attirail d'un trappeur, d'un chasseur de terre et d'eau. Devant la porte, encadrant un grand paysage de plaine, agrandi encore par le vent, la femme du garde dépouillait de belles anguilles toutes vives. Les poissons se tordaient au soleil ; et là-bas, dans la lumière blanche des coups de vent, des arbres grêles se courbaient, avaient l'air de fuir, montrant le côté pâle de leurs feuilles. Des marécages luisaient de place en place entre les roseaux, comme les fragments d'un miroir brisé. Plus loin encore, une grande ligne étincelante fermait l'horizon ; c'était l'étang de Vaccarès.

Dans l'intérieur de la cabane où brillait un feu de sarments tout en pétillements et en clarté, le garde pilait religieusement les gousses d'ail dans un mortier en y laissant tomber l'huile d'olive goutte à goutte. Nous avons mangé l'*ailloli* autour de nos anguilles, assis sur de hauts escabeaux devant la petite table de bois, dans cette étroite cabane où la plus grande place était tenue par l'échelle montant à la soupente. Autour de la chambre si petite on devinait un horizon immense traversé de coups de vent, de vols hâtés d'oiseaux en voyage; et l'espace environnant pouvait se mesurer aux sonnailles des troupeaux de chevaux et de bœufs, tantôt retentissantes et sonores, tantôt diminuées dans l'éloignement et n'arrivant plus que comme des notes perdues, enlevées dans un coup de mistral.

LE KOUSSKOUSS

C'était en Algérie chez un aga de la plaine du Chélif. De la grande tente seigneuriale installée pour nous devant la maison de l'aga, nous voyions descendre une nuit de demi-deuil, d'un noir violet où se fonçait la pourpre d'un couchant magnifique; dans la fraîcheur de la soirée, au milieu de la tente entrouverte, un chandelier kabyle en bois de palmier levait au bout de ses branches une flamme immobile qui attirait des insectes de nuit, des frôlements d'ailes peureuses. Accroupis tout autour sur des nattes, nous mangions silencieusement : c'étaient des moutons entiers, tout ruisselants de beurre, qu'on apportait au bout d'une perche, des pâtisseries au miel, des confitures musquées, et enfin un grand plat de bois où des poulets s'étalaient dans la semoule dorée du kousskouss.

Pendant ce temps-là, la nuit était venue. Sur les collines environnantes, la lune se levait, un petit croissant oriental où s'enfermait une étoile. Un grand feu flambait en plein air devant la tente, entouré de danseurs et de musiciens. Je me souviens d'un nègre gigantesque, tout nu sous une ancienne tunique des régiments de léger, qui bondissait en faisant courir des ombres sur toute la toile... Cette danse de cannibale, ces petits tambours arabes haletant sous la mesure précipitée, les aboiements aigus des chacals qui se répondaient de tous les coins de la plaine; on se sentait en plein pays sauvage. Cependant, à l'intérieur de la tente, — cet abri des tribus nomades qui ressemble à une voile fixe sur un élément immobile, — l'aga dans ses burnous de laine blanche me semblait une apparition des temps primitifs, et pendant qu'il mangeait son kousskouss gravement, je pensais que le plat national arabe pouvait bien être cette manne miraculeuse des Hébreux dont il est parlé dans la Bible.

LA POLENTA

La côte Corse, un soir de novembre. — Nous abordons sous la grande pluie dans un pays complètement désert. Des charbonniers lucquois nous font une place à leur feu; puis un berger indigène, une espèce de sauvage tout habillé de peau de bouc, nous invite à venir manger la *polenta* dans sa cabane. Nous entrons, courbés, rapetissés, dans une hutte où l'on ne peut se tenir debout. Au milieu, des brins de bois vert s'allument entre quatre pierres noires. La fumée qui s'échappe de là monte vers le trou percé à la hutte, puis se répand partout, rabattue par la pluie et le vent. Une petite lampe — le *caleil* provençal — ouvre un œil timide dans cet air étouffé. Une femme, des enfants apparaissent de temps en temps quand la fumée s'éclaircit, et tout au fond un porc grogne. On distingue des débris de naufrage, un banc fait avec des morceaux de navires, une caisse de bois avec des lettres de roulage, une tête de sirène en bois peint arrachée à quelque proue, toute lavée d'eau de mer.

La *polenta* est affreuse. Les châtaignes mal écrasées ont un goût moisi; on dirait qu'elles ont séjourné longtemps sous les arbres, en pleine pluie. Le *bruccio* national vient après, avec son goût sauvage qui fait rêver de chèvres vagabondes... Nous sommes ici en pleine misère italienne. Pas de maison, l'abri. Le climat est si beau, la vie si facile! Rien qu'une niche pour les jours de grande pluie. Et alors qu'importe la fumée, la lampe mourante, puisqu'il est convenu que le toit, c'est la prison et qu'on ne vit bien qu'en plein soleil?

LA MOISSON AU BORD DE LA MER

Nous courions depuis le matin à travers la plaine, cherchant la mer qui nous fuyait toujours dans ces méandres, ces caps, ces presqu'îles que forment les côtes de Bretagne.

De temps en temps un coin bleu marine s'ouvrait à l'horizon, comme une échappée de ciel plus sombre et plus mouvant; mais le hasard de ces routes tortueuses qui font rêver d'embuscades et de chouannerie refermait vite la vision entrevue. Nous étions arrivés ainsi dans un petit village vieux et rustique, aux rues sombres, étroites à la façon des rues algériennes, encombrées de fumier, d'oies, de bœufs, de pourceaux. Les maisons ressemblaient à des huttes avec leurs portes basses, ogivales, encerclées de blanc, marquées de croix à la chaux, et leurs volets assujettis par cette longue barre transversale qu'on ne voit que dans les pays de grand vent. Il avait pourtant l'air bien abrité, bien étouffé, bien calme, le petit bourg breton. On se serait cru à vingt lieues dans l'intérieur des terres. Tout à coup, en débouchant sur la place de l'église, nous nous trouvons entourés d'une lumière éblouissante, d'une prise d'air gigan-

tesque, d'un bruit de flots illimité. C'était l'Océan,
l'Océan immense, infini, et son odeur fraîche et
salée, et ce grand coup d'éventail que la marée
montante dégage de chaque vague dans son élan.
Le village s'avance, se dresse au bord du quai, la
jetée continuant la rue jusqu'au bout d'un petit
port où sont amarrées quelques barques de pêche.
L'église dresse son clocher en vigie près des flots,
et autour d'elle, dernière limite de ce coin de terre,
le cimetière met des croix penchées, des herbes
folles et son mur bas tout effrité où s'appuient des
bancs de pierre.

On ne peut vraiment rien trouver de plus délicieux, de plus retiré que ce petit village perdu au
milieu des rochers, intéressant par son double
côté marin et pastoral. Tous pêcheurs ou labou-
reurs, les gens d'ici ont l'abord rude, peu enga-
geant. Ils ne vous invitent pas à rester chez eux, au
contraire. Peu à peu pourtant ils s'humanisent, et
l'on est étonné de voir sous ces durs accueils des
êtres naïfs et bons. Ils ressemblent bien à leur
pays, à ce sol rocailleux et résistant, si minéral,
que les routes — même au soleil — prennent une
teinte noire pailletée d'étincelles de cuivre et
d'étain. La côte qui met à nu ce terrain pierreux
est austère, farouche, hérissée. Ce sont des éboule-
ments, des falaises à pic, des grottes creusées par
la lame, où elle s'engouffre et mugit. Lorsque la
marée se retire, on voit des écueils à perte de vue
sortant des flots leurs dos de monstres, tout reluisants et blanchis d'écume, comme des cachalots
gigantesques échoués.

Par un contraste singulier, à deux pas seulement
du rivage, des champs de blé, de vigne ou de
luzerne s'étendent coupés, séparés par de petits

murs hauts comme des haies et verts de ronces. L'œil fatigué du vertige des hautes falaises, de ces abîmes où l'on descend avec des cordes scellées dans la pierre, des brisants écumeux, trouve un repos au milieu de l'uniformité des plaines, de la nature intime et familière. Le moindre détail rustique s'agrandit sur le fond glauque de la mer toujours présente au détour des sentiers, dans l'entre-deux des toits, l'ébrèchement des murs, au fond d'une ruelle. Le chant des coqs semble plus clair, entouré de plus d'espace. Mais ce qui est vraiment beau, c'est l'amoncellement des moissons au bord de la mer, les meules dorées au-dessus des flots bleus, les aires où tombent les fléaux en mesure, et ces groupes de femmes sur les rochers à pic, prenant la direction de l'air et vannant le blé entre leurs mains levées, avec des gestes d'évocation. Les grains tombent en pluie régulière et drue, tandis que le vent de la mer emporte la paille et la fait tourbillonner. On vanne sur la place de l'église, sur le quai, jusque sur la jetée, où de grands filets de pêche sont étendus, en train de sécher leurs mailles entremêlées de plantes d'eau.

Pendant ce temps-là une autre moisson se fait aussi, mais au bas des roches, dans cet espace neutre que la marée envahit et découvre tour à tour. C'est la récolte du goémon. Chaque lame, en déferlant sur le rivage, laisse sa trace en une ligne ondulée de végétations marines, goémon ou varech. Lorsque le vent souffle, les algues courent en bruissant le long de la plage, et aussi loin que la mer se retire sur les rochers, ces longues chevelures mouillées se plaquent et s'étalent. On les recueille par lourdes gerbes et on les amoncelle sur la côte en meules sombres, violacées, gardant toutes les teintes du flot, avec des irisements bizarres de poisson qui meurt ou de plante qui se fane. Quand la meule est sèche, on la brûle et on en tire de la soude.

Cette moisson singulière se fait les jambes nues, à la marée descendante, parmi ces mille petits lacs si limpides que la mer en se retirant laisse à sa place. Hommes, femmes, enfants s'engagent entre les roches glissantes, armés d'immenses râteaux. Sur leur passage, les crabes effarés se sauvent, s'embusquent, s'aplatissent, tendent leurs pinces, et les chevrettes transparentes se perdent dans la couleur de l'eau troublée. Le goémon ramené, amassé, est chargé sur des charrettes attelées de bœufs sous le joug, qui traversent péniblement, la tête basse, le terrain accidenté. De quelque côté qu'on se tourne, on aperçoit de ces attelages. Parfois, à des endroits presque inaccessibles, où on arrive par des sentiers abrupts, un homme apparaît conduisant par la bride un cheval chargé de plantes tombantes et ruisselantes. Vous voyez aussi des enfants transporter sur des bâtons croisés en brancards leur glane de cette moisson marine. Tout cela forme un tableau mélancolique et saisissant. Les goélands épouvantés volent en criant autour de leurs œufs. La menace de la mer est là, et ce qui achève de solenniser ce spectacle, c'est que, pendant cette récolte faite aux sillons de la vague comme pendant la moisson de terre, le silence plane, un silence actif, plein de l'effort d'un peuple en face de la nature avare et rebelle. Un appel aux bœufs, un « trrr » aigu qui sonne dans les grottes, voilà tout ce que l'on entend. Il semble qu'on traverse une communauté de trappistes, un de ces couvents où l'on travaille en plein air avec une loi de silence perpétuel. Les conducteurs ne se retournent pas même pour regarder passer, et les bœufs seuls vous fixent d'un gros œil immobile. Pourtant ce peuple n'est pas triste et, le dimanche venu, il sait bien s'égayer et danser les vieilles rondes bretonnes. Le soir, vers huit heures, on se réunit au bord du quai devant l'église et le cimetière. Ce mot de cimetière a quelque chose d'effrayant, mais l'endroit, si vous le voyiez, ne vous effraierait pas. Pas de bruit, ni d'ifs, ni de marbres ; rien de convenu ni de solennel. Seulement des croix dressées où les mêmes noms se répètent plusieurs fois comme dans tous les petits pays dont les habitants sont alliés, l'herbe haute partout pareille, et des murs si bas, que les enfants y grimpent dans leurs jeux et que les jours d'enterrement on voit du dehors l'assistance agenouillée.

Au pied de ces petits murs, les vieux viennent s'asseoir au soleil pour filer ou dormir entre l'enclos inculte et silencieux et l'éternité voyageuse de la mer...

C'est là devant que la jeunesse vient danser le dimanche soir. Pendant qu'un peu de lumière monte encore des vagues au long de la jetée, les groupes de filles et de garçons se rapprochent. Les rondes se forment, et une voix grêle part d'abord toute seule sur un rythme simple qui appelle le chœur après lui :

C'est dans la cour du Plat-d'Étain...

Toutes les voix redisent ensemble :

C'est dans la cour du Plat-d'Étain...

La ronde s'anime, les cornettes blanches tournoient, s'entrouvrant sur les côtés comme des ailes de papillon. Presque toujours le vent de la mer emporte la moitié des paroles :

> ... perdu mon serviteur...
> ... portera mes couleurs...

La chanson apparaît encore plus naïve et charmante, entendue par fragments, avec des élisions bizarres telles qu'en renferment les chansons de pays composées en dansant, plus soucieuses du rythme que du sens du mot. Sans autre lumière qu'un vague rayon de lune, la danse semble fantastique. Tout est gris, noir ou blanc, dans une neutralité de teinte qui accompagne les choses rêvées plutôt que les choses vues. Peu à peu, à mesure que la lune monte, les croix du cimetière, celle du grand calvaire qui est au coin, s'allongent, rejoignent la ronde et s'y mêlent... Enfin dix heures sonnent. On se sépare. Chacun rentre chez soi par les ruelles du village d'un aspect étrange en ce moment. Les marches ébréchées des escaliers extérieurs, les coins de toit, les hangars ouverts où la nuit entre toute noire et compacte se penchent, se contournent, se tassent. On longe de vieilles murailles frôlées de figuiers énormes; et pendant qu'on écrase en marchant la paille vide du blé battu, l'odeur de la mer se mêle au parfum chaud de la moisson et des étables endormies.

La maison que nous habitons est dans la campagne, un peu hors du village. Sur la route, en revenant, nous apercevons à la pointe des haies des lumières de phares luire de tous les côtés de la presqu'île, un phare à éclat, un feu tournant, un feu fixe; et comme on ne voit pas l'Océan, toutes ces vigies des noirs écueils semblent perdues dans la campagne paisible.

LES ÉMOTIONS
D'UN PERDREAU ROUGE

Vous savez que les perdreaux vont par bandes, se nichent ensemble aux creux des sillons pour s'enlever à la moindre alerte, éparpillés dans la volée comme une poignée de grains qu'on sème. Notre compagnie à nous est gaie et nombreuse, établie en plaine sur la lisière d'un grand bois, ayant du butin et de beaux abris de deux côtés. Aussi, depuis que je savais courir bien emplumé, bien nourri, je me trouvais très heureux de vivre. Pourtant quelque chose m'inquiétait un peu, c'était cette fameuse ouverture de la chasse dont nos mères commençaient à parler tout bas entre elles. Un ancien de notre compagnie me disait toujours à ce propos :

« N'aie pas peur, Rouget — on m'appelle Rouget à cause de mon bec et de mes pattes couleur de sorbe — n'aie pas peur, Rouget. Je te prendrai avec moi le jour de l'ouverture et je suis sûr qu'il ne t'arrivera rien. »

C'est un vieux coq très malin et encore alerte, quoiqu'il ait le *fer à cheval* déjà marqué sur la poitrine et quelques plumes blanches par-ci par-là. Tout jeune, il a reçu un grain de plomb dans l'aile, et comme cela l'a rendu un peu lourd, il y regarde à deux fois avant de s'envoler, prend son temps, et se tire d'affaire. Souvent il m'emmenait avec lui jusqu'à l'entrée du bois. Il y a là une singulière petite maison, nichée dans les châtaigniers, muette comme un terrier vide, et toujours fermée.

« Regarde bien cette maison, petit, me disait le vieux ; quand tu verras de la fumée monter du toit, le seuil et les volets ouverts, ça ira mal pour nous. »

Et moi je me fiais à lui, sachant bien qu'il n'en était pas à sa première ouverture.

En effet, l'autre matin, au petit jour, j'entends qu'on rappelait tout bas dans le sillon...

« Rouget ! Rouget ! »

C'était mon vieux coq. Il avait des yeux extra-ordinaires.

« Viens vite, me dit-il, et fais comme moi. »

Je le suivis, à moitié endormi, en me coulant entre les mottes de terre, sans voler, sans presque sauter, comme une souris. Nous allions du côté du bois ; et je vis, en passant, qu'il y avait de la fumée à la cheminée de la petite maison, du jour aux fenêtres, et devant la porte ouverte des chasseurs tout équipés, entourés de chiens qui sautaient. Comme nous passions, un des chasseurs cria :

« Faisons la plaine ce matin, nous ferons le bois après déjeuner. »

Alors je compris pourquoi mon vieux compagnon nous emmenait d'abord sous la futaie. Tout de même le cœur me battait, surtout en pensant à nos pauvres amis.

Tout à coup, au moment d'atteindre la lisière, les chiens se mirent à galoper de notre côté...

« Rase-toi ! Rase-toi ! » me dit le vieux en se baissant.

En même temps, à dix pas de nous, une caille effarée ouvrit ses ailes et son bec tout grands, et s'envola avec un cri de peur. J'entendis un bruit formidable et nous fûmes entourés par une poussière d'une odeur étrange, toute blanche et toute chaude, bien que le soleil fût à peine levé. J'avais si peur que je ne pouvais courir. Heureusement nous entrions dans le bois. Mon camarade se blottit derrière un petit chêne, je vins me mettre près de lui, et nous restâmes là cachés, à regarder entre les feuilles.

Dans les champs, c'était une terrible fusillade. A chaque coup, je fermais les yeux, tout étourdi ; puis, quand je me décidais à les ouvrir, je voyais la plaine grande et nue, les chiens courant, furetant dans les brins d'herbe, dans les javelles, tournant sur eux-mêmes comme des fous. Derrière eux les chasseurs juraient, appelaient ; les fusils brillaient au soleil. Un moment, dans un petit nuage de fumée, je crus voir — quoiqu'il n'y eût aucun arbre alentour — voler comme des feuilles éparpillées. Mais mon vieux coq me dit que c'étaient des plumes ; et en effet, à cent pas devant nous, un superbe perdreau gris tombait dans le sillon en renversant sa tête sanglante.

Quand le soleil fut très chaud, très haut, la fusillade s'arrêta subitement. Les chasseurs revenaient vers la petite maison, où l'on entendait pétiller un grand feu de sarments. Ils causaient entre eux, le fusil sur l'épaule, discutaient les coups, pendant que leurs chiens venaient derrière, harassés, la langue pendante...

« Ils vont déjeuner, me dit mon compagnon, faisons comme eux. »

Et nous entrâmes dans un champ de sarrasin

qui est tout près du bois, un grand champ blanc et noir, en fleur et en graine, sentant l'amande. De beaux faisans au plumage mordoré picotaient là, eux aussi, en baissant leurs crêtes rouges de peur d'être vus. Ah! ils étaient moins fiers que d'habitude. Tout en mangeant, ils nous demandèrent des nouvelles et si l'un des leurs était déjà tombé. Pendant ce temps, le déjeuner des chasseurs, d'abord silencieux, devenait de plus en plus bruyant; nous entendions choquer les verres et partir les bouchons des bouteilles. Le vieux trouva qu'il était temps de rejoindre notre abri.

A cette heure on aurait dit que le bois dormait. La petite mare où les chevreuils vont boire n'était troublée par aucun coup de langue. Pas un museau de lapin dans les serpolets de la garenne. On sentait seulement un frémissement mystérieux, comme si chaque feuille, chaque brin d'herbe abritait une vie menacée. Ces gibiers de forêt ont tant de cachettes, les terriers, les fourrés, les fagots, les broussailles et puis les fossés, ces petits fossés de bois qui gardent l'eau si longtemps après qu'il a plu. J'avoue que j'aurais aimé être au fond d'un de ces trous-là; mais mon compagnon préférait rester à découvert, avoir du large, voir de loin et sentir l'air ouvert devant lui. Bien nous en prit, car les chasseurs arrivaient sous le bois.

Oh! ce premier coup de feu en forêt, ce coup de feu qui trouait les feuilles comme une grêle d'avril et marquait les écorces, jamais je ne l'oublierai. Un lapin détala au travers du chemin en arrachant des touffes d'herbe avec ses griffes tendues. Un écureuil dégringola d'un châtaignier en faisant tomber les châtaignes encore vertes. Il y eut deux ou trois vols lourds de gros faisans et un tumulte dans les branches basses, les feuilles sèches, au vent de ce coup de fusil qui agita, réveilla, effraya tout ce qui vivait dans le bois. Des mulots se coulaient au fond de leurs trous. Un cerf-volant, sorti du creux de l'arbre contre lequel nous étions blottis, roulait ses gros yeux bêtes, fixes de terreur. Et puis des demoiselles bleues, des bourdons, des papillons, pauvres bestioles s'effarant de tout côté... Jusqu'à un petit criquet aux ailes écarlates qui vint se poser tout près de mon bec; mais j'étais trop effrayé moi-même pour profiter de sa peur.

Le vieux, lui, était toujours aussi calme. Très attentif aux aboiements et aux coups de feu, quand ils se rapprochaient il me faisait signe, et nous allions un peu plus loin, hors de la portée des chiens et bien cachés par le feuillage. Une fois pourtant je crus que nous étions perdus. L'allée que nous devions traverser était gardée de chaque bout par un chasseur embusqué. D'un côté un grand gaillard à favoris noirs qui faisait sonner toute une ferraille à chacun de ses mouvements, couteau de chasse, cartouchière, boîte à poudre, sans compter de hautes guêtres bouclées jusqu'aux genoux et qui le grandissaient encore; à l'autre bout un petit vieux, appuyé contre un arbre, fumait tranquillement sa pipe, en clignant des yeux comme s'il voulait dormir. Celui-là ne me faisait pas peur; mais c'était ce grand là-bas...

« Tu n'y entends rien, Rouget », me dit mon camarade en riant.

Et sans crainte, les ailes toutes grandes, il s'envola presque dans les jambes du terrible chasseur à favoris.

Et le fait est que le pauvre homme était si empêtré dans tout son attirail de chasse, si occupé à s'admirer de haut en bas, que lorsqu'il épaula son fusil nous étions déjà hors de portée. Ah! si les chasseurs savaient, quand ils se croient seuls à un coin de bois, combien de petits yeux fixes les guettent des buissons, combien de petits becs pointus se retiennent de rire à leur maladresse!...

Nous allions, nous allions toujours. N'ayant rien de mieux à faire qu'à suivre mon vieux compagnon, mes ailes battaient au vent des siennes pour se replier immobiles aussitôt qu'il se posait. J'ai encore dans les yeux tous les endroits où nous avons passé : la garenne rose de bruyères, pleine de terriers au pied des arbres jaunes, avec ce grand rideau de chênes où il me semblait voir la mort cachée partout, la petite allée verte où ma mère Perdrix avait promené tant de fois sa nichée au soleil de mai, où nous sautions tout en piquant les fourmis rouges qui nous grimpaient aux pattes, où nous rencontrions des petits faisans farauds, lourds comme des poulets, et qui ne voulaient pas jouer avec nous.

Je la vis comme dans un rêve ma petite allée, au moment où une biche la traversait, haute sur ses pattes menues, les yeux grands ouverts et prête à bondir. Puis la mare où l'on vient en partie par quinze ou trente, tous du même vol, levés de la plaine en une minute, pour boire à l'eau de la source et s'éclabousser de gouttelettes qui roulent sur le lustre des plumes... Il y avait au milieu de cette mare un bouquet d'aulnettes très fourré; c'est dans cet îlot que nous nous réfugiâmes. Il aurait fallu que les chiens eussent un fameux nez pour venir nous chercher là. Nous y étions depuis un moment, lorsqu'un chevreuil arriva, se traînant sur trois pattes et laissant une trace rouge sur les mousses derrière lui. C'était si triste à voir que je cachais ma tête sous les feuilles ; mais j'entendais le blessé boire dans la mare en soufflant, brûlé de fièvre...

Le jour tombait. Les coups de fusil s'éloignaient, devenaient plus rares. Puis tout s'éteignit... C'était fini. Alors nous revînmes tout doucement vers la plaine, pour avoir des nouvelles de notre compagnie. En passant devant la petite maison du bois, je vis quelque chose d'épouvantable.

Au rebord d'un fossé, les lièvres au poil roux, les petits lapins gris à queue blanche, gisaient à côté les uns des autres. C'étaient des petites pattes jointes par la mort, qui avaient l'air de demander grâce, des yeux voilés qui semblaient pleurer ; puis des perdrix rouges, des perdreaux gris, qui avaient le *fer à cheval* comme mon camarade, et des jeunes de cette année qui avaient encore comme moi du duvet sous leurs plumes. Savez-vous rien de plus triste qu'un oiseau mort ? C'est si vivant, des ailes ! De les voir repliées et froides, ça fait frémir... Un grand chevreuil superbe et calme paraissait endormi, sa petite langue rose dépassant la bouche comme pour lécher encore.

Et les chasseurs étaient là, penchés sur cette tuerie, comptant et tirant vers leurs carniers les pattes sanglantes, les ailes déchirées sans respect pour toutes ces blessures fraîches. Les chiens, attachés pour la route, fronçaient encore leurs babines en arrêt, comme s'ils s'apprêtaient à s'élancer de nouveau dans les taillis.

Oh ! pendant que le grand soleil se couchait là-bas et qu'ils s'en allaient tous, harassés, allongeant leurs ombres sur les mottes de terre et les sentiers humides de la rosée du soir, comme je les maudissais, comme je les détestais, hommes et bêtes, toute la bande!... Ni mon compagnon ni moi n'avions le courage de jeter comme à l'ordinaire une petite note d'adieu à ce jour qui finissait.

Sur notre route nous rencontrions de malheureuses petites bêtes, abattues par un plomb de hasard et restant là, abandonnées aux fourmis, des mulots, le museau plein de poussière, des pies, des hirondelles foudroyées dans leur vol, couchées sur le dos et tendant leurs petites pattes roides vers la nuit qui descendait vite comme elle fait en automne, claire et mouillée. Mais le plus navrant de tout, c'était d'entendre, à la lisière du bois, au bord du pré, et là-bas dans l'oseraie de la rivière, les appels anxieux, tristes, disséminés, auxquels rien ne répondait.

LE MIROIR

Dans le Nord, au bord du Niémen, est arrivée une petite créole de quinze ans, blanche et rose comme une fleur d'amandier. Elle vient du pays des colibris, c'est le vent de l'amour qui l'apporte... Ceux de son île lui disaient : « Ne pars pas, il fait froid sur le continent... L'hiver te fera mourir. » Mais la petite créole ne croyait pas à l'hiver et ne connaissait le froid que pour avoir pris des sorbets ; puis elle était amoureuse, elle n'avait pas peur de mourir... Et maintenant la voilà qui débarque là-haut dans les brouillards du Niémen, avec ses éventails, son hamac, ses moustiquaires et une cage en treillis doré pleine d'oiseaux de son pays.

Quand le vieux père du Nord a vu venir cette fleur des îles que le Midi lui envoyait dans un rayon, son cœur s'est ému de pitié ; et comme il pensait bien que le froid ne ferait qu'une bouchée de la fillette et de ses colibris, il a vite allumé un gros soleil jaune et s'est habillé d'été pour les recevoir... La créole s'y était trompée ; elle a pris cette chaleur du Nord, brutale et lourde, pour une chaleur de durée, cette éternelle verdure noire pour de la verdure de printemps, et suspendant son hamac au fond du parc entre deux sapins, tout le jour elle s'évente, elle se balance.

« Mais il fait très chaud dans le Nord », dit-elle en riant.

Pourtant quelque chose l'inquiète. Pourquoi, dans cet étrange pays, les maisons n'ont-elles pas de vérandas ? Pourquoi ces murs épais, ces tapis, ces lourdes tentures ? Ces gros poêles en faïence, et ces grands tas de bois qu'on empile dans les cours, et ces peaux de renards bleus, ces manteaux doublés, ces fourrures qui dorment au fond des armoires ; à quoi tout cela peut-il servir ? Pauvre petite, elle va le savoir bientôt.

Un matin, en s'éveillant, la petite créole se sent prise d'un grand frisson. Le soleil a disparu, et du ciel noir et bas, qui semble dans la nuit s'être rapproché de la terre, il tombe par flocons une peluche blanche et silencieuse comme sous les cotonniers... Voilà l'hiver ! voilà l'hiver ! Le vent siffle, les poêles ronflent. Dans leur grande cage en treillis doré, les colibris ne gazouillent plus. Leurs petites ailes bleues, roses, rubis, vert de mer, restent immobiles, et c'est pitié de les voir se serrer les uns contre les autres, engourdis et bouffis par le froid avec leurs becs fins et leurs yeux en tête d'épingle. Là-bas, au fond du parc, le hamac grelotte plein de givre, et les branches des sapins sont en verre filé... La petite créole a froid ; elle ne veut plus sortir.

Pelotonnée au coin du feu comme un de ses oiseaux, elle passe son temps à regarder la flamme et se fait du soleil avec ses souvenirs. Dans la grande cheminée lumineuse et brûlante, elle revoit tout son pays : les larges quais pleins de soleil avec le sucre brun des cannes qui ruisselle, et les grains de maïs flottant dans une poussière dorée, puis les siestes d'après-midi, les stores clairs, les nattes de paille, puis les soirs d'étoiles, les mouches enflammées, et des millions de petites ailes qui bourdonnent entre les fleurs et dans les mailles de tulle des moustiquaires.

Et tandis qu'elle rêve ainsi devant la flamme, les jours d'hiver se succèdent toujours plus courts, toujours plus noirs. Tous les matins on ramasse un colibri mort dans la cage; bientôt il n'en reste plus que deux, deux flocons de plumes vertes qui se hérissent l'un contre l'autre dans un coin...

Ce matin-là, la petite créole n'a pas pu se lever. Comme une balancelle mahonnaise prise dans les glaces du Nord, le froid l'étreint, la paralyse. Il fait sombre, la pièce est triste. Le givre a mis sur les vitres un épais rideau de soie mate. La ville semble morte, et, par les rues silencieuses, le chasse-neige à vapeur siffle lamentablement... Dans son lit, pour se distraire, la créole fait luire les paillettes de son éventail et passe son temps à se regarder dans les miroirs de son pays, tout frangés de grandes plumes indiennes.

Toujours plus courts, toujours plus noirs, les jours d'hiver se succèdent. Dans ses courtines de dentelles, la petite créole languit, se désole. Ce qui l'attriste surtout, c'est que de son lit elle ne peut pas voir le feu. Il lui semble qu'elle a perdu sa patrie une seconde fois... De temps en temps elle demande :

« Est-ce qu'il y a du feu dans la chambre ?

— Mais oui, petite, il y en a. La cheminée est tout en flammes. Entends-tu pétiller le bois, et les pommes de pin qui éclatent ?

— Oh! voyons, voyons. »

Mais elle a eu beau se pencher, la flamme est trop loin d'elle; elle ne peut pas la voir et cela la désespère. Or, un soir qu'elle est là, pensive et pâle, sa tête au bord de l'oreiller et les yeux toujours tournés vers cette flamme invisible, son ami s'approche d'elle, prend un des miroirs qui sont sur le lit :

« Tu veux voir le feu, mignonne?... Eh bien, attends... »

Et, s'agenouillant devant la cheminée, il essaie de lui envoyer avec son miroir un reflet de la flamme magique :

« Peux-tu le voir?

— Non! je ne vois rien.

— Et maintenant?...

— Non! pas encore... »

Puis, tout à coup, recevant en plein visage un jet de lumière qui l'enveloppe :

« Oh! je le vois! » dit la créole toute joyeuse.

Et elle meurt en riant avec deux petites flammes au fond des yeux.

L'EMPEREUR AVEUGLE

OU

LE VOYAGE EN BAVIÈRE À LA RECHERCHE
D'UNE TRAGÉDIE JAPONAISE

I

M. LE COLONEL DE SIEBOLDT

AU printemps de 1866, M. de Sieboldt, colonel
bavarois au service de la Hollande, bien connu
dans le monde scientifique par ses beaux ouvrages
sur la flore japonaise, vint à Paris soumettre à
l'empereur un vaste projet d'association internationale pour l'exploitation de ce merveilleux
Nipon-jepen-Japon (Empire-au-Lever-du-Soleil)
qu'il avait habité pendant plus de trente ans. En
attendant d'avoir une audience aux Tuileries,
l'illustre voyageur — resté très Bavarois malgré
son séjour au Japon — passait ses soirées dans
une petite brasserie du faubourg Poissonnière, en

compagnie d'une jeune demoiselle de Munich qui
voyageait avec lui et qu'il présentait comme sa
nièce. C'est là que je le rencontrai. La physionomie
de ce grand vieux, ferme et droit sous ses soixante-
douze ans, sa longue barbe blanche, son interminable houppelande, sa boutonnière enrubannée
où toutes les académies des sciences avaient mis
leurs couleurs, cet air étranger où il y a à la fois
tant de timidité et de sans-gêne, faisait toujours
retourner les têtes quand il entrait. Gravement le
colonel s'asseyait, tirait de sa poche un gros radis
noir; puis la petite demoiselle qui l'accompagnait,
toute Allemande dans sa jupe courte, son châle à
franges, son petit chapeau de voyage, coupait ce
radis en tranches minces à la mode du pays, le
couvrait de sel, l'offrait à son « ounclé! », comme
elle disait de sa petite voix de souris, et tous deux
se mettaient à grignoter l'un en face de l'autre,
tranquillement et simplement, sans paraître se
douter qu'il pût y avoir le moindre ridicule à faire
à Paris comme à Munich. Vraiment c'était un
couple original et sympathique, et nous eûmes
bientôt fait de devenir grands amis. Le bonhomme, voyant le goût que je prenais à l'entendre
parler du Japon, — m'avait demandé de revoir son
mémoire, et je m'étais empressé d'accepter autant
par amitié pour ce vieux Sinbad que pour
m'enfoncer plus avant dans l'étude du beau pays
dont il m'avait communiqué l'amour. Ce travail de
révision ne se fit pas sans peine. Tout le mémoire
était écrit dans le français bizarre que parlait
M. de Sieboldt : « Si j'aurais des actionnaires..., si
je réunirais des fonds... », et ces renversements de
prononciation qui lui faisaient dire régulièrement : « les grandes boîtes de l'Asie » pour « les

grands poètes de l'Asie », et « le Chabon » pour « le Japon »... Joignez à cela des phrases de cinquante lignes, sans un point, sans une virgule, rien pour respirer, et cependant si bien classées dans la cervelle de l'auteur, qu'en ôter un seul mot lui paraissait impossible, et que s'il m'arrivait d'enlever une ligne d'un côté, il la transportait bien vite un peu plus loin... C'est égal ! ce diable d'homme était si intéressant avec son Chabon, que j'oubliais l'ennui du travail ; et lorsque la lettre d'audience arriva, le mémoire tenait à peu près sur ses pieds.

Pauvre vieux Sieboldt ! Je le vois encore s'en allant aux Tuileries, toutes ses croix sur la poitrine, dans ce bel habit de colonel rouge et or qu'il ne tirait de sa malle qu'aux grandes occasions. Quoiqu'il fît : « brum ! brum » tout le temps en redressant sa longue taille, au tremblement de son bras sur le mien, surtout à la pâleur insolite de son nez, un bon gros nez de savantasse, cramoisi par l'étude et la bière de Munich, je sentais combien il était ému... Le soir, quand je le revis, il triomphait : Napoléon III l'avait reçu entre deux portes, écouté pendant cinq minutes et congédié avec sa phrase favorite : « Je verrai... je réfléchirai. » Là-dessus, le naïf Japonais parlait déjà de louer le premier étage du Grand-Hôtel, d'écrire aux journaux, de lancer des prospectus. J'eus beaucoup de mal à lui faire comprendre que Sa Majesté serait peut-être longue à réfléchir, et qu'il ferait mieux, en attendant, de retourner à Munich, où la Chambre était justement en train de voter des fonds pour l'achat de sa grande collection. Mes observations finirent par le convaincre, et il partit en me promettant de m'envoyer, pour la peine que j'avais prise au fameux mémoire, une tragédie japonaise du xvie siècle, intitulée *L'Empereur aveugle*, précieux chef-d'œuvre absolument inconnu en Europe et qu'il avait traduit exprès pour son ami Meyerbeer. Le maître, quand il mourut, était en train d'écrire la musique des chœurs. C'est, comme vous voyez, un vrai cadeau que le brave homme voulait me faire.

Malheureusement, quelques jours après son départ, la guerre éclatait en Allemagne, et je n'entendis plus parler de ma tragédie. Les Prussiens ayant envahi le Wurtemberg et la Bavière, il était assez naturel que dans son émoi patriotique et le grand désarroi d'une invasion, le colonel eût oublié mon *Empereur aveugle*. Mais moi, j'y pensais plus que jamais; et, ma foi! un peu l'envie de ma tragédie japonaise, un peu la curiosité de voir de près ce que c'était que la guerre, l'invasion, — ô Dieu! j'en ai maintenant toute l'horreur dans la mémoire, — je me décidai un beau matin à partir pour Munich.

II

L'ALLEMAGNE DU SUD

Parlez-moi des peuples à sang lourd! En pleine guerre, sous ce grand soleil d'août, tout le pays d'outre-Rhin, depuis le pont de Kehl jusqu'à Munich, avait l'air aussi froid, aussi tranquille. Par les trente fenêtres du wagon wurtembergeois qui m'emmenait lentement, lourdement, à travers la Souabe, des paysages se déroulaient, des montagnes, des ravins, des écroulements de riche verdure où l'on sentait la fraîcheur des ruisseaux. Sur les pentes qui disparaissaient en tournant, au mouvement des wagons, des paysannes se tenaient toutes roides au milieu de leurs troupeaux, vêtues de jupes rouges, de corsages de velours, et les arbres étaient si verts autour d'elles qu'on eût dit une bergerie tirée d'une de ces petites boîtes de sapin qui sentent bon la résine et les forêts du Nord. De loin en loin, une douzaine de fantassins habillés de vert emboîtaient le pas dans un pré, la tête droite, la jambe en l'air, portant leurs fusils comme des arbalètes : c'était l'armée d'un prince de Nassau quelconque. Parfois aussi des trains passaient, avec la même lenteur que le nôtre, chargés de grands bateaux, où des soldats wurtembergeois, entassés comme dans un char allégorique, chantaient des barcarolles à trois voix, en fuyant devant les Prussiens. Et nos haltes à tous les buffets, le sourire inaltérable des majordomes, ces grosses faces allemandes, épanouies, la serviette sous le menton devant d'énormes quartiers de viande aux confitures, et le parc royal de Stuttgart plein de carrosses, de toilettes, de cavalcades, la musique autour des bassins jouant des valses, des quadrilles, pendant qu'on se battait à Kissingen ; vraiment, quand je me rappelle tout cela et que je pense à ce que j'ai vu, quatre ans après, dans ce même mois d'août, ces locomotives en délire s'en allant sans savoir où, comme si le grand soleil avait affolé leurs chaudières, les wagons arrêtés en plein champ de bataille, les rails coupés, les trains en détresse, la France diminuée de jour en jour à mesure que la ligne de l'Est devenait plus courte, et sur tout le parcours des voies abandonnées, l'encombrement sinistre de ces gares, qui restaient seules, en pays perdu, pleines de blessés oubliés là comme des bagages, je commence à croire que cette guerre de 1866 entre la Prusse et les États du Sud n'était qu'une guerre pour rire, et qu'en dépit de tout ce qu'on a pu nous dire, les loups de Germanie ne se mangent jamais entre eux.

Il n'y avait qu'à voir Munich pour s'en convaincre. Le soir où j'arrivai, un beau soir de dimanche plein d'étoiles, toute la ville était dehors. Une joyeuse rumeur confuse, aussi vague sous la lumière que la poussière soulevée aux pas de tous ces promeneurs, flottait dans l'air. Au fond des caves à bière voûtées et fraîches, dans les jardins des brasseries où des lanternes de couleur balançaient leurs lueurs sourdes, partout on entendait, mêlés au bruit des lourds couvercles retombant sur les chopes, les cuivres qui sonnaient en notes triomphales, et les soupirs des instruments de bois...

C'est dans une de ces brasseries harmoniques que je trouvai le colonel de Sieboldt, assis avec sa nièce, devant son éternel radis noir.

A la table à côté, le ministre des Affaires étrangères prenait un bock, en compagnie de l'oncle du roi. Tout autour, de bons bourgeois avec leurs familles, des officiers en lunettes, des étudiants à petites casquettes rouges, bleues, vert de mer, tous graves, silencieux, écoutaient religieusement l'orchestre de M. Gungel, et regardaient monter la fumée de leurs pipes, sans plus se soucier de la Prusse que si elle n'existait pas. En me voyant, le colonel parut un peu gêné, et je crus m'apercevoir qu'il baissait la voix pour m'adresser la parole en français. Autour de nous, on chuchotait : « Frantzose... Frantzose... ». Je sentais de la malveillance dans tous les yeux.

« Sortons ! » me dit M. de Sieboldt.

Et une fois dehors, je retrouvai son bon sourire d'autrefois. Le brave homme n'avait pas oublié sa promesse, mais il était très absorbé par le rangement de sa collection japonaise qu'il venait de vendre à l'État. C'est pour cela qu'il ne m'avait pas écrit. Quant à ma tragédie, elle était à Wurtzbourg, entre les mains de Mme de Sieboldt, et pour arriver jusque-là il me fallait une autorisation spéciale de l'ambassade française, car les Prussiens approchaient de Wurtzbourg, et l'on n'y entrait plus que difficilement. J'avais une telle envie de mon *Empereur aveugle*, que je serais allé à l'ambassade le soir même, si je n'avais pas craint de trouver M. de Trévise couché...

III

EN DROSCHKEN

De bonne heure, le lendemain, l'hôtelier de la *Grappe-Bleue* me faisait monter dans une de ces petites voitures de louage que les hôtels ont toujours dans les cours pour montrer aux voyageurs les curiosités de la ville, et d'où les monuments, les avenues nous apparaissent comme entre les pages d'un guide. Cette fois il ne s'agissait pas de me faire voir la ville, mais seulement de me conduire à l'ambassade française : « *Frantzosiche Ambassad !*... » répéta deux fois l'hôtelier. Le cocher, petit homme habillé de bleu et coiffé d'un chapeau gigantesque, semblait très étonné de la nouvelle destination qu'on donnait à son fiacre, à son *droschken*, pour parler comme à Munich. Mais je fus bien plus étonné que lui, quand je le vis tourner le dos au quartier noble, prendre un long faubourg plein d'usines, de maisons ouvrières, de petits jardins, passer les portes, et m'emmener hors de la ville.

« *Ambassad Frantzosiche?* lui demandais-je de temps en temps avec inquiétude.

— *Ya, ya* » répondait le petit homme.

Et nous continuions à rouler. J'aurais bien voulu avoir quelques renseignements de plus; mais le diable, c'est que mon conducteur ne parlait pas français, et moi-même, à cette époque, je ne connaissais de la langue allemande que deux ou trois phrases très élémentaires, où il était question de pain, de lit, de viande et pas du tout d'ambassadeur. Encore, ces phrases-là, ne savais-je les dire qu'en musique, et voici pourquoi :

Quelques années auparavant, avec un camarade presque aussi fou que moi, j'avais fait à travers l'Alsace, la Suisse, le duché de Bade, un vrai voyage de colporteur, le sac bouclé aux épaules, arpentant les lieues à la douzaine, tournant les villes dont nous ne voulions voir que les portes, et prenant toujours les tout petits chemins sans savoir où ils nous mèneraient. Cela nous donnait souvent l'imprévu de nuits passées en plein champ, ou sous le toit ouvert d'une grange; mais ce qui achevait d'incidenter notre excursion, c'est que ni l'un ni l'autre nous ne savions un mot d'allemand. A l'aide d'un petit dictionnaire de poche acheté en passant à Bâle, nous étions bien parvenus à construire quelques phrases toutes simples, toutes naïves comme : *Vir vollen trinken bier* — nous voulons boire de la bière...; *Vir vollen essen kœse* — nous voulons manger du fromage. Malheureusement, si peu compliquées qu'elles nous paraissaient, ces maudites phrases nous coûtaient beaucoup de peine à retenir. Nous ne les avions pas dans la bouche, comme disent les comédiens. L'idée nous vint alors de les mettre en musique, et le petit air que nous avions composé s'adaptait si bien dessus, que les mots nous entrèrent dans la mémoire à la suite des notes, et que les uns ne pouvaient plus sortir sans entraîner les autres. Il fallait voir la figure des hôteliers badois, le soir, quand nous entrions dans la grande salle du Gasthaus et que, sitôt nos sacs débouclés, nous entonnions d'une voix retentissante :

> Vir vollen trinken bier *(bis)*
> Vir vollen, ya, vir vollen
> Ya !
> Vir vollen trinken bier.

Depuis ce temps-là je suis devenu très fort en allemand. J'ai eu tant d'occasions de l'apprendre !... Mon vocabulaire s'est enrichi d'une foule de locutions, de phrases. Seulement je les parle, je ne les chante plus... Oh ! non, je n'ai pas envie de les chanter...

Mais revenons à mon droschken.

Nous allions d'un petit pas reposé, sur une avenue bordée d'arbres et de maisons blanches. Tout à coup le cocher s'arrêta : « *Da !*... » me dit-il en me montrant une maisonnette enfouie sous les acacias, et qui me parut bien silencieuse, bien retirée pour une ambassade. Trois boutons de cuivre superposés luisaient dans un coin du mur, à côté de la porte. J'en tire un au hasard, la porte s'ouvre, et j'entre dans un vestibule élégant, confortable ; des fleurs, des tapis partout. Sur l'escalier, une demi-douzaine de chambrières bavaroises, accourues à mon coup de sonnette, s'échelonnaient avec cette tournure disgracieuse d'oiseaux sans ailes qu'ont toutes les femmes au-delà du Rhin.

Je demande : « *Ambassad Frantzosiche ?* » Elles me font répéter deux fois, et les voilà parties à rire, à rire en secouant la rampe. Furieux, je reviens vers mon cocher et tâche de lui faire comprendre, à grand renfort de gestes, qu'il s'est trompé, que l'ambassade n'est pas là. « *Ya, ya...* » répond le petit homme sans s'émouvoir, et nous retournons vers Munich.

Il faut croire que notre ambassadeur de ce temps-là changeait souvent de domicile, ou bien que mon cocher, pour ne pas déroger aux habitudes de son droschken, s'était mis dans l'idée de me faire visiter quand même la ville et ses environs. Toujours est-il que notre matinée se passa à courir Munich dans tous les sens, à la recherche de cette ambassade fantastique. Après deux ou trois autres tentatives, j'avais fini par ne plus descendre de voiture. Le cocher allait, venait, s'arrêtait à certaines rues, faisait semblant de s'informer. Je me laissais conduire, et ne m'occupais plus que de regarder autour de moi... Quelle ville ennuyeuse et froide que ce Munich, avec ses grandes avenues, ses palais alignés, ses rues trop larges où le pas résonne, son musée en plein vent de célébrités bavaroises si mortes dans leurs statues blanches !

Que de colonnades, d'arcades, de fresques, d'obélisques, de temples grecs, de propylées, de distiques en lettres d'or sur les frontons ! Tout cela

s'efforce d'être grand ; mais il semble qu'on sente
le vide et l'emphase de cette apparente grandeur,
en voyant à tous les fonds d'avenue les arcs de
triomphe où l'horizon passe seul, les portiques
ouverts sur le bleu. C'est bien ainsi que je me
représente ces villes imaginaires, Italie mêlée
d'Allemagne, où Musset promène l'incurable
ennui de son *Fantasio* et la perruque solennelle et
niaise du prince de Mantoue.

Cette course en droschken dura cinq ou six
heures, après quoi le cocher me ramena triom-
phalement dans la cour de la *Grappe-Bleue*, en faisant claquer son fouet, tout fier de m'avoir montré
Munich. Quant à l'ambassade, je finis par la
découvrir à deux rues de mon hôtel, mais cela ne
m'avança guère. Le chancelier ne voulut pas me
donner de passeport pour Wurtzbourg. Nous
étions, paraît-il, très mal vus en Bavière à ce
moment-là ; un Français n'aurait pas pu sans danger s'aventurer jusqu'aux avant-postes. Je fus donc
obligé d'attendre à Munich que Mme de Sieboldt
eût trouvé une occasion de me faire parvenir la
tragédie japonaise...

IV

LE PAYS DU BLEU

Chose singulière ! Ces bons Bavarois, qui nous
en voulaient tant de n'avoir pas pris parti pour eux
dans cette guerre, n'avaient pas la moindre animo-
sité contre les Prussiens. Ni honte des défaites, ni
haine du vainqueur : « Ce sont les premiers soldats
du monde !... » me disait avec un certain orgueil

l'hôtelier de la *Grappe-Bleue*, le lendemain de Kissingen, et c'était bien le sentiment général à Munich. Dans les cafés on s'arrachait les journaux de Berlin. On riait à se tordre aux plaisanteries du *Kladderadatsch*, ces grosses charges berlinoises aussi lourdes que le fameux marteau-pilon de l'usine Krupp, qui pèse cinquante mille kilogrammes. L'entrée prochaine des Prussiens n'étant plus un doute pour personne, chacun se disposait à bien les recevoir. Les brasseries s'approvisionnaient de saucisses, de quenelles. Dans les maisons bourgeoises, on préparait des chambres d'officiers...

Seuls, les musées manifestaient quelque inquiétude. Un jour, en entrant à la Pinacothèque, je trouvai les murs nus et les gardiens en train de clouer les tableaux dans de grandes caisses prêtes à partir pour le Sud. On craignait que le vainqueur, très scrupuleux pour les propriétés particulières, ne le fût pas autant pour les collections de l'État. Aussi, de tous les musées de la ville, il n'y avait que celui de M. de Sieboldt qui restât ouvert. En sa qualité d'officier hollandais, décoré de l'Aigle de Prusse, le colonel pensait que, lui présent, personne n'oserait toucher à sa collection ; et en attendant l'arrivée des Prussiens, il ne faisait plus que se promener avec son grand costume, à travers les trois longues salles que le roi lui avait données au jardin de la cour, espèce de Palais-Royal, plus vert et plus triste que le nôtre, entouré de murs de cloître peints à fresque.

Dans ce grand palais morne, ces curiosités étalées, étiquetées, constituaient bien le musée, cet assemblage mélancolique de choses venues de loin, dégagées de leur milieu. Le vieux Sieboldt lui-même avait l'air d'en faire partie. Je venais le voir tous les jours, et nous passions ensemble de longues heures à feuilleter ces manuscrits japonais ornés de planches, ces livres de science, d'histoire, les uns si immenses qu'il fallait les étaler à terre pour les ouvrir, les autres hauts comme l'ongle, lisibles seulement à la loupe, dorés, fins, précieux, M. de Sieboldt me faisait admirer son encyclopédie japonaise en quatre-vingt-deux volumes, ou bien il me traduisait une ode du *Hiaknin*, merveilleux ouvrage publié par les soins des empereurs japonais, et où l'on trouve les vies, les portraits et des fragments lyriques des cent plus fameux poètes de l'empire. Puis nous rangions sa collection d'armes, les casques d'or à larges mentonnières, les cuirasses, les cottes de mailles, ces grands sabres à deux mains qui sentent leur chevalier du Temple et avec lesquels on s'ouvre si bien le ventre.

Il m'expliquait les devises d'amour peintes sur les coquilles dorées, m'introduisait dans les intérieurs japonais en me montrant le modèle de sa maison de Yédo, une miniature de laque où tout était représenté, depuis les stores de soie des fenêtres jusqu'aux rocailles du jardin, jardinet de Lilliput, orné des plantes mignonnes de la flore indigène. Ce qui m'intéressait aussi beaucoup, c'était les objets de culte japonais, leurs petits dieux en bois peint, les chasubles, les vases sacrés, et ces chapelles portatives, vrais théâtres de pupazzi, que chaque fidèle a dans un coin de sa maison. Les petites idoles rouges sont rangées au fond; une mince corde à nœuds pend sur le devant. Avant de commencer sa prière, le Japonais s'incline et frappe de cette corde un timbre qui brille au pied de l'autel; c'est ainsi qu'il appelle l'attention de ses dieux. Je prenais un plaisir d'enfant à faire sonner ces timbres magnifiques, à laisser mon rêve s'en aller, rouler dans cette onde sonore jusqu'au fond de ces Asies d'Orient où le soleil levant semble avoir tout doré, depuis les lames de leurs grands sabres jusqu'aux tranches de leurs petits livres...

Quand je sortais de là, les yeux pleins de tous ces reflets de laque, de jade, de couleurs éclatantes des cartes géographiques, les jours surtout où le colonel m'avait lu une de ces odes japonaises d'une poésie chaste, distinguée, originale, si profonde, les rues de Munich me faisaient un singulier effet. Le Japon, la Bavière, ces deux pays nouveaux pour moi, que je connaissais presque en même temps, que je voyais l'un à travers l'autre, se brouillaient, se confondaient dans ma tête, devenaient une espèce de pays vague, de pays bleu... Cette ligne bleue des voyages que je venais de voir sur les tasses japonaises dans le trait de nuages et l'esquisse de l'eau, je la retrouvais sur les fresques bleues des murailles... Et ces soldats bleus qui faisaient l'exercice sur les places, coiffés de casques japonais, et ce grand ciel tranquille d'un bleu de *Vergiss-meinnich*, et ce cocher bleu qui me ramenait à l'hôtel de la *Grappe-Bleue* !...

V

PROMENADE SUR LE STARNBERG

Il était bien du pays bleu aussi, ce lac étincelant qui miroite au fond de ma mémoire. Rien que d'écrire ce nom de Starnberg, j'ai revu tout près de

Munich la grande nappe d'eau, unie, pleine de ciel, rendue familière et vivante par la fumée d'un petit steamer qui longeait les bords. Tout autour, les masses sombres des grands parcs, séparées de place en place, comme ouvertes par la blancheur des villas. Plus haut, des bourgs aux toits serrés, des nids de maisons posés sur les pentes; plus haut encore, les montagnes du Tyrol, lointaines, couleur de l'air où elles flottent, et dans un coin de ce tableau un peu classique, mais si charmant, le vieux, vieux batelier, avec ses longues guêtres et son gilet rouge à boutons d'argent, qui me promena tout un dimanche, et paraissait si fier d'avoir un Français dans son bateau.

Ce n'était pas la première fois que pareil honneur lui arrivait. Il se souvenait très bien d'avoir, dans sa jeunesse, fait passer le Starnberg à un officier. Il y avait soixante ans de cela, et à la façon respectueuse dont le bonhomme me parlait, je sentais l'impression qu'avait dû lui faire ce Français en 1806, quelque Bel Oswald du premier empire en collant et bottes molles, un schapska gigantesque et des insolences de vainqueur!... Si le batelier de Starnberg vit encore, je doute qu'il ait autant d'admiration pour les Français.

C'est sur ce beau lac et dans les parcs ouverts des résidences qui l'entourent que les bourgeois de Munich promènent leurs gaietés du dimanche. La guerre n'avait rien changé à cet usage. Au bord de l'eau, quand je passai, les auberges étaient pleines; de grosses dames assises en rond faisaient bouffer leurs jupes sur les pelouses. Entre les branches qui se croisaient sur le bleu du lac, des groupes de Gretchen et d'étudiants passaient, auréolés d'une fumée de pipe. Un peu plus loin, dans une clairière du parc Maximilien, une noce de paysans, bruyante et voyante, buvait devant de longues tables en tréteaux, tandis qu'un garde-chasse en habit vert, campé, le fusil au poing, dans l'attitude d'un homme qui tire, faisait la démonstration de ce merveilleux fusil à aiguille dont les Prussiens se servaient avec tant de succès. J'avais besoin de cela pour me rappeler qu'on se battait à quelques lieues de nous. On se battait pourtant, il faut bien le croire, puisque ce soir-là, en rentrant à Munich, je vis sur une petite place, abritée et recueillie comme un coin d'église, des cierges qui brûlaient tout autour de la *Marien-Saule*, et des femmes agenouillées, dont un long sanglot secouait la prière...

VI

LA BAVARIA

Malgré tout ce que l'on a écrit depuis quelques années sur le chauvinisme français, nos sottises patriotiques, nos vanités, nos fanfaronnades, je ne crois pas qu'il y ait en Europe un peuple plus vantard, plus glorieux, plus infatué de lui-même que le peuple de Bavière. Sa toute petite histoire, dix pages détachées de l'histoire de l'Allemagne, s'étale dans les rues de Munich, gigantesque, disproportionnée, tout en peintures et en monuments, comme un de ces livres d'étrennes qu'on donne aux enfants : peu de texte et beaucoup d'images. A Paris, nous n'avons qu'un arc de triomphe ; là-bas ils en ont dix : la porte des Victoires, le portique des Maréchaux, et je ne sais combien d'obélisques élevés *à la vaillance des guerriers bavarois*.

Il fait bon être grand homme dans ce pays-là ; on est sûr d'avoir son nom gravé partout dans la pierre, dans le bronze, et au moins une fois sa statue au milieu d'une place, ou tout au haut de quelque frise parmi des victoires de marbre blanc. Cette folie des statues, des apothéoses, des monuments commémoratifs est poussée à un tel point chez ces bonnes gens, qu'ils ont, au coin des rues, des socles vides tout dressés, tout préparés pour les célébrités inconnues du lendemain. En ce moment, toutes les places doivent être prises. La guerre de 1870 leur a fourni tant de héros, tant d'épisodes glorieux !...

J'aime à me figurer, par exemple, l'illustre général von der Thann déshabillé à l'antique au milieu du square verdoyant, avec un beau piédestal orné de bas-reliefs représentant d'un côté *les Guerriers bavarois incendiant le village de Bazeilles*, de l'autre *les Guerriers bavarois assassinant des blessés français à l'ambulance de Wœrth*. Quel splendide monument cela doit faire !

Non contents d'avoir leurs grands hommes éparpillés ainsi par la ville, les Bavarois les ont réunis dans un temple situé aux portes de Munich, et qu'ils appellent la *Ruhmeshalle* (la salle de la gloire). Sous un vaste portique de colonnes de marbre, qui s'avancent en retour en formant les trois côtés d'un carré, sont rangés sur des consoles les bustes des Électeurs, des rois, des généraux, des jurisconsultes, etc. (On trouve le catalogue chez le gardien.)

Un peu en avant se dresse une statue colossale, sommet d'un de ces grands escaliers si tristes qui montent à découvert dans la verdure des jardins publics. Avec sa peau de lion sur les épaules, son glaive serré dans une main, dans l'autre la couronne de la gloire (toujours la gloire!), cette immense pièce de bronze, à l'heure où je la vis, sur la fin d'une de ces journées d'août où les ombres s'allongent démesurément, remplissait la plaine silencieuse de son geste emphatique. Tout autour, le long des colonnes, les profils des hommes célèbres grimaçaient au soleil couchant. Tout cela si désert, si morne! En entendant mes pas sonner sur les dalles, je retrouvais bien cette impression de grandeur dans le vide qui me poursuivait depuis mon arrivée à Munich.

Un petit escalier en fonte grimpe en tournant dans l'intérieur de la Bavaria. J'eus la fantaisie de monter jusqu'en haut et de m'asseoir un moment dans la tête du colosse, un petit salon en rotonde éclairé par deux fenêtres qui sont les yeux. Malgré ces yeux ouverts sur l'horizon bleu des Alpes, il faisait très chaud là-dedans. Le bronze, chauffé par le soleil, m'enveloppait d'une chaleur alourdissante. Je fus obligé de redescendre bien vite!... Mais, c'est égal, cela m'avait suffi pour te connaître! J'avais vu ta poitrine sans cœur, tes gros bras de chanteuse, enflés, sans muscles, ton glaive en métal repoussé, et senti dans ta tête creuse l'ivresse lourde et la torpeur d'un cerveau de buveur de bière... Et dire qu'en nous embarquant dans cette folle guerre de 1870, nos diplomates avaient compté sur toi. Ah! s'ils s'étaient donné la peine de monter dans la Bavaria, eux aussi!

VII

L'EMPEREUR AVEUGLE !...

Il y avait dix jours que j'étais à Munich, et je n'avais encore aucune nouvelle de ma tragédie japonaise. Je commençais à désespérer, lorsqu'un soir dans le petit jardin de la brasserie où nous prenions nos repas, je vis arriver mon colonel avec une figure rayonnante.

« Je l'ai ! me dit-il ; venez demain matin au musée... Nous la lirons ensemble, vous verrez si c'est beau. »

Il était très animé ce soir-là. Ses yeux brillaient en parlant. Il déclamait à haute voix des passages de la tragédie, essayait de chanter les chœurs. Deux ou trois fois sa nièce fut obligée de le faire taire : « Ounclé..., ounclé... » J'attribuai cette fièvre, cette exaltation, à un pur enthousiasme lyrique. En effet, les fragments qu'il me récitait me paraissaient très beaux, et j'avais hâte d'entrer en possession de mon chef-d'œuvre.

Le lendemain, quand j'arrivai au jardin de la cour, je fus très surpris de trouver la salle des collections fermée. Le colonel absent de son musée, c'était si extraordinaire que je courus chez lui avec une vague inquiétude. La rue qu'il habitait, une rue de faubourg paisible et courte, des jardins, des maisons basses, me parut plus agitée que d'habitude. On causait par groupes devant les portes. Celle de la maison Sieboldt était fermée, les persiennes ouvertes.

Des gens entraient, sortaient d'un air triste. On sentait là une de ces catastrophes trop grandes pour le logis, et qui débordent jusque dans la rue...

315

En arrivant, j'entendis des sanglots. C'était au fond d'un petit couloir, dans une grande pièce encombrée et claire comme une salle d'étude. Il y avait là une longue table en bois blanc, des livres, des manuscrits, des vitrines à collections, des albums couverts en soie brochée ; au mur, des armes japonaises, des estampes, de grandes cartes géographiques, et dans ce désordre de voyages, d'études, le colonel étendu sur son lit, sa longue barbe droite sur sa poitrine, avec la pauvre petite « Ounclé » qui pleurait à genoux dans un coin. M. de Sieboldt était mort subitement pendant la nuit.

Je partis de Munich le soir même, n'ayant pas le courage de troubler toute cette désolation à propos d'une fantaisie littéraire, et c'est ainsi que de la merveilleuse tragédie japonaise, je ne connus jamais que le titre : *L'Empereur aveugle* !... Depuis, nous avons vu jouer une autre tragédie, à qui ce titre rapporté d'Allemagne aurait bien convenu ; sinistre tragédie, pleine de sang et de larmes, et qui n'était pas japonaise, celle-là.

Table

Préface   7

PREMIÈRE PARTIE

LA FANTAISIE ET L'HISTOIRE

La dernière classe   15
La partie de billard   23
La vision du juge de Colmar.   29
L'enfant espion   35
Les mères   45
Le siège de Berlin   53
Le mauvais zouave   63
La pendule de Bougival   69
La défense de Tarascon   77
Le Prussien de Bélisaire.   87
Les paysans à Paris   95
Aux avant-postes 101
Paysages d'insurrection 111
Le bac 117

Le porte-drapeau 123
La mort de Chauvin 131
Alsace! Alsace! 137
Le caravansérail 143
Un décoré du 15 août 149
Mon képi 157
Le turco de la Commune 163
Le concert de la huitième 169
La bataille du Père-Lachaise 175
Les petits pâtés 181
Monologue à bord 189
Les fées de France 195

DEUXIÈME PARTIE

CAPRICES ET SOUVENIRS

Un teneur de livres 203
Avec trois cent mille francs que m'a promis
    Girardin 209
Arthur 215
Les trois sommations 221
Un soir de première 227
La soupe au fromage 233
Le dernier livre 237
Maison à vendre 243
Contes de Noël : 249
    Un réveillon dans le Marais 249
    Les trois messes basses 255
Le Pape est mort 267
Paysages gastronomiques 273
La moisson au bord de la mer 279
Les émotions d'un perdreau rouge 285
Le miroir 293
L'empereur aveugle 297

DISTRIBUTION

ALLEMAGNE
SWAN BUCH-VERTRIEB GMBH
Goldscheuerstrasse 16
D-77694 Kehl/Rhein

BELGIQUE (non francophone)
UITGEVERIJ EN BOEKHANDEL
VAN GENNEP BV
Spuistraat 283
1012 VR Amsterdam
Pays-Bas

BULGARIE
COLIBRI
40 Solunska Street
1000 Sofia

REMUS
14 Benkovsky Street
1000 Sofia

OPEN SOCIETY FUND
125 Bd Tzaringradsko Chaussée
Bloc 5
1113 Sofia

CANADA
EDILIVRE INC.
DIFFUSION SOUSSAN
5740 Ferrier
Mont-Royal, QC H4P 1M7

ESPAGNE
PROLIBRO, S.A.
CL Sierra de Gata, 7
Pol. Ind. San Fernando II
28831 San Fernando de Henares

RIBERA LIBRERIA
PG. Martiartu
48480 Arrigorriaga
Vizcaya

ÉTATS-UNIS
POWELL'S BOOKSTORE
1501 East 57th Street
Chicago, Illinois 60637

TEXAS BOOKMAN
8650 Denton Drive
75235 Dallas, Texas

GRANDE-BRETAGNE
SANDPIPER BOOKS LTD
22 a Langroyd Road
London SW17 7PL

ITALIE
MAGIS BOOKS
Via Raffaello 31/C 6
42100 Reggio Emilia

LIBAN
SORED
Rue Mar Maroun
BP 166210
Beyrouth

MAROC
LIBRAIRIE DES ÉCOLES
12 av. Hassan II
Casablanca

PAYS-BAS
UITGEVERIJ EN BOEKHANDEL
VAN GENNEP BV
Spuistraat 283
1012 VR Amsterdam

POLOGNE
NOWELA
Ul. Towarowa 39/43
61006 Poznan

PORTUGAL
CENTRALIVROS
Av. Cintura do Porto de Lisboa
Urbanizacao da Matinha A-2C
1900 Lisboa

RUSSIE
L.CM
P.O. Box 63
117607 Moscou

MEZHDUNARODNAYA KNIGA
39 Oul. Bolchaia Iakimanka
117049 Moscou

ROUSSKI POUT
Oul. Nicoloiamskaia 1
109189 Moscou

IMPRIMÉ EN FRANCE PAR BRODARD ET TAUPIN
Usine de La Flèche (Sarthe), le 20-07-1995
B/95-BK18 – Dépôt légal, juillet 1995